KB178530

그래서 역사가 필요해

그래서 역사가 필요해

삶의 무기가 되는 역사 속 인물 이야기

신동욱 지음

포르체

삶의 무기가 되는 역사 속 인물 이야기

그들도 나와 같은 사람이더라

가뜩이나 팍팍하던 삶이 코로나 19 상황 이후 더 어렵게 느껴지는 요즘이다. 누구보다 열심히 살고 있지만 삶은 더 나아지기는커녕 갈수록 더 힘든 것만 같다. 부동산이나 주식으로 벼락부자가 되었다는 사람들의 이야기를 들을 때마다 난 벼락거지가 된 기분이다. 단군 이래 가장 풍족한 시대를 살고 있다지만 정작 이 시대를 살아가는 내 삶의 무게는 결코 가볍지 않다.

어떤 사람들은 자신처럼 하면 역대 연봉도 받을 수 있고, 주식 부자도 될 수 있고, 아파트 10채도 살 수 있다고 말한다. 그런 가르침과 노하우를 담은 책들도 서점에 넘쳐나지만 그저 딴 나라 이야기로 들릴 뿐이다. 그들이 대단한 사람들인 것은 알겠지만 정작 내가 고민하고 있는 문제를 해결할 수 있을지는 확신이 서지 않는다.

고민이 있을 때는 사람을 찾게 된다. 인간의 문제는 결국 인간으로부터 해결책을 얻을 수 있기 때문이다. 사랑하는 아내에게 고민을 털어놓기도 하고 한동안 연락이 뜸했던 친한 친구를 찾기도 한다. 언제나 내 편이 되어주시는 고향의 부모님을 찾거나 상담가를 만나 조언을 듣기도 한다. 하지만 나의 고민을 가장 잘 들어주고 이해해 줄 수 있는 사람은 결국 나와 비슷한 고민을 해본 사람이다.

역사 속 인물들의 삶을 들여다보면 의외로 나와 비슷한 고민을 안고 살았던 사람이 많았음을 알게 된다. 어떤 사람은 자신이 선택하지도 않은 환경에서 태어나 그 환경과 싸우며 자라야 했다. 우리 중 누군가처럼. 어떤 사람은 어릴 적부터 자신의 외모 때문에 무척 고민이 많았다. 역시 우리 중 누군가처럼. 나는 힘들게 취업을 준비하는데 부정한 방법으로 편하게 합격하는 사람을 보며 분노가 치밀고, 또 믿었던 친구에게 뒤통수를 맞고 배신감에 치를 떨었던 사람도 있다. 바로 우리 중 누군가처럼 말이다. 역사 교과서를 통해 배울 때는 위대해 보이기만 하던 위인들도 사실은 나처럼 수많은 고민을 안고 살던 사람들이었다.

그 역사 속 인물들이 친절한 카운슬러가 되어 지금 내 앞에

앉아 있다고 상상해 보자. 그들은 자신이 살아왔던 이야기를 담담하게 들려줄 것이다. 겪었던 삶 속에서 때로 기쁘고 때로 힘들기도 했을 그 이야기를 듣고 있으면 나도 함께 가슴이 뛰고, 눈물이 흐른다. 딱 집어서 나에게 조언을 주는 것은 아니지만 그들의 이야기를 듣는 것만으로도 큰 위로가 된다. 유명한 역사학자 에드워드 카Edward H. Carr의 말을 빌리면, 역사는 정말 '현재와 과거 사이의 끊임없는 대화'이다.

지나간 것은 지나간 대로 의미가 있다

"그대여 아무 걱정하지 말아요"라는 잔잔한 목소리로 시작하는 노래를 종종 흥얼거리곤 한다. 이미 엎질러버린 물처럼 내가 어찌할 수 없는 일들과 상황으로 인해 감정의 회오리가 휘몰아칠 때 혼자서 이 노래를 불러본다.

지나간 것은 지나간 대로 그런 의미가 있죠. 우리 다 함께 노래합시다. 후회 없이 꿈을 꿨다 말해요. 새로운 꿈을 꾸겠다 말해요.

지나간 것은 지나간 대로 의미 있다는 말이 위로를 준다. 작은 성공으로 우쭐거리던 때뿐만 아니라 내가 실패했다 느끼고 좌절감에 빠져 있던 그 순간까지도, 내 지나온 모든 시간들이 의미 있다는 그 말이. 우리는 지금까지 결코 헛살지 않았다. 열심히 살아온 사람만이 '번아웃 증후군'을 겪는다는 말처럼, 때로 지치고 힘들다고 느끼는 것은 그만큼 우리가 의미 있게 삶을 살아왔다는 반증이다. 지나간 것은 지나간 대로 의미가 있음을 알게 되면 후회 없이 꿈을 꿨다 말할 수 있고, 또 새로운 꿈을 꿀 수 있다. 수많은 위인들이 자신의 삶을 통해 들려주는 이야기가 그 증명이다. 이야기는 역사가 되었고 잔잔한 의미를 담아 오늘날 우리에게 남았다. 그들이 꾸었던 꿈 또한 함께 남아서 오늘날 같은 꿈을 꾸고 있는 사람들에게 위로를 전해준다.

흔히 교훈을 얻기 위해 역사를 배운다고 말하지만 그 교훈은 나에게 위로가 될 때 진정한 의미가 있다. 나와 아무 상관 없는 이야기는 아무리 많이 들어봐야 잔소리나 소음으로 들릴 뿐 그다지 공감이 가지 않는다. 우리가 역사를 배우는 중요한 이유 중의 하나는 역사 속 이야기가 내 삶의 고민과 크게 다르지 않은 지점에 위치하기 때문이다. 옛날 누군가에게 지나갔던 일들이, 지금 내가 살아가면서 지나가고 있는 일들과 닮아 있다. 그렇기 때문에 역사를 배우다 보면 나도 모르게 위로를 얻게 된다. 나와 비슷한 고민을 했지만 잘 극복해낸 과정을 보며 힘을 얻고, 반대로 무너지고 말았던 인물을 통해서는 어떤 부분을 조심해야 할지 깨닫게 된다. 역사는 내 삶을 잘 헤쳐 나갈 수 있도록 도움을 주는 훌륭한 조언자이다. 역사에는 그런 힘이 있다.

역사는 위로다

누군가에게 따뜻한 위로를 얻고 다시 일어선 경험을 가진 사람만이 진심으로 다른 사람을 위로하고 힘을 북돋우어 줄 수 있다. 혹시 내 주변에 그런 위로를 줄 만한 사람이 없다고 해서 실망하지 말고 이 책을 펼쳐보자. 나와 비슷한 고민을 하며 치열하게 살았던 수많은 역사 속 인물들이 나에게 위로를 줄 것이다. 인생의 갈림길에서 어떤 선택을 하는 것이 좀 더 나을지, 그들의 삶에서부터 힌트를 얻어 보자. 그리고 그들을 통해 많은 위로를 얻게 되면, 이제는 내가 다른 사람들에게 위로를 전해주는 삶을 살아 보겠다고 다짐해 보자. 내 삶의 이야기 또한 또 다른 역사가 되어 누군가에게 큰 위로와 힘이 되어 줄 것이다.

글을 쓸 수 있는 건강과 지혜를 주신 하나님께 감사드린다. 브런치Brunch에 올렸던 몇 편의 글만으로 책을 쓸 소중한 기회를 주신 박영미 대표님을 포함해 부족한 졸고를 다듬고자 무척 애써주신 포르체 출판사 모든 직원들께 감사의 말씀을 드린다.

직장인으로서 생계를 유지해야 하는 터라 주로 출근하지 않는 주말에 이 책을 썼다. 주말마다 책을 쓴다는 핑계로 몇 달간 육아의 부담을 아내에게 홀로 지우곤 했다. 아내에게 미안한 마음과 함께, 그럼에도 불구하고 여전히 나를 지지하고 응원해줘서 고맙다는 말을 전하고 싶다.

이 책은 언젠가 장성하여 청년이 될 아들이 인생을 살아가는 데 작은 도움이 되길 바라는 마음을 담아 쓰기 시작했다. 우리 아들, 지금은 종이로 팽이 접는 게 더 즐거워 보이지만 언젠가 글을 좀 더 잘 읽게 되면 아빠가 쓴 책을 읽어주고 여기에 남긴 아빠의 사랑하는 마음을 느껴주는 날이 어서 오게 되기를. 역사를 사랑하는, 따뜻한 마음을 가진 사람으로 건강하게 잘 자라주길 기도한다.

책을 쓰는 과정에서 힘을 주셨던 모든 분들, 무엇보다 서점에서든 도서관에서든 카페에서든 이 책을 집어 들고 읽기 시작한 독자들에게 진심으로 감사의 말씀을 드린다. 이 책을 통해 조금이라도 위로를 얻고 다시 꿈을 꾸는 데 도움이 될 수 있다면, 작가로서 그것보다 큰 기쁨은 없을 것이다. 역사를 통해 내가 만난 훌륭한 선생님들이, 당신에게도 역시 훌륭한 선생님이 되기를 진심으로 바란다.

차례

1장 ─ 불확실의 시대에 「역사 속 인물」을 배우는 이유

선택을 통해 배운다 ————————— 성삼문과 신숙주

우리는 매일 선택의 기로에 놓인다

"그래, 결심했어!"

'빠밤빠 빠밤빠 빠밤빠 빰빠밤빠~' 유쾌한 음악 소리 뒤로 주인공이 외치던 이 한마디. 어린 시절 즐겨 봤던 〈TV인생극장〉이라는 프로그램의 한 장면이다. 중요한 선택의 기로에 섰을 때 주인공의 결정에 따라 그 인생이 달라진다는 설정인데, 무척 흥미롭게 봤던 기억이 난다. '위기에 처한 여자를 구해줄 것인가, 그냥 지나칠 것인가', '우연히 알게 된 상사의 비리를 고발할 것인가, 오히려 가담할 것인가'처럼 살면서 누군가 한 번쯤 겪을 수 있을 법한 순간, 주인공이 어떤 선택을 하느냐에 따라 완전히 달라진 인생의 결과를 보여준다. 이 프로그램이 전달하고 싶어 했던 메시지처럼 우리는 매 순간 선택의 기로 위에서 인생을 살아간다.

우리도 인생극장의 주인공들이다. 살아간다는 건 단순히 일하고 먹고 자는 시간의 연속만을 얘기하지 않는다. 좋든 싫든 삶의 과정 속에서 수없이 많은 선택 앞에 놓이게 되고, 그때마다 선택한 결과들은 점점 누적된다. 그리고 누적된 전체가 곧 지금의 내 인생이다. 오늘 점심에는 무엇을 먹을지, 올해 휴가는 어디로 갈지를 정하는 것도 선택이지만, 어떤 회사에 입사원서를 넣을지, 누구와 결혼을 할지처럼 인생에 중요한 영향을 미치는 사안도 선택의 영역이다. 그때마다 앞날을 미리 내다보고 최선의 선택만 할 수 있으면 좋겠지만, 안타깝게도 우리 평범한 사람들에게는 그런 예지력이 없다. 조금 더 나은 선택을 할 때도 있지만 때로는 돌이킬 수 없는 나쁜 선택을 하기도 한다. 그렇다고 아무런 선택을 하지 않는 것은 결정을 미룰 뿐 그야말로 최악의 선택이다. 선택은 자유로운 의지를 가진 인간으로서 가지는 권리임과 동시에 피할 수 없는 숙명이다.

나는 이제 어디서도 "학생!" 하고 불리지 않는 나이가 되었지만 여전히 많은 실수를 하고 종종 시행착오를 겪는다. 때로는 금방 끝낼 일도 순간적인 잘못된 판단 때문에 야근을 하기도 한다. 나 그리고 우리 모두 완벽한 사람은 아니다.

무엇이 옳은지 판단하기 어려운 선택의 순간이 왔을 때 우리는 주로 자신의 경험을 판단 기준으로 삼는다. 하지만 그 경험 또한 여러 선택지의 하나일 뿐 정답이 아닐 가능성도 많다. 그나마 경험조차 없이 해야 하는 선택은 더욱 어려울 수밖에. 부모님이나 멘토에게 조언을 구하는 것도 방법이지만 그 또한 한정되어 있기는 매한가지다. 나보다 많은 시간을 살았고 보다 많은 경험을 했을 뿐 그들이 직접 겪어본 경험치에도 한계가 있다.

역사는 참고서다

내 인생 경험이나 부모님의 경험과는 비교도 할 수 없을 만큼 무궁무진한 경험의 기록들로 가득한 도서관이 있다. 이 도서관에는 선택의 어려움을 겪을 때마다 도움을 받을 수 있을 만한 좋은 참고서가 잔뜩 꽂혀 있다. 바로 역사다. 역사는 우리가 태어나기 아주 오래전부터 우리 할아버지, 할머니들이 이 땅에서 살아왔던 삶의 흔적 그 자체이다. 수십억, 수백억 명의 헤아릴 수 없을 만큼 많은 인생이 살면서 쌓이고 쌓인 그 흔적 중에서도 기록으로 남길 만한 가치가 있는 것들을 엄선하여 남겨둔 것, 그것을 역사라고 부른다. 역사에는 우리 시대를 앞서 살았던 선조들이 겪었던 성공과 실패의 이야기가 가득 담겨 있다. 나는 지금까지 반백 년도 안 되는 인생을 경험한 것뿐이지만 역사에는 나보다 훨씬 많은 경험을 하고, 때로 시행착오도 겪었던 우리 선조들의 이야기가 가득 차 있는 것이다. 방대한 만큼 내가 살면서 겪게 되는 일과 비슷한 사례도 찾아보고 참고해 볼 수 있다. 그래서 나는 역사야말로 인생의 훌륭한 스승이라고 생각한다.

우리는 역사 속 위인들이 들려주는 인생담을 귀담아듣고, 거기에서도 내게 도움이 될 만한 것들만 잘 간추려 가져오면 된다. 그러면 우리가 택할 수 있는 선택지가 훨씬 넓어지고, 불필요한 시행착오도 크게 줄일 수 있다. 역사로부터 교훈을 얻을 수 있는 것이다.

두 남자의 엇갈린 선택

지금으로부터 약 600년 전, 조선의 수도 한양. 두 남자는 고뇌에 빠져 있었다. 이들은 바로 성삼문과 신숙주. 자신들이 모시던 세종과 문종이 연이어 승하하고, 어린 임금 단종은 홀로 남았다. 단종을 잘 보필해 달라는 선왕의 유지가 있었지만, 단종의 삼촌인 수양대군은 매우 야심이 큰 인물이었다. 마침내 수양대군은 계유정난이라는 쿠데타를 일으켰고 정권을 잡는 데 성공한다. 이 거대한 역사적 물줄기 앞에서 성삼문과 신숙주는 선택을 강요받았다. 만약 쿠데타가 없었다면 그들은 지금까지 살아왔던 것처럼 전도유망한 젊은 관리로서 주위의 기대를 한껏 받으며 출세가도를 달렸을 것이다. 하지만 계유정난은 그들의 삶을 송두리째 흔들어 버렸다. 누구를 선택해야 할 것인가. 끝까지 명분에 따라 선왕의 유지를 받들고 단종을 따를 것인가, 현실과 실리를 좇아 수양대군을 따를 것인가. 고민에 빠졌던 그들은 인생극장의 한 장면처럼 마침내 결정을 내린다.

성삼문은 자신이 섬겼던 세종과의 의리를 따르고자 쫓겨난 임금 단종을 지키는 편에 섰다. 그것이 성리학을 공부하는 유학자로서 마땅히 좇아야 할 명분이었기 때문이다. 신숙주는 성삼문과 달리 자신에게 손을 내민 수양대군의 편에 서게 된다. 각자의 선택에 따른 결과는 어떻게 되었을까? 성삼문은 비록 죽음을 맞지만 지금까지도 여전히 충신의 대명사로 명예로운 이름을 남겼다. 반면 신숙주는 벼슬이 영의정에 이르고 부귀영화를 누렸지만, 명분을 버린 선택으로 인해 역사는 그를 변절자로 기억한다.

누구의 선택이 옳았던 것일까? 명분에 따라 죽음을 택한 성삼문이 옳았고, 신숙주는 그릇된 선택을 했던 것일까? 단순히 판단할 수는 없다. 정당성이 부족한 수양대군의 쿠데타로 인해 조선은 큰 혼란에 빠질 수도 있었다. 유능했던 수많은 신하들이 숙청을 당한 빈자리의 상당 부분을 한명회처럼 탐욕에 가득 찬 훈구공신들이 채워나갔다. 만약 조선 정부가 그들만의 리그가 되었다면 나라는 급격히 망조의 길을 걸었을지 모를 일이다. 하지만 신숙주는 뛰어난 정치력으로 조선이 혼란에 빠지지 않도록 중심을 잡아 태평성대를 이끌었다. 능숙한 외교술로 대외관계를 안정시켰고, 경제·군사적으로도 흔들림 없는 정치를 했다. 그는 명분을 버리고 실리를 취했지만, 그 실리는 조선 백성들을 위한 정치를 하겠다는 일념에서 나온 것이었기에 충분히 인정받을 만한 선택이었다.

반면 성삼문처럼 끝까지 단종의 편에 서는 충신이 전혀 없었다면, 집권층 양반들이 줄곧 외치던 군신 간의 의리와 충절 같은 가치들은 한낱 세간의 웃음거리가 되고 말았을 것이다. 그들이 내세웠던 성리학적 통치 이념은 더 이상 설득력도, 생명력도 없이 사라졌을지 모른다. 온몸으로 충절과 의리를 실현한 성삼문과 같은 충신이 있었기에 그 가치가 이어질 수 있었고, 이 정신은 훗날 조선의 집권 세력이 된 사림士林에게까지 계승될 수 있었다.

오로지 한 주군에게만 충성하겠다는 강직함을 보인 성삼문은 후세의 귀감이 되는 대신 백성들을 위해 정치할 기회를 내던져야 했다. 신숙주는 변절자라는 손가락질을 받는 대신 백성을 위해 마음껏 정치할 기회를 얻었다. 어느 한쪽만 옳다고 하거나, 반대로 비난만 할 수는 없다. 역사 속에는 이런 선택을 한 인물도 있고, 저런 선택을 한 인물도 있다. 그 선택에 대한 옳고 그름은 섣불리 판단할 수 없다. 다만 그들이 옳다고 믿는 가치관에 따른 선택만이 있었을 뿐이다. 우리의 역사는 그런 모든 선택이 한데 어우러진 결과물이다. 성삼문과 신숙주의 선택처럼, 역사는 수없이 다양한 선택을 함께 아우르고 수용하며 발전해 왔다.

어떤 선택을 할 것인가

역사는 우리에게 가르쳐 준다. 하나의 선택이 반드시 선이나 악을 의미하는 것은 아니라고. 콩 심은 데 콩 나고 팥 심은 데 팥 나는 것처럼, 선한 의도가 선한 결과를 악한 의도가 악한 결과를 낳기도 하지만, 우리 현실이 꼭 그렇지만은 않다. 때때로 선한 의도가 악한 결과를 초래하고 악한 의도가 선한 결과를 낳기도 한다. 또 내가 선하다고 여기는 것이 타인에게는 악한 것으로 여겨질 수도 있다. 우리에게 안중근은 민족의 원흉 이토 히로부미를 처단한 의사義士이지만, 일본인들에게는 자신들의 영웅을 폭력적으로 암살한 테러리스트로 여겨질 뿐이다. 같은 행위를 두고 한쪽에서는 선한 행위로, 다른 한쪽에서는 악한 행위로 판단한다. 수많은 사람들이 얽히고설켜 함께 살아가는 세상은 그렇게 단순한 곳이 아니다.

그렇다면 어떤 기준으로 선택해야 할까. 인간은 이기적인 존재다. 결국 그 선택이 나에게 이로운지 여부가 첫 번째 기준일 수밖에 없다. 이 선택으로 인해 내가 어떤 이익이나 손해를 보는지, 혹은 아무 영향도 없을지 보는 것이다. 동시에 우리는 자신이 소속된 공동체, 가령 학교, 직장, 국가, 민족, 더 크게는 국제 공동체의 영향을 받으며 살아가는 존재다. 그렇기에 나의 선택이 공동체에 어떤 이득이나 손해를 끼치는지도 함께 살펴야 한다. 인생을 멀리 내다보면 선택에 정답이란 없다. 나에게 어떤 이익이나 손해를 줄지, 또는 공동체에 어떤 이익이나 손해를 줄지 여부에 대한 판단만 있을 뿐이다. 나에게 이익이 된다면 가장 좋겠지만, 감수해낼 수만 있다면 나에게 손해가 되는 선택도 얼마든지 할 수 있다. 다만 공동체에 피해를 주는 선택은 지양해야 한다.

오로지 내 인생만을 위해 사는 것이라면, 당연히 나 자신에게 최고의 이득이 되는 선택만을 하는 것이 합리적이다. 그것이 공동체에 피해를 주든 말든 개의치 않고서 말이다. 하지만 역사는 우리에게 말한다. 그렇게 살았던 사람들의 인생은 대부분 불행하고 쓸쓸했다고. 혹여 생전에는 잘 먹고 잘살며 떵떵거렸더라도 후세에 반드시 불명예를 남겼다고 말이다. 좀 더 긴 호흡과 역사적 안목을 갖고 바라볼 줄 아는 사람에게는 나의 이익뿐만 아니라 공동체의 이익을 함께 고려하며 선택할 줄 아는 분별력이 있다.

신숙주는 수양대군에 협조해서 정치를 안정적으로 운영하는 것이 자신에게 이득이 되면서도 공동체에 이로운 선택이라 판단했을 것이다. 반면에 성삼문은 끝까지 단종을 지키는 것이 자신에게는 위험을 감수하는 손해가 될 수 있지만 공동체에는 확실한 이득이 될 것이라 판단했을 것이다. 그들은 자신 나름의 가치관과 기준에 따라 공동체에도 도움이 될 것이라는 판단으로 선택을 했다. 그렇기에 나는 두 사람의 선택을 모두 존중한다.

우리가 역사로부터 배워야 할 부분은 여기에 있다. 결국 자신의 가치관에 따라 선택하는 것이 중요하다. 그것이 범죄를 저지르거나 타인에게 피해를 주는 행동만 아니라면 나의 이익을 위해 최대한의 자유의사를 갖고 선택할 권리가 있다. 공동체에 악영향을 끼치지 않고 자신의 신념과 가치관에 따른 선택이라면 그 모든 선택은 존중받아 마땅하다. 선한 행동이냐, 악한 행동이냐를 따지기에 앞서 나의 선택에 인간에 대한 예의, 공동체에 대한 존중만 담겨 있다면 어떤 선택이든 그 자체로 충분한 가치가 있다.

우리의 선택이 역사가 된다

역사 속에는 선택의 순간 자신의 신념에 따라 용기 있게 판단을 내렸던 수많은 위인들이 있었다. 오직 12척의 배만 있는 상황에서 왜적에 맞설 것인가, 포기할 것인가 이순신은 선택해야 했다. 수많은 신하들의 반대에도 불구하고 훈민정음 창제를 계속 추진할 것인가, 중단해야 할 것인가 세종은 선택해야 했다. 국권을 일제에 침탈당했을 때 재산을 처분하고 만주로 건너가 독립운동을 할 것인가, 현실에 순응하며 살 것인가 이회영은 선택해야 했다. 그리고 그들의 선택이 오늘날 우리의 역사를 만들었다. 우리는 그들이 내렸던 결단을 기억하고 있으며, 어렵게 결정한 그 선택에 따른 결과를 기꺼이 감수했던 그들을 존경한다.

　우리도 다르지 않은 사람들이다. 다만 처해 있는 상황과 주어진 선택지가 조금 다를 뿐이다. 그 선택지를 대하는 자세만큼은 다를 이유가 없다. 지금 당장 먹고살기 위한 노력도 중요하지만 고개를 들어 우리의 눈을 조금만 더 멀리 향해 보도록 하자. 나는 어떤 인생을 살고 세상에 어떤 흔적을 남기고 싶은가? 나는 그것을 위해 어떤 선택을 하고 싶은가? 그런 고민을 안고 좀 더 의미 있는 인생을 살아보고 싶다면, 역사에서 배우도록 하자. 수많은 위인들이 결정했던 선택과 그 결과가 고스란히 담긴 역사라는 참고서가 당신의 선택에 도움이 될 것이다. 그리고 우리의 선택 또한 역사가 될 것이다.

균형 있는 시각을 갖게 된다 ——— 흥선대원군

우리 안의 지킬 박사와 하이드

우리는 역사를 통해 수없이 많은 사람들을 만나볼 수 있는 기회를 얻는다. 사람을 제대로 이해하려면 결국 많은 사람을 겪어 보는 것이 가장 좋은 방법이다. 역사는 우리에게 그런 기회를 무궁무진하게 제공해 준다. 다양한 군상들과 함께 살아가야 하는 이 세상에서 사람들을 어떻게 대해야 할지 배우는 좋은 힌트가 될 수 있다.

이 지구상에는 약 78억 명이 살아가지만, 내가 살면서 만날 수 있는 인간관계의 폭은 무한하지 않다. 아무리 인맥이 넓은 사람이라도 수십 명 정도의 사람들과 꾸준히 긴밀한 관계를 이어가는 것조차 쉬운 일이 아니다. 살면서 제대로 겪을 수 있는 사람이 100명도 안 되면서 마치 사람이란 존재를 다 이해하는 것처럼 착각할 때가 있다. 자신이 정해놓은 기준과 편견에 따라 다른 사람을 멋대로 평가하고 재단하기도 한다. 사람에 대해 제대로 이해하는 첫걸음은 그들 각각의 다양한 측면을 바라보고 각자의 모습대로 인정하는 것이지만 우리는 그런 연습에 그다지 익숙하지 않다.

《지킬 박사와 하이드》라는 유명한 소설이 있다. 점잖은 성격의 소유자 지킬 박사는 어느 날 자기 내면의 어두운 욕구를 분리해 보고 싶다는 생각을 갖는다. 선과 악을 분리하는 약 제조에 몰두하다가 마침내 절대악의 인격체인 하이드를 분리해내는 데 성공한다. 내면에 선과 악이 공존하는 평범한 사람으로부터 완벽하게 선한 지킬 박사인 동시에 완벽하게 악한 하이드로 재탄생한 것이다. 그는 하이드로 변신할 때마다 도덕적 제약을 무시하는 악의 순수함에 짜릿한 쾌감을 느낀다. 지킬 박사는 악행에 점점 중독되어 숱한 범죄를 저지르다가 이제 하이드로밖에 살 수 없게 됨을 깨닫고 결국 비극적인 죽음을 선택하고 만다.

소설에 나오는 이야기지만 우리 사회에도 만들어진 지킬 박사와 하이드가 많은 것 같다. 물론 소설처럼 선과 악을 분리하는 약을 먹어서 그렇게 된 것은 아니다. 이중인격자도 아니지만 자신의 의지와 상관없이 타인에 의해 지킬 박사와 하이드로 분리되어 버린 것이다. 자신과 생각이나 의견이 같은 사람들은 지킬 박사이지만, 그것이 다른 사람들은 하이드로 취급당해 버린다.

"○○당을 지지한다고? 너 좌빨이지?"

"이 시국에 일본 제품이라니, 너 토착왜구냐?"

하이드로 규정된 타자에게는 빨갱이, 친일파, 좌빨, 수구꼴통, 종북좌파, 토착왜구 등 온갖 단어들을 동원하여 공격하고 혐오를 표현한다. 그가 어떠한 삶을 살아왔고 얼마나 다양한 생각과 감정, 복잡한 내면을 가진 사람이건 중요하지 않다. 상대가 내 마음에 들지 않는 하이드로 보이는 순간 그의 모든 정체성을 쉽게 빨갱이나 친일파 같은 단어로 규정해 버린다. 그런 식으로 서로에 대한 규정짓기가 난무해지기 시작하면 증오와 불신의 싹도 점점 더 커져 간다. '저 사람은 정말 하는 짓이 빨갱이야.'라고 단정하기 전에, 쉽지 않더라도 왜 그런 행동을 하는지 이해해 보려는 노력이 필요하다. 서로의 의견과 생각이 다를 수 있음을 인정하고, 상대의 입장에서 생각해 보아야 한다.

살다 보면 사람에 대한 판단을 내리는 것은 피할 수 없는 일이다. 다만 주관적인 감정에 휩쓸려 온전한 판단을 내리지 못할 때가 많다는 것이 문제다. 내 감정 때문에, 혹은 나의 편견 때문에 타인에게 함부로 비난을 쏟아 내거나 상처를 줄 때도 있다. 우리는 사람을 판단할 때 어떻게 균형 있는 시각을 가질지 고민해 보아야 한다. 그러기 위해서는 많은 사람들의 삶을 제대로 관찰해 보고 나름의 평가도 내려 보는 수많은 연습이 필요하다. 역사는 많은 사람들을 대상으로 이 연습을 마음껏 해볼 수 있는 훌륭한 연습장이다.

뛰어난 개혁 정치가 vs 실패한 전근대 정치가

민족의 영웅으로 기억되는 이순신 장군처럼 대다수의 사람들로부터 비교적 일관된 평가를 받는 인물도 있지만, 어떤 인물들은 역사적 맥락에서 그 평가가 무척 엇갈리기도 한다. 신라의 김유신 장군은 삼국통일의 위업을 달성한 위인으로 추앙받지만, 외세를 끌어들인 반쪽짜리 통일이었을 뿐이라는 비판도 받는다. 광해군을 성군으로 묘사한 영화가 흥행에 성공한 적도 있지만 어떤 사람은 그저 패륜을 저지르다 쫓겨난 폭군 정도로만 기억한다. 그런데 흥선대원군만큼 역사적으로 극단적인 평가를 받는 인물은 그리 많지 않다. 한쪽에서는 조선 최후의 주체적인 개혁 정치가로 높은 평가를 내리지만, 반대쪽에서는 수구적이고 전근대적인 쇄국주의자였을 뿐이라는 박한 평가를 내린다. 과연 흥선대원군은 어떤 평가를 받는 것이 온당할까?

일제의 그늘이 드리우기 이전, 조선의 국운이 더욱 가파르게 기울기 시작했던 것은 조선 후기 세도정치의 영향이 무척 컸다. 소수의 붕당 세력이 정치 권력을 독점하던 붕당정치가 그 무렵 더욱 변질되어, 안동 김씨와 풍양 조씨로 대표되는 소수의 외척 가문이 나라를 좌지우지하는 세도정치가 시작되었다. 그들에 의해 국가는 비정상적으로 운영되었으며 관직을 사고파는 매관매직이 횡행했다. 뇌물을 주고 수령이 된 탐관오리들은 본전을 만회하고자 백성들을 수탈하며 못살게 괴롭혔다. 결국 홍경래의 난이나 임술농민봉기 같은 각종 민란이 발생할 만큼 조선은 사회적 모순으로 인해 극심한 혼란에 빠져 있었다.

이때 등장한 인물이 바로 고종의 아버지 흥선대원군이다. 고종이 불과 12살의 어린 나이로 즉위했기 때문에 흥선대원군이 직접 정치에 나서는 섭정 체제가 출범했다. 몰락해 가던 조선을 다시 세우기 위한 그의 개혁정치가 시작된 것이다.

흥선대원군은 우선 세도정치의 본산이었던 비변사를 폐지하고, 지방에 난립한 서원을 대대적으로 정리하는 데 몰두한다. 비변사는 군사 문제를 논의하기 위해 설치된 임시기구였지만, 세도가들에게 장악되어 권력이 비대화되어 있었다. 정상적인 국가 운영을 위해 비변사 폐지는 당연한 수순이었지만 동시에 기득권층의 강력한 반발을 일으켰다. 또한 서원은 본래 성인에게 제사 지내고 후학을 양성하는 교육기관이었으나 붕당정치의 지방거점으로 변질되어버린 실정이었다. 더구나 서원을 근거로 한 지방 양반들의 횡포도 무척 심했기 때문에 개혁의 대상이 된 것이다.

기독교 국가에서 수많은 교회를 강제 폐쇄했다고 상상해보자. 당연히 엄청난 반발이 터져 나왔을 것이다. 하지만 흥선대원군은 "백성을 해치는 자는 공자가 다시 살아와도 용서하지 않겠다."라며 강하게 개혁을 밀어붙였다. 일반 백성에게만 부과하던 군포(병역의무자가 복무하지 않는 대가로 내던 세금)를 양반에게도 부과한 호포법도 양반들의 격렬한 반발을 불렀다. 사악한 고리대금업으로 변질되어 농민반란의 원인이 되기도 했던 환곡제도를 폐지하고 백성들의 공동출자로 운영되는 사창제를 도입한 것도 개혁을 위한 노력의 일환이었다.

홍선대원군이 실시한 일련의 개혁정책들은 권력을 독점하던 세도정치 세력과 양반들의 기득권을 억누르고자 하는 일관된 목표가 있었다. 권력을 빼앗긴 자들의 극심한 반발을 불렀지만 일반 백성들에게는 열렬한 지지를 받았다. 그의 정책은 유불리에 따라 누군가에게는 선한 것으로 받아들여졌고, 또 누군가에게는 악한 것으로 받아들여졌다.

홍선대원군을 뛰어난 개혁정치가로 보는 시선과 달리 조선의 근대화를 위해 아무것도 한 것이 없는 실패한 정치가로 보는 평가도 있다. 특히 숨가쁘게 변하던 대외정세를 읽지 못한 채 극단적인 쇄국정책으로 일관한 것이 박한 평가를 받는 주된 원인이다. 우선 병인박해, 즉 프랑스 선교사 9명과 천주교 신자 8,000명을 처형하는 대대적인 탄압으로 프랑스와의 무력 충돌인 병인양요를 초래했다. 미국과 벌인 전투인 신미양요 후에는 전국 곳곳에 척화비를 세우며 외세에 대해 대결 자세로 일관했다. 당시 홍선대원군으로서는 어쩔 수 없는 선택이었을지도 모른다. 정치인들이 내부의 결속력을 위해 외부에 적을 설정하는 정책은 지금도 흔히 볼 수 있다. 더구나 오랑캐 세력으로 인식되던 서양이나 일본을 배척하는 것이 당시 조선 사회의 전반적인 분위기였다. 개혁을 추진하는 과정에서 기득권층과의 싸움만으로도 벅찬 상황이었던 홍선대원군이 그러한 여론까지 거스르기는 어려웠을 것이다. 어쨌든 근대화의 시기를 놓친 것에 대해 아쉬워하는 사람들에게 있어 그는 옛것을 없애고 문명 열강과 같은 조선을 건설하는 일에 완전히 실패한 반역사적 인물로 여겨질 뿐이다.

선악은 기준이 될 수 없다

흥미로운 것은 홍선대원군의 개혁정책을 열렬히 지지하던 백성들조차 그가 추진한 경복궁 중건을 계기로 싸늘하게 돌아서 버렸다는 점이다. 임진왜란 때 불타버린 채 오랫동안 방치되어 있던 경복궁을 중건한 일은 역사적으로 중요한 업적이다. 조선의 국가적 정통성을 확립함과 동시에 실추되었던 왕권을 강화하는 상징이었던 것이다. 하지만 막대한 자금 마련을 위해 원납전이라는 명목으로 강제 기부금을 거두어들이고, 심지어 금액에 따라 벼슬을 상으로 주기도 했다. 그에 더해 지금으로 치면 백만 원짜리 동전 같은 당백전을 마구 찍어내서 화폐 유통질서가 교란되어 엄청난 인플레이션을 유발했다. 백성들을 대규모 토목공사에 강제 동원한 것도 큰 불만을 사기에 충분했다. 흥선대원군 덕분에 오늘날 우리 후손들은 경복궁을 소중한 문화유산으로 갖게 되었다. 하지만 가뜩이나 먹고살기 힘들었던 당시 백성들에게는 자신들을 더 고통스럽게 하는 원흉이었을 뿐이다. 누구보다 흥선대원군의 개혁을 지지하던 백성들이 역시 누구보다 먼저 그에 대한 원망과 비난을 쏟아냈다.

흥선대원군은 과연 선한 지킬 박사였을까, 악한 하이드였을까. 서원을 철폐하고 양반들에게도 과감하게 세금을 부과하는 모습을 바라보았을 때 백성들의 눈에는 그가 지킬 박사로 보였을지 모른다. 반대로 강제로 노역에 동원되고 원납전을 징수당했을 백성들의 눈에는 하이드로 보였을 것이다. 전통적 체제와 기득권을 수호하려는 양반들에게는 또 어떻게 보였을까. 양반들의 눈에는 서원 철폐와 호포법을 밀어붙이는 그가 하이드로 보였을 것이다. 하지만 서구와 일본 오랑캐에 맞서 단호히 쇄국정책을 펼치는 모습은 지킬 박사로 비춰졌을 테다. 병인박해라는 똑같은 사건을 두고 천주교 신자들은 그를 하이드로, 유생들은 지킬 박사로 여겼을 것이다.

흥선대원군이라는 동일한 인물에 대해 이처럼 양쪽은 자신의 입장에 따라 완전히 상반된 시각으로 바라본다. 때로는 무척 선하게 보기도 하고, 때로는 무척 악하게 보기도 한다. 우리가 역사 인물을 평가하는 것은 그로부터 무언가 배울 만한 점을 찾고 우리의 삶에 교훈을 얻기 위함이다. 그것이 긍정적인 것이든, 부정적인 것이든 말이다. 하지만 한 인물을 평가할 때 선과 악의 관점으로 보기 시작하면, 객관적이고 균형 잡힌 평가는 불가능해진다. 제대로 된 비판도, 제대로 된 교훈도 없으며 얻을 수 있는 것은 아무것도 없다.

공功과 과過를 함께 보자

사람은 지킬 박사와 하이드처럼 선과 악이 완전히 구별될 수 없는 존재다. 선함과 악함은 늘 내면에 공존하며, 때로 상황에 따라 어느 한쪽이 더 크게 발현될 뿐이다. 더구나 그 사람을 판단하는 각자의 입장에 따라 선하거나 악한 존재로 정의되기도 한다. 따라서 선과 악의 잣대로 사람을 바라보고 세상을 바라보는 것은 큰 도움이 되지 않는다. 그 대상이 설사 강자나 약자라 해도 마찬가지다. 세상에는 약자이면서 악하고, 강자이면서 선한 사람도 얼마든지 있다. 정도의 차이가 있을 뿐 인간은 누구나 이기적이고 자신의 욕망에 충실한 삶을 살아간다.

그렇다면 어떤 잣대로 인물을 평가하고 바라보아야 할까? 그 인물의 행동이 자신에게 이로울 뿐만 아니라 공동체에도 이로운 것이었는지 함께 고려하고 판단해야 한다. 자신의 욕망을 충족하기 위해 최선을 다하는 것 자체에 대해서는 누구도 비난할 수 없다. 다만 그 과정과 결과가 공동체에 어떤 영향을 미쳤는지는 별도로 판단해 볼 문제다. 공동체에 이로운 영향을 미첬다면 그것은 공功이 되고, 해로운 영향을 미쳤다면 과過가 된다. 공이 더 클 수도 있고, 과가 더 클 수도 있겠지만, 어느 한쪽을 아예 없었던 것처럼 부정해 버려서는 안 된다.

홍선대원군은 우리 역사에 어떤 공을 남겼고, 어떤 과를 남겼는가. 그가 기득권 세력에 맞서 세도정치를 종식시키고 백성들을 위한 개혁을 추진했던 것은 공이다. 동시에 시대에 역행한 쇄국정책으로 조선의 근대화를 지연시켰던 것은 아쉬움으로 남는 과이다. 그의 공적 때문에 그 과실이 가려져서는 안 되며, 마찬가지로 그 과실 때문에 공적이 가려져서도 안 된다. 우리는 공과 과를 동시에 있는 그대로 인정해야 한다. 공을 통해 우리 사회의 교훈으로 삼고, 과를 통해 반면교사로 삼아야 한다.

많은 역사 인물의 삶을 들여다보고 그들이 이 사회에 남긴 유산들, 공과에 대해 판단하는 연습을 해보자. 그리고 다시 이 세상과 내 주변 사람들을 바라보자. 아무리 뛰어난 사람도 분명히 과는 있고, 아무리 못난 사람도 분명히 공은 있다. 나도 당신도 역시 그런 사람들이다. 좋은 점도 있고 나쁜 점도 있는, 그런 평범한 사람임을 서로 인정하고 어울려 함께 살아가자. 이 세상에는 완벽한 지킬 박사도, 완벽한 하이드도 없다.

같은 잘못을 되풀이하지 않기 위해 ── 어우동과 환향녀

자학自虐이 아니라 자학自學이다

흔히 우리나라 역사를 이야기할 때 '반만년의 무구한 전통에 빛나는 역사'라고 말한다. 광개토대왕이 드넓은 만주벌판을 달리며 호령하던 시절의 역사도 있었고, 세계적으로 유례없는 훈민정음 창제도 우리 민족의 자랑스러운 역사다. 하지만 안타깝게도 아름답고 훌륭한 역사만 있었던 것은 아니다. 부끄럽고 감추고 싶은 역사의 기억도 무수히 많다. 자랑스러운 역사를 잘 복기하고 계승하는 것도 중요한 의미가 있지만, 부끄러운 역사를 기억하는 것은 어쩌면 더 중요한 일이다. 그 역사를 잊어버리면 잘못된 역사가 또다시 반복되는 벌을 받기 때문이다. 역

사를 배워야 하는 중요한 이유는 역사로부터의 교훈, 특히 반면교사反面教師를 얻기 위함에 있다.

이러한 태도를 일본이나 한국의 극우 세력은 자학사관自虐史觀이라고 비판하기도 한다. 하지만 '자학'이라는 단어는 온당하지 않다. 자학은 말 그대로 자기 스스로를 학대하는 것이다. 나의 잘못이나 실패를 있는 그대로 들여다보자는 것이 어떻게 자학일까. 내가 좀 더 나은 사람이 되기 위해, 우리나라가 좀 더 나은 나라가 되기 위해 스스로 돌아보는 것은 학대의 자학自虐이 아니라 배움의 자학自學이다. 무엇이든 아픔을 그대로 직시하고 극복해낸 만큼 성숙해지는 법이다.

다행히 우리는 과거의 실패로부터 교훈을 얻고 성공의 반전을 이룬 경험도 많다. 가까이는 메르스 사태 때 방역에 실패했던 경험을 그저 실패로 끝내지 않고, 이때 축적한 경험과 데이터를 기반으로 코로나19 사태를 어느 정도 막아내고 있는 것도 그런 사례라 할 만하다. 실패한 역사를 실패로 단정 짓고 덮어버리기에만 급급하다면 안에서 곪아버린 상처로 남을 뿐이지만 그것을 교훈으로 삼고 개선하기 위해 노력한다면 오히려 훌륭한 자산이 될 수 있다. 우리는 역사를 통해 그런 사례들을 더 많이 찾고, 반면교사로 삼기 위한 노력을 멈추지 말아야 한다. 어우동의 죽음을 기억하는 것은 그런 노력의 작은 일부일 것이다.

어우동은 왜 사형을 당했을까

조선시대 성종 때 어우동이라는 여성이 있었다. 뼈대 있는 양반가의 여식이었고 미모도 매우 출중했던 것으로 전해진다. 왕실의 종친인 이동이란 사람과 혼인했지만, 이때부터 그녀 인생의 불행이 시작된다. 이동은 어느 기생과 눈이 맞았는데, 오히려 아내인 어우동이 바람을 피웠다는 핑계로 그녀를 쫓아내 버렸다. 실제로 어우동이 먼저 바람을 피운 것인지 정확히 알 수는 없다. 오히려 당시 임금이면서 왕실의 최고 어른이었던 성종이 이혼을 하지 말라고 만류한 것을 보면, 사실이 아닐 가능성이 높다. 정말 어우동이 바람을 피운 것이 맞다면 아무리 왕이라도 그런 명을 내릴 수는 없었을 것이다. 하지만 이동은 왕의 명령을 따르지 않았고, 어우동은 결국 버려지고 만다. 크게 실의에 빠져 있던 어우동은 당시로서는 매우 대담한 생각을 품게 된다.

"남편이 기생이랑 놀아나며 바람을 피웠는데, 나라고 그렇게 못 할까."

그 후 그녀는 4년 동안 자유연애를 즐기며 무려 17명의 남자와 통정을 한다. 조선의 유교 사회에서는 상상도 못 할 섹스 스캔들이 발생한 것이다. 어우동의 연애 대상은 병조판서, 대사헌 같은 장관급 고위 관리부터 양인, 천민을 가리지 않았다. 공신으로 책봉된 어유소 또한 그중 한 명이었으며 심지어 조상을 모시는 사당에서 어우동과 정을 통했다. 뿐만 아니라 어우동의 섹스 대상에는 전 남편 이동의 친척, 즉 왕실의 종친까지도 포함되어 있었다.

종친과 공신을 포함한 많은 벼슬아치들까지 연루된 희대의 스캔들이 드러나자 조정은 발칵 뒤집어진다. 근엄한 가면을 쓰고 있던 사대부의 위선적인 실체가 그대로 밝혀진 것이다. 의금부와 사헌부에서는 관련된 벼슬아치들까지 모조리 잡아들일 것을 간언하지만, 사대부의 체통을 염려한 성종은 중인들만 하옥하라고 명령한다. 하지만 구체적인 정황이 쏟아지며 사건이 걷잡을 수 없이 커지자 어쩔 수 없이 몇 명의 벼슬아치는 잡아들인다. 그나마도 혐의를 부인하니 그들도 바로 풀어주고 만다. 심지어 자신의 잘못을 적극적으로 시인했던 남성들까지도 잠깐 유배형을 보냈다가 풀어준다. 그것은 양반이나 노비나 마찬가지였다. 특히 스캔들을 세상에 알려서 옥사를 일으키겠다고 어우동을 협박하며 강간했던 노비 지거비 또한 가벼운 처벌만 받고 풀려난다.

어우동은 어떻게 되었을까? 조정에서는 그녀에 대한 처벌 수위를 놓고 갑론을박이 벌어진다. 한쪽은 법이 정한 바대로 유배형에 처할 것을 주장한다. 다른 한쪽에서는 유교적 질서를 무너뜨린 괘씸죄를 들어 사형에 처할 것을 주장한다. 문제는 조선의 형법으로는 간통죄로 사형에 처할 수 없었다는 것이다. 사형을 주장하는 이들은 급기야 중국의 법전인 대명률大明

律까지 가져와서 '남편을 배반하고 도망하여 바로 개가한 죄'에 억지로 끼워 맞춰 사형시킬 명분을 만들고 만다. 결국 어우동은 사형에 처해졌고, 이 사건은 결과적으로 오로지 그녀만 홀로 처벌을 받은 셈이 되었다.

어우동 그리고 n번방 사건

당시의 국법을 어기고 간통죄를 저지른 어우동의 잘못은 크다. 하지만 어우동의 이야기를 들여다보면, 오늘날 유독 성범죄에 관대한 우리 사회의 삐뚤어진 모습이 꽤 오랜 역사를 가졌다는 생각을 품게 한다. 최근 여러 여성들을 성노예로 만든 끔찍한 범죄인 n번방 사건이 터지면서 온 나라가 시끄러웠다. 단지 n번방 사건 때문만은 아니다. 우리 사회는 그동안 숱하게 많은 성범죄나 스캔들이 터질 때마다 유독 남성에게는 관용을, 여성에게는 엄격한 잣대를 들이대 왔음을 부정할 수 없다. 여성이 명백한 피해자인 것이 분명한 사건마저도, '그 여자가 그런 짓을 당할 만한 행동을 했겠지'라며 책임을 여성에게 전가하고, '남자가 살다 보면 그런 실수도 하는 거지'라며 유독 남성에게 관대한 사람들을 너무나 쉽게 찾아볼 수 있다. 공정한 재판을 해야 하는 판사들마저 그런 인식을 갖고 판결을 내리는 것은 아닌지 의심이 들 때가 많다.

어우동을 법에 따라 처벌하는 한편, 함께 간통한 남성들도 법에 따라 합당한 처벌을 받아야만 했다. 하지만 사람들은 어우동에게만 일방적으로 돌을 던졌고 급기야 죽음으로 내몰았다. 단지 그녀가 유교적 가부장 사회에 속한 '여성'이었기 때문이다. 다른 이유가 있었을까? 성리학 사회에서 정절의 의무와 책임은 남성과 여성 모두에게 주어진 것이었지만 그 책임은 오로지 어우동만이 추궁받아야 했다.

성리학적 통치 이념에 기반한 성군이 되고 싶었던 성종에게 이 사건은 몹시 부끄러운 일이었다. 진상을 감추는 데에만 급급했기에 체통을 지켜야 했던 양반 남성들, 심지어 중인이나 노비들까지도 가벼운 처벌만 받고 풀려났다. 결과적으로 어우동은 자신의 잘못보다 훨씬 더 큰 처벌을, 남성들은 자신의 잘못보다 훨씬 낮은 처벌을 받았다. 잘못에 대해 합당한 죄를 묻지 않은 대가로 우리는 역사적으로 아무런 교훈을 얻지 못하는 벌을 받고 말았다. 지금도 여전히 성범죄가 끊이지 않고 그때마다 솜방망이 처벌 논란이 이어지는 것이 그 벌은 아닌가라는 생각도 든다. 만약 성범죄에 대해 강력하게 처벌하고 발본색원하는 조치가 이루어졌다면, 그렇게 사람들이 스스로 경계할 수 있도록 풍토와 문화를 만들어 왔다면, 지금 우리 사회의 인식에 조금이라도 긍정적인 영향을 주지 않았을까?

문제는 지금부터다. 지금이라도 잘못된 역사가 반복되는 일이 없도록 바로잡아야 한다. 법적인 책임과 의무는 남성이든 여성이든 똑같이 부여받도록 하고, 잘못한 만큼 그대로 벌을 받게 해야 한다. 여성을 한낱 자신의 노리개로 삼아 잔인한 성폭력을 일삼은 사람들, 그것을 보고 즐기며 희롱했던 모든 사람들, 단순 맛보기 가입자이든 1번방이든, 2번방이든, 모두에게 잘못에 상응하는 마땅한 처벌을 받게 해야 한다. 그리고 사법부가 그런 범죄자들에게 비합리적으로 관용적인 판결을 내리지 못하도록 지켜봐야 한다. 고작 반성문 몇 장 썼다고 법원이 과감하게 형을 깎아 주는 일이 없도록, 끊임없이 목소리를 높여야 한다.

이번 사건을 계기로 제대로 된 사례를 만들어내지 못한다면 어우동에게 가해졌던 사법살인은 또다시 반복될 것이다. 반드시 죽어야만 살인일까? 평생 트라우마 속에서 죽음보다 못한 고통 속에 살게 한다면 그게 살인이다. 사법부가 그런 일을 오히려 부추긴다면 그게 바로 사법살인이다. 예전의 잘못 덮인 사건이 이후의 역사에 어떤 영향을 주었는지 직시하고 같은 역사가 반복되지 않도록 고쳐 나가야 한다.

또 다른 환향녀와 위안부가 없는 세상을 위해

품행이 방정하지 못한 여성을 비하해서 부를 때 쓰는 말로 '화냥년'이라는 말이 있다. 또 버릇없이 제멋대로 구는 아이를 욕할 때 쓰는 '호로자식(호래자식)'이라는 말이 있다. 이 말들의 유래를 되짚어 보면 우리의 아픈 역사가 고스란히 드러난다.

병자호란 때 조선이 청나라에 치욕적인 항복을 한 뒤 수많은 포로가 청나라로 끌려갔다. 이때 수많은 여성들도 함께 잡혀갔는데 상당수는 돌아오지 못했지만 큰 돈을 지불하고 구사일생으로 고향에 돌아온 여성들도 있었다. 고향으로 돌아온 이들을 환향녀還鄕女라고 불렀는데, 문제는 대부분 정절을 잃고 말았다는 사실이었다. 조선 정부는 홍제원의 냇물에 몸을 씻으면 그 죄를 용서해 주겠다는 나름의 해결책을 냈지만 정작 그 여성들의 남편들이 가만히 있지 않았다. 정조를 잃은 아내와의 이혼을 허락해 달라며 청원을 올렸고 많은 환향녀들은 창녀 취급을 당하며 집에서 쫓겨나야 했다. 그들 중에는 아이를 낳은 이들도 있었는데 그 아이들은 호로胡虜자식, 즉 오랑캐의 포로 자식이라고 비난받아야 했다. 시대의 희생양임에도 불구하고 태어났다는 이유만으로 멸시의 대상이 되어버린 이 아이들은 또 무슨 죄란 말인가.

병자호란은 사대주의적 명분론에 집착한 조선 정부와 사대부들의 외교 실패로 인해 촉발된 전쟁이었다. 그들이 현실을 자각하고 유연한 자세를 취했다면 얼마든지 막을 수 있었을지도 모른다. 하지만 막상 전쟁이 일어나자 그들은 자신들의 목숨부터 살리는 데 급급했고, 자신이 마땅히 지켜야 할 아내를 지키지 못했다. 그럼에도 모든 책임을 희생양인 여성들에게 떠넘기며 정조를 잃었다고 비난했던 것이다. 사대부들은 자신들의 권위와 체통이 더 중요했기에 환향녀들에 대해 아무런 책임감을 갖지 않았을 뿐 아니라 그들이 겪어야 했던 아픔에 대해 공감하지도 못했다.

일제에 의해 강제로 전쟁터에 끌려가 혹독한 성적 착취를 당했던 위안부 할머니들을 보면 비슷한 역사가 반복된다는 생각이 든다. 자신의 의지가 아니었음에도 부끄러운 기억이 되어 버린 그 사실에 대해 오랫동안 침묵하며 살아야 했다. 하지만 김학순 할머니의 용기 있는 고백으로 일제의 만행이 세상에 널리 알려지게 되었다. 그 사실에 함께 마음 아파하고 위안부 할머니들을 돕고자 나선 사람들도 있지만 여전히 위안부의 역사를 부정하고 폄훼하는 사람들이 있다. 위안부는 자신들의 자유로운 의지에 따라 돈벌이에 나선 매춘부였을 뿐 성노예가 아니었다는 것이다. 일본 극우 세력의 주장과 맥락을 같이하며 자신들이 보고 싶은 기록과 통계만이 진실이라 주장하는 것도 문제지만, 무엇보다 위안부 할머니들이 겪었을 아픔에 대해 전혀 공감하지 못하는 모습을 보면 환향녀를 대하던 사대부들의 모습이 연상된다. 아니, 과연 그들만 그런 것일까. 그저 소가 닭 보듯 하며 할머니들의 아픔에 무관심한 우리도 마찬가지가 아닐까. 비록 그 처절했던 시대를 함께 살지도 못했고 그들을 지켜줄 수도 없었지만, 지금이라도 그들의 아픔에 대해 공감하려는 노력이 필요하다. 할머니들이 무엇보다도 원하는 일본 정부의 제대로 된 시인과 사과를 받기 위해 그들의 편에서 함께 연대해야 한다.

환향녀와 호로자식, 위안부 할머니들 그리고 n번방 사건의 피해자들에 이르기까지 공통점이 있다. 모두 아픈 역사와 사회적 모순에서 비롯된 피해자들이고 우리 사회가 제대로 보호해 주지 못했다는 점이다. 지금 우리에게 가장 우선적으로 필요한 것은 그들이 겪었던 아픔에 공감하는 것이다. 과거의 잘못된 역사로부터 이어져 내려온 지금의 삐뚤어진 현실을 변화시키는 모든 원천은 '공감'에 있다. 그리고 우리 안의 아프고 잘못된 역사를 용기 있게 직시할 때 더 강력한 힘을 얻게 된다.

몸속의 종양을 떼어내기 위해서는 살을 도려내는 아픔을 견뎌야 한다. 종양이 있음을 애써 무시하고 내버려 두면 겉은 멀쩡해 보일망정 종양은 결코 저절로 사라지지 않는다. 그 크기만 날이 갈수록 더 커져 갈 뿐이다. 우리를 아프게 하고 부끄럽게 만드는 역사라면 오히려 더 정확히 이해하고 더 많은 공부를 하자. 그래야 조금이라도 더 희망적이고 나은 미래를 우리 후손들에게 물려줄 수 있다.

우리에게는 빚이 있다 ——————

전태일과 Y H 사건

보이지 않는 손들의 노고

'보이지 않는 손'이라는 말이 있다. 애덤 스미스의 이론에 따르면, 농부가 열심히 쌀농사를 짓는 것은 특별한 자비심 때문이 아니다. 시장에서 경쟁력 있는 좋은 품질의 쌀을 많이 생산하여 더 많은 돈을 벌려는 이기심의 발로일 뿐이다. 그 쌀로 맛있는 음식을 만드는 요리사도 마찬가지다. 다른 요리사보다 맛있는 요리를 개발해서 더 많은 돈을 벌고자 함이다. 그렇게 각자의 욕망대로 각자의 위치에서 열심히 생산 활동을 하다 보면 공급과 수요의 원칙에 따라 가장 안정적인 시장가격이 형성된다.

자유시장 경제체제에 속한 인간이 열심히 일하는 것은 더 많은 돈을 벌고 싶은 원초적인 이기심에 근거한다는 논리에 동의한다. 그들이 의도한 것은 아니지만 그렇게 열심히 일한 결과로 사회 전반적인 부富가 증대하고, 구성원 모두에게 공익을 가져다준다는 논리에도 동의한다. 다만 그 이기심이 지나치게 과열된 경쟁으로 인해 일정한 선을 넘어 남을 짓밟는 수준으로 가지 않는다면 말이다.

이처럼 '보이지 않는 손'이라는 말은 경제이론을 설명하기 위해 널리 인용되지만 다른 관점으로도 생각해 볼 수 있는 통찰을 준다. 오늘날 우리가 편리한 삶을 살아갈 수 있는 것은 수많은 '보이지 않는 손'이 있기 때문이다. 아침에 집을 나섰을 때 깨끗한 거리를 기분 좋게 걸을 수 있는 것은 환경미화원들이 밤새 거리 청소를 했기 때문이다. 카페에 들러 따뜻한 아메리카노 한 잔의 여유를 누릴 수 있는 것은 원두를 생산한 농부들과 그 원두를 카페까지 운송해 준 배송업자, 어떻게 더 맛있는 커피를 만들지 고민하는 카페 주인, 그리고 커피를 내려 주는 바리스타가 있기 때문이다. 물론 그들을 열심히 움직이게 만드는 중요한 원동력은 돈이겠지만, 그 돈의 대가를 받고 기꺼이 자신의 시간과 에너지를 사용해 주기로 결정한 그들의 노고가 없다면 커피의 여유는 누릴 수 없다는 점을 알아야 한다.

우리가 누리는 편리한 삶은 어느 것 하나 거저 주어진 것이 없다. 아무리 돈이 많아도 그 돈을 받고 일해 주는 누군가가 없다면 많은 돈도 무용지물일 뿐이다. 그들의 노력과 수고 덕분에 비로소 우리의 권리를 누릴 수 있다. 그렇기에 우리는 고마움을 표현할 줄 알아야 한다. 커피를 마시고 싶지만 커피 재배에 내 시간과 노력을 투입하지 않는 나를 대신해 커피를 재배해 주는 농부들에게, 깨끗한 환경에는 살고 싶지만 거리 청소는 하기 싫은 나를 대신해 청소해 주는 환경미화원들에게 고마움을 표현해야 한다. 그들의 땀방울을 오로지 돈으로만 치환해서는 안 된다. 그것이 내가 못 하거나, 혹은 하기 싫은 일을 대신해 주고 있는 이 땅의 모든 '보이지 않는 손'들에 대한 최소한의 예의이자 염치다.

역사는 소중한 것이 소중한 이유를 알아가는 과정

깨끗한 거리를 걸을 수 있고, 아침에 커피 한 잔 마실 수 있는 여유가 있다는 것은 본질적으로 그런 행위를 내 의지대로 할 수 있는 권리가 주어졌기 때문이다. 만약 정부가 어떤 이유로 계엄령을 선포하고 국민들이 자유롭게 다닐 기회를 박탈한다면, 아무리 거리가 깨끗하고 커피 원두가 잔뜩 쌓여 있다 한들, 그런 일상은 누릴 수 없다. 조금 더 시대를 거슬러 올라가 보자. 내가 조선시대의 노비였다면 차 한 잔 마음대로 마실 권리도 없다. 조선시대 여성이라면 남편의 허락 없이 함부로 길거리를 다닐 권리조차 주어지지 않는다. 지금은 너무나 당연한 권리이기에 마치 처음부터 그랬던 것처럼 착각하기 쉬운 것들도 사실은 오랜 시간 동안 누군가의 노력이 더해져 조금씩 쟁취해온 것들이다.

우리는 모든 국민이 자유의지를 행사하고 나라의 주인이 되는 '자유민주주의' 국가 대한민국에서 살고 있다. 내 손으로 최고 통치권자인 대통령을 선출하고, 대통령의 정책이 마음에 들지 않으면 자유롭게 비판할 수 있는 곳. 그 모든 것이 국민으로서의 당연한 권리로 주어졌다. 하지만 불과 수십 년 전만 해도 우리에게는 그런 자유가 없었다. 대통령을 직접 선출할 수도 없었고, 대통령을 함부로 비난했다가는 감옥으로 잡혀가기 일쑤였다. 대통령을 욕해도 더 이상 감옥에 가지 않는 세상이 된 것은, 우리 눈에는 보이지 않았지만 수많은 사람들이 그 부당함에 맞서 용기 있게 저항했기 때문이다. 우리가 자유민주주의를 누리며 사는 이 당연한 권리를 얻기까지 수많은 '보이지 않는 손'들의 희생과 노력이 있었다는 사실을 기억해야만 한다.

역사를 공부하는 이유 중 하나는 오늘날 내가 누리는 자유와 권리가 어디서부터 왔는지 정확히 알기 위함이다. 자유민주주의가 공짜로 생긴 것이 아니라 수많은 '보이지 않는 손'들의 희생, 심지어 자신의 목숨까지도 바친 값비싼 대가 덕분이라는 것을 알아가는 과정이다. 이것이 왜 소중한지 똑바로 알게 되면 나 또한 앞장서서 민주주의를 지킬 수밖에 없는 책임감을 갖게 된다. 만약 처음부터 당연하게 주어진 권리라면 감사할 이유도, 힘써 지켜야 할 이유도 없다. 나의 권리가 역사 속 수많은 사람들 덕분에 얻게 된 빚이라는 사실을 깨닫게 되면 나 또한 그것을 힘써 지켜 나가야 할 책임과 의무가 있다는 것을 알게 된다.

지금의 역사를 쓴 것은 평범한 사람들

오늘날 우리는 법정 근무시간인 주 40시간만 일할 권리가 있고, 좀 더 일을 하더라도 52시간을 초과하지 않도록 법으로 강제된다. 노동법의 보호를 받지 못하는 사각지대에 처한 노동자들도 여전히 있지만, 수십 년 전에 비한다면 크게 개선된 것은 분명한 사실이다. 하지만 노동자들에 대한 전반적인 처우가 하루아침에 개선된 것은 아니다. 그 과정에도 많은 사람들의 희생과 노력이 있었다.

박정희 대통령의 집권 기간 동안 대한민국은 경제적으로 큰 성공을 이루었다. 다만 조속하고 효율적인 성과에만 초점을 맞춘 결과 수많은 희생이 수반되어야 했던 것도 사실이다. 특히 많은 노동자들이 장시간 저임금에 시달리며 화려한 경제 성장 뒤의 그늘이 되어야 했다.

박정희 시대의 한가운데를 살았던 평범한 청년 전태일은 어릴 때부터 익힌 재봉 기술 덕분에 상대적으로 괜찮은 수입을 올리는 노동자였다. 그렇게 평생 재봉 기술자로서 열심히 일하고 차곡차곡 돈을 모았다면 단란한 가정을 꾸리고 평생 행복한 삶을 살다 갔을지 모른다. 하지만 그는 자신보다 열악한 환경에서 고통 받으며 일하는 주변의 노동자들을 외면할 수 없었다. 당시 노동자들은 햇볕도 없이 좁고 환기가 안 되는 힘든 공간에서 장시간 노동에 시달리고 있었다. 특히 대부분 어린 소녀들이었던 '시다'라고 불리는 보조원들은 더욱 열악한 사각지대에 놓여 상당수가 폐질환으로 신음했다. 전태일은 함께 일하던 여성 노동자가 폐렴에 걸렸다는 이유로 해고당한 일에 대해 도움을 주려다 자신 또한 해고를 당한 것을 계기로 적극적인 노동운동에 나서게 된다.

그는 근로기준법이라는 법이 있다는 사실을 알고서 단지 법을 준수해 달라고 목소리를 높였다. 그는 대통령에게 청원하는 편지를 썼다. 하루 15시간의 작업 시간을 10~12시간으로 줄이고 한 달에 이틀이라도 쉬게 해달라고 했다. 건강진단을 제대로 하고 70~100원 수준인 시다의 임금을 50% 올려달라고 했다. 그리고 이것은 기업주들이 충분히 지킬 수 있으며, 인간으로서 최소한의 요구라고 했다. 사람답게 일할 권리를 달라는 목소리였다. 하지만 그 누구도, 심지어 자신들의 편이 되어 주어야 할 노동청도 귀 기울이지 않았다.

자신의 정당한 요구를 세상에 알릴 최후의 방법으로 전태일은 결국 극단적인 선택을 한다. 청계천 평화시장에서 근로기준법 책자를 몸에 끼고서는 스스로 몸에 불을 붙였다. 불길에 휩싸여 온몸이 타들어가는 가운데 세상을 향해 목이 찢어져라 외쳤다.

"근로기준법을 준수하라!"

전태일의 죽음을 계기로 많은 사람들이 노동자가 처한 실상에 대해 깨닫게 되었다. 당장 세상이 크게 달라진 것은 없었지만 더 많은 평범한 사람들이 노동자의 정당한 권리를 주장하기 시작했다. 여전히 박정희 정권은 견고했지만 그 후 9년이 흐르면서 전태일의 정신은 많은 노동자와 국민들에게 전해졌다. 결국 철옹성 같던 박정희 정권에 균열을 내기 시작한 것은 여성 노동자들의 부당해고로 촉발된 YH 사건이었다.

1979년 가발 제조회사인 YH사의 사장은 위장폐업을 하고 직원들의 임금도 지급하지 않은 채 잠적한다. 딱히 도움을 호소할 곳이 없었던 노동자들은 당시 제1야당이었던 신민당사에 들어가 도움을 요청했다. 하지만 경찰은 곧장 당사로 난입해 강경 진압을 했고, 그 과정에서 노동자 김경숙이 구타로 사망했다. 공권력이 제1야당 당사에 난입한 것으로 모자라 사망 사건까지 발생하니, 전 국민의 분노를 살 만했다. 게다가 신민당의 김영삼 총재가 〈뉴욕타임즈〉와의 회견에서 박정희 정권을 강하게 비판했다는 이유로 제명당하자 그의 고향인 부산경남에서 민심이 들끓기 시작했다. 박정희 정권 몰락의 신호탄이된 부마항쟁이 발생한 것이다. 철옹성 같던 박정희 정권이 마침내 무너지기 시작했다.

전태일의 죽음에서부터 시작된 노동자의 각성이 나비효과

처럼 작용해 마침내 독재정권의 몰락까지 이어졌다고 본다면 지나친 비약일까. 하지만 분명한 사실은 전태일을 비롯한 수많은 사람들이 조금 더 나은 세상을 꿈꾸기 시작하자, 정말 세상이 조금씩 달라지기 시작했다는 점이다. 그렇게 평범한 사람들에 의해 새로운 역사가 쓰이기 시작했다.

5월의 광주를 기억해야 하는 이유

1979년, 부마항쟁으로 위기를 느낀 김재규의 총탄에 박정희 대통령이 암살을 당함으로써 마침내 유신정권이 몰락한다. 독재정권의 탄압에 위축되어 있던 민주화의 열망이 한꺼번에 폭발하기 시작했다. 하지만 쿠데타를 통해 정권을 장악한 전두환과 신군부는 비상계엄확대조치를 선포하고 시민들의 민주화 요구를 탄압했다.

이러한 정치적 상황에서 5·18, 즉 광주민주화운동이 촉발되었다. 무장 계엄군의 통제와 횡포에 항의하는 전남대 학생들이 시내에서 가두시위를 하자 계엄군의 가혹한 진압이 시작된다. 무력 진압 행위를 만류하는 노인들과 아주머니들에게까지 무차별 곤봉 세례를 가했다. 분노한 시민들이 몰려들어 군경의 저지선과 대치하자 공수부대가 출동하여 남녀노소를 가리지 않고 진압봉으로 마구 구타했다. 군인들의 만행을 목격하고 전해 들은 광주 시민들은 맨주먹 또는 몽둥이, 각목을 들고 나와 결사 항전을 시작했다.

시위가 격렬해지자 공수부대의 발포가 시작되었다. 무장의 필요성을 느낀 광주 시민들은 계엄군이 거센 항쟁에 밀려 잠깐 철수한 틈을 타 텅 빈 지서, 경찰서, 예비군 무기고에서 각종 화기를 날라 왔다. 이른바 '시민군'이 등장한 것이다. 시민군과 계엄군의 총격전이 전개되고, 계엄군은 광주를 빠져나간다. 시민군이 전남도청을 장악하며 잠깐 동안 '해방 광주'의 시간이 왔다. 일부에서는 시민들이 무장한 것을 두고 폭동이라고 깎아내리기도 하지만, 국민의 정당한 저항권 행사에 대해 군인을 동원하여 총으로 강경진압한 신군부에 대한 정당방위라 할 것이다. '해방 광주' 기간 동안 한 건의 절도나 강도 사건이 없었을 정도로 치안을 유지했다는 점은 '광주민주화운동'이 폭동이 아니었음을 분명히 보여준다.

5월 27일 마침내 무거운 새벽 공기를 깨트리며 계엄군이 탱크를 앞세워 들어온다. 저 멀리 전남도청에서는 30분 정도 격렬한 총소리와 수류탄 터지는 소리가 들려왔고 이내 잠잠해지고 만다. 모든 광주 시민들이 정적을 가르는 총소리를 들었을 것이다. 죽어도 함께 싸우다 죽겠다고 도청으로 뛰쳐나간 남편을, 아버지를, 아들을 기다리던 가족들이 그 총소리를 듣고만 있어야 했을 때의 심정이 어땠을까. 혹은 방에 숨어서, 이불 속에 숨어서, 도청에서 함께하지 못한 자신을 비겁하다 여기며 죄책감으로 눈물 흘린 사람들은 또 없었을까.

그렇게 광주민주화운동은 처절히 실패하고 말았다. 하지만 동시에 국민들의 마음속에 민주화의 불씨를 힘껏 당기는 계기가 되었다. 민주주의를 지키겠다며 죽어간 사람들에 대한 미안함과 혼자 살아남았다는 죄책감이 많은 사람들의 마음속 깊이 자리 잡게 된 것이다. 그들에게 빚진 마음을 가진 사람들이 여기저기서 거리로 나오기 시작했다. 그리고 총소리에 꺾여 버렸던 5월의 함성은 마침내 7년 뒤 전국에서 울려 퍼지기 시작했다. 직선제 개헌을 쟁취해 낸 6월항쟁이 일어난 것이다.

우리에게는 빚이 있다

역사 속 인물들을 공부해야 하는 이유는 그들이 바로 조금 더 나은 우리 역사를 만들어 온 주역이기 때문이다. 그들은 '보이지 않는 손'이었다. 이름도 알려지지 않은 우리처럼 평범한 사람이었던 그들이 지금의 역사를 만들어 주었다. 광주에서 죽어간 평범한 시민들 덕분에 이 땅에 민주주의의 꽃이 피기 시작했다. 근로기준법 준수를 외치던 평범한 청년 전태일 덕분에 노동자에게도 정당한 권리가 있다는 것을 깨닫게 되었다. 일제강점기 평범한 학생이었던 유관순이 '대한독립만세'를 목 터져라 외친 덕분에 한민족의 독립 의지가 마침내 해방으로 이어졌고, 평범한 농민들이 들고 일어난 동학농민운동으로 전근대사회였던 조선이 민중의 힘으로 개혁될 수 있다는 가능성을 보여주었다.

역사 뒤편 그늘에 숨어 잘 보이지 않던 평범한 사람들이 사실은 역사를 움직여온 주역들이었다. 원초적인 이기심에만 머무르지 않고, 공동체를 위한 이타심을 보였던 사람들이 바로 지금 이 순간의 역사를 만들어준 주인공들이다. 그들이 살았던 시대보다 우리가 살고 있는 지금이 조금이라도 더 낫다고 여긴다면, 그들이 우리를 위해 만들어준 것이다. 우리는 그들에게 빚을 졌다. 역사의 발전은 필연적으로 빚을 남긴다.

우리는 앞선 사람들에게 빚을 졌지만, 그들에게 갚을 수는 없다. 빚을 갚을 수 있는 유일한 대상은 우리 다음 세대들이다. 이전 세대가 우리에게 좀 더 나은 세상을 만들어 주고자 빚을 남긴 것처럼, 우리 또한 지금보다 더 나은 세상을 물려주기 위해 노력해야 한다. 그렇게 빚을 대물림해야 한다. 그것은 시대의 걸출한 영웅이어야만 할 수 있는 일은 아니다. 광주 시민들처럼, 전태일처럼 평범한 우리들이 해야 할 일이다. 그것이 그들의 헌신을 기억하고 고마움을 표현하는 최소한의 예의이자, 염치이다.

역사는 견뎌낸 자들의 몫이다 ——— 박자청

견디고 살아남은 이들의 기록

대부분의 소설은 기승전결, 또는 발단-전개-위기-절정-결말 같은 서사구조를 갖고 있다. 주인공이 겪는 아찔한 위기 상황과 그것을 극복해 내는 성공 이야기는 독자를 더 몰입하게 만들고 흥미를 배가시킨다. 역사도 마찬가지다. 역사는 수많은 '사람들의 이야기'이며 스토리텔링 그 자체이다. 인생 속의 굴곡과 위기, 짜릿한 극복과 성공 이야기는 그 인물에 대해 더 몰입하게 만들고 공감과 교훈을 얻게 한다. 위대한 인물들은 인생에서 크거나 작은 위기를 만났지만 멋지게 이겨 내며 그 이름을 역사 속에 남겼다. 우리가 이순신의 삶을 통해 큰 감동을 얻는 것은 단순히 조선을 위기에서 구해낸 전쟁 영웅이기 때문만은 아니다. 백의종군을 두 차례나 당하고 많은 정적들로부터 모함을 당하던 어려움을 극복해낸 스토리가 그의 성공 이면에 함께 쓰여 있기 때문이다. 화려해 보이기만 하는 위인들의 삶을 깊이 살펴보면 사실 어둡고 힘든 시기를 견뎌낸 시간들로 점철되어 있다.

"강한 사람이 살아남는 것이 아니라, 살아남은 사람이 강한 것이다."라는 말이 있다. 역사가 결국 승자의 기록이라고 한다면 살아남은 사람들의 기록이 곧 역사이다. 그 승자들이 살아남는 과정에서 경쟁자를 숙청하고 없애는 비정한 일만 있었던 것 같지만 반드시 그랬던 것은 아니다. 오히려 어려운 환경을 이겨내고 자신과의 싸움에서 승리한 사람들의 이야기가 역사 속에는 가득하다. 그들이 끊임없이 노력하면서 견뎌내던 과정은 그대로 한 편의 멋진 이야기가 되어 우리의 역사로 남게 된 것이다. 역사는 견디고 살아남은 사람들의 기록이라 해도 과언이 아니다.

잘 알려지지 않은 인물이지만 끝까지 살아남아 역사에 이름을 남긴 또 한 사람이 있다. 새로운 나라 조선의 한양 수도 건설 프로젝트 설계자가 정도전이었다면 그것을 실행에 옮긴 총감독자였던 인물, 바로 박자청이다. 조선 초기에 활약한 토목건축 분야의 대가인 그는 우리 역사 속에서 보기 드문 뛰어난 건축가였다. 개경의 경덕궁과 한양의 창덕궁 등 궁궐, 사신을 접대하기 위한 모화루와 경회루, 태종이 어머니를 위해 건설한 개경사와 연경사 등 사찰, 그리고 성균관과 용산 군자감 등의 공공시설과 수많은 왕릉이 모두 그의 손을 거쳐 탄생했다.

이처럼 뛰어난 업적과 위용에 대해 오로지 찬사가 쏟아져야 마땅했겠지만 정작 현실은 그렇지 못했다. 틈만 나면 그에 대한 공격과 비판이 쏟아졌고 그때마다 그를 아끼던 임금은 진땀을 흘려야 했다. 그가 심각하게 큰 잘못을 저질렀기 때문이 아니었다. 박자청은 신분제 사회인 조선에서 노비 출신이었기 때문이다. 자신이 원해서 된 것도 아닌 노비라는 출신 때문에 차별과 조롱을 겪어야 했다. 하지만 그는 견디고 또 견뎌 마침내 살아남았고 그 인생 자체가 우리 역사의 한 장면을 채웠다.

편견과 차별에 맞서다

박자청은 본래 고려 말 무신인 황희석의 가인家人, 즉 집에서 부리던 머슴이었다. 황희석은 이성계가 위화도회군을 감행할 때 동참하여 공신이 되었던 인물이다. 황희석을 따라 이성계의 곁을 호위하다가 박자청도 함께 눈에 띈 것으로 보인다. 《조선왕조실록》에서는 그가 어떻게 이성계에게 발탁되었는지 결정적 계기가 된 에피소드를 기록하고 있다.

태조 이성계가 왕위에 오른 이후 박자청이 궁궐 문을 지키고 있었는데, 이성계의 이복동생인 의안대군 이화가 궁에 들어

가려고 했다. 하지만 박자청은 이성계가 그를 부른 적이 없다는 이유로 들여보내지 않는다. 자신이 왕의 동생이라 얘기해도 꿈쩍도 하지 않으니 화가 치민 이화는 그를 마구 때리기에 이른다. 그래도 박자청은 끝까지 원칙을 고수하며 궁궐 문을 열지 않았다. 나중에 이성계는 이 사실을 알고 이화를 크게 꾸짖는 한편 박자청에 대해서는 깊은 인상을 받았다. 권력이 아직 불안정한 조선 건국 초기였기 때문에 자신을 지켜줄 믿음직한 부하가 필요했던 이성계는 박자청을 자신의 호위 부대에 배치한다. 박자청 또한 그 믿음에 보답하기 위해 불철주야로 일했다. 초저녁부터 새벽까지 잠도 자지 않고 순찰하며 이성계의 주변을 지킨 것이다. 그의 우직한 충성심과 열정적인 태도는 이성계의 마음에 들기 충분했다. 뿐만 아니라 여진족을 토벌하는 등 군사적으로도 많은 공을 세우며 출세의 기반을 닦는다.

박자청이 본격적으로 출세 가도를 달리기 시작한 것은 토목건축에 있어 뛰어난 능력을 보여주었기 때문이다. 앞서 언급한 수많은 건축물들의 공사가 박자청에 의해 지휘 감독되었다. 특히 연못으로 둘러싸여 아름다운 경관을 자아내는 경회루 또한 박자청의 작품이었다. 이곳에 처음 연못을 조성할 때 물이 차지 않는 문제가 발생해서 공사에 차질이 생겼다. 그는 자기 나름의 해법을 제안하여 그 문제를 해결해 낸다. 못에 물길을 터서 완전히 비운 다음 물이 새는 곳을 검은 진흙으로 채워 막은 것이다. 일종의 방수제를 채워 넣는 특수공법을 도입하여 난제를 해결했다. 만약 이런 방법을 개발해 제안한 박자청의 공이 없었다면 오늘날 경회루 주변의 아름다운 연못은 볼 수 없었을지도 모른다.

이처럼 토목건축 분야에서 독보적인 실력을 자랑했기에 박자청은 마침내 오늘날 국토교통부 장관격인 공조판서에 임명된다. 노비 출신이 일약 장관의 자리까지 오르자 다른 신하들의 많은 비판에 시달리게 된다. 그들은 박자청을 비판할 때마다 '박자청은 한미한 출신인데….'라는 수식어를 꼭 함께 붙이고는 했다.

신하들이 그를 비판한 또 다른 이유 중 하나는 그가 성질이 엄격하고 급해서 빠른 완공을 위해 인부들을 지나치게 닦달한다는 점이었다. 그런데 건설에 있어 가장 중요한 요소 중의 하나는 다름 아닌 공기, 즉 공사 기간이다. 일반적으로 공사의 성공 여부는 결국 공기 달성에서 판가름 난다. 공사 기간이 예정보다 길어지게 되면 그만큼 더 많은 예산이 소요될 뿐 아니라, 동원된 인력들의 피로도가 크게 늘어날 수밖에 없기 때문이다. 부실 공사로 이어지는 것만 아니라면 재촉을 해서라도 공기를 단축시키는 편이 공사를 질질 끄는 것보다 훨씬 낫다. 게다가 경회루 건축 과정에서 보여준 것처럼 무조건 인부를 닦달만한 것이 아니라 공기 단축을 위한 기술력도 보여주었다. 애초에 박자청을 비판하는 사람들에게는 토목건축에 대한 이해와 존중이 없었다는 사실을 말해 주는 대목이다. 그들은 자신들이 가진 편견으로 박자청을 공격했고 여과 없이 차별의식을 드러냈다. 박자청의 일생은 이러한 편견과 차별에 대한 싸움의 연속이었다.

인생, 견뎌낸 것만으로도 참 잘한 거야

사실 많은 신하들이 박자청을 비난했던 숨은 이유 중 하나는 공사에 자신들의 노비들이 징발되어 손해를 보았기 때문이다. 하지만 그 공사가 많은 백성들을 괴롭게 하고 있다며 짐짓 백성들을 위하는 체 말했다. 그러면서 그 비판 끝에 항상 박자청이 한미한 출신이라는 점을 걸고 늘어지며 책임을 추궁했다.

박자청이 얼마나 많은 차별적 시선에 시달렸는지 보여주는 사례가 또 있다. 박자청이 정2품 벼슬인 공조판서로 재직 중일 때 폭행 사건에 휘말린 적이 있다. 그가 종5품 무관인 이중위라는 하급자를 폭행했다는 것이다. 그런데 사건의 경위는 매우 단순했다. 하루는 박자청이 공사를 감독하며 앉아 있었는데, 이중위가 말을 타고 그의 앞을 그냥 지나쳐 버린 것이다. 지금 시대에도 회사에서 팀원이 팀장을 본체만체하며 무시하고 지나가면 그 팀장은 상당히 불쾌할 것이다. 자신의 상관을 보면 말에서 내려 인사하는 것이 당연한 조선시대에 그런 무례한 행동을 한 것이다. 이처럼 당당하게 상관을 무시한 것은 결국 박자청의 출신이 미천했기 때문이었고, 박자청이 충분히 분노할 만한 일이었다.

　이중위가 박자청에게 폭행당했다며 고발하지만 박자청은 폭행 혐의를 부인했다. 양측의 진술이 엇갈리니 정말로 폭행이 일어난 것이 맞는지 정확히 알 수 없었다. 목격자를 불러 조사했지만 때렸다는 사람과 그런 적 없다는 사람들의 증언도 엇갈렸다. 죄를 논하는 형조는 박자청에게 폭행죄를 물어 처벌해야 한다고 주장했고, 심지어 그의 폭행 사실을 부인하는 목격자들 또한 '대신에게 아부한' 죄목으로 벌주어야 한다고 주장했다. 이때도 그들은 '박자청이 한미한 데서 일어났는데….'라며 출신을 들먹인다. 사실 지금이야 상관이 부하를 함부로 때리면 크게 문제가 될 일이지만, 조선시대에는 그렇게 큰 죄로 다루어질 만한 일이 아니었다. 결국 박자청의 한미한 출신 자체가 죄였던 것이다. 이 해프닝의 본질이 신분 관계에 있음을 파악한 태종이 중재에 나서면서 사태는 겨우 정리되지만 박자청이 얼마나 처절한 차별과 멸시 속에서 공직생활을 견뎌야 했는지 단적으로 보여주는 사례라 할 수 있다.

　박자청의 삶을 보고 있으면, '견디다'라는 단어가 자연스럽게 떠오른다. '견디다'를 사전에서 찾아보면, '사람이나 생물이 일정한 기간 동안 어려운 환경에 굴복하거나 죽지 않고 계속해서 버티면서 살아 나가는 상태가 되다'라는 뜻이다. 박자청의 삶이 그랬다. 아마 내가 그의 상황이었다면 '노비 출신이라고 근거 없이 괴롭히는 이 더러운 세상, 그래 내가 때려치우고 만다!'라면서 사직서를 던져 버렸을지도 모를 일이다. 홀홀 다 던져 버리고 정쟁이 없는 곳에서 마음 편하게 살겠다고 떠났을지 모르겠다. 하지만 그는 자신을 향한 부당한 공격 속에서도 이를 악물고 버티며 또 버텼다.

무엇이 그를 버티게 만든 원동력이었을까. 아마도 그에게는 자신이 조선에서 최고로 뛰어난 토목건축 전문가라는 자부심이 있었고, 그 일을 할 때 스스로 가장 빛나는 존재라는 것을 알았기 때문이 아니었을까? 그의 출신을 거론하며 자존심을 건드리는 수많은 공격을 버티지 못하고 중간에 그만두었다면, 한양의 아름다운 수많은 건축물들은 오늘날 보기 어려웠을지도 모른다. 그가 견디면서 자신이 맡은 사명을 끝까지 완수해준 덕분에 한양은 비로소 한양다워질 수 있었고, 그가 남겨준 찬란한 유산을 오늘날 후손인 우리가 누리고 있다. 이처럼 박자청이 자신의 인생을 견디며 살아간 것만으로도 우리는 그에게 감사해야 할 이유가 있다.

역사는 어떤 방식으로든 우리를 기억한다

박자청을 평생 괴롭혔던 주류 세력의 냉소와 편견 어린 시선은, 그의 일생을 짧게 기록한 〈졸기卒記〉에서 그대로 보인다.

판우군도총제부사 박자청이 졸하였다. (중략) 자청의 사람된

품이 세밀 각박하고, 은혜와 덕이 적었으며, 남을 시기하고 이기려는 것을 좋아하였으며, 다른 특이한 재능이 없었으나, 다만 토목의 공역을 관장한 공로로 사졸로부터 나와 1품의 지위에 이르렀더니, 이때에 이르러 졸하니, 나이 67세이다. 부음을 올리니 3일간 정사를 철폐하고, 종이 1백 권을 내렸으며, 장사를 관에서 다스리게 하였다. (〈세종실록〉 5년 11월 9일자)

이처럼 박한 평가를 보노라면 양반 출신 사관들이 노비 출신 박자청을 몹시 못마땅하게 바라보는 시각이 그대로 담긴 듯하다. 하지만 다른 특이한 재능이 없었다는 평가에서 오히려 '적당히 아부하고 타협하는 능력' 없이 다만 우직하게 토목의 공역을 관장하던 그의 모습이 그려진다. 또 3일간 정사를 폐하는 세종의 행동에서 그가 충분히 애도할 만한 삶을 살았음을 짐작케 한다. 그뿐만이 아니다. 물이 새는 것을 막으려고 치열하게 고민하던 경회루의 잔잔한 연못을 보며, 오늘날 유네스코 세계문화유산으로 등재되어 아름다운 건축미를 뽐내는 창덕궁을 거닐며, 그가 교각을 세운 한양 최대 규모의 살곶이다리를 건너며, 우리는 치열했던 박자청의 삶을 느낄 수 있다. 그가 곳곳에 남긴 역사의 흔적과 기록의 파편들을 통해 어떤 삶을, 그리고 어떤 유산을 남겨 주었는지 기억할 수 있다.

우리의 삶도 마찬가지다. 박자청이 많은 시련을 견뎌야 했던 것처럼 우리 또한 각자 자신만의 어려움을 안고서 살아간

다. 박자청이 노비 출신이었던 것이 그의 잘못은 아니듯 우리
도 가난한 집에서 태어났다는 이유로, 장애가 있다는 이유로,
부모님이 일찍 돌아가셨다는 이유로, 내 잘못이 아닌 이유들
때문에 어려움을 겪을 수 있다. 그 어려움들은 평생 나를 괴롭
히고 힘들게 만든다. 그럴 때 우리는 어떤 선택을 해야 할까?
부당한 현실을 이겨내며 끝까지 살아남고자 노력했던, 그렇게
견디며 마침내 역사에 흔적을 남긴 박자청의 삶에서 위로를 얻
을 수 있다.

　호사유피 인사유명虎死留皮 人死留名. 즉 호랑이는 죽어서 가죽
을 남기고, 사람은 죽어서 이름을 남긴다고 했다. 사람은 언젠
가 죽지만 그가 인생을 어떻게 살았는지, 어떤 이름을 남겼는
지는 영원히 남게 된다. 내가 남긴 흔적이 역사라는 이름으로
영원히 기억되는 것이다. 조선시대의 고승인 서산대사는 이런
시를 남겼다.

　눈 내린 들판을 걷는 이여, 발걸음 어지러이 걷지 마라.
　오늘 나의 발자취가 후인의 이정표가 될지니.

　비록 우리의 인생이 휘날리는 눈을 맞으며 걸어가야 하는,
눈 속에 발이 푹푹 빠지는 무척 고되고 힘든 길이라 할지라도
꿋꿋이 견디며 걷다 보면 반드시 눈으로 뒤덮인 벌판 위에도
길이 생겨난다. 박자청이 걸었던 한 걸음 한 걸음이 창덕궁에,

경회루에, 살곶이다리에 남겨진 것처럼 우리가 걸어간 그 발자국도 반드시 역사의 어느 한 페이지에 장식될 것이다. 그것이 어떤 방식이 되었든 역사는 반드시 우리가 견디며 살아 낸 그 인생을 기억한다. 나의 인생은 어떻게 기억되길 바라는가?

2장 — 내가 구원해야 할 것은 「나 자신」이다

스스로 한계선을 긋지 말자 ——— 김만덕

차별 가운데 태어나다

회사에서 이런 일이 있었다고 상상해보자. 나와 함께 입사한 동기가 있는데 상사가 동기만 부쩍 챙겨주고 나는 왠지 무시당한다는 느낌이 든다. 알고 보니 그 상사와 동기가 같은 고등학교 선후배 사이란다. 그때 느껴지는 기분은 무척 나쁠 것이다. 상사가 나와 동기를 '차별'한다는 생각이 강하게 들기 때문이다. 어떤 종류의 차별이라도 내가 그 당사자가 된다면 유쾌할 리가 없다.

만약 우리가 사는 세상이 그런 차별을 당연시하는 세상이라면 어떨까. 내 의지와는 전혀 상관없이 그저 세상에 태어나

보니 힘없고 신분도 낮고 가난한 집이었을 뿐인데, 그것 때문에 차별을 겪게 되었다고 생각해 보자. 아마 마음속으로 울분이 가득하겠지만 대부분의 사람들은 그저 자신의 불행한 운명을 탓하며 순응하는 선택을 하고 말 것이다. 그 사회의 굳어진 체제와 대다수 사람들이 공유하고 있는 집단적 인식에 홀로 저항하는 것은 너무 힘들고 어려운 일이기 때문이다. 하지만 우리 역사를 들여다보면, 그런 운명을 거부하고 용감하게 자신의 인생을 개척해 나갔던 이들도 많았다. 조선 정조 때 활동했던 김만덕은 그런 이들 중에서도 특히 차별받는 삶을 살아야 했던 여성이었다.

관기에서 성공한 CEO가 되다

김만덕은 단언컨대 아웃사이더 중의 아웃사이더였다. 우선 그의 고향은 조선에서도 가장 변두리였던 제주도이다. 지금이야 우리나라 제일의 관광지로 유명하고 많은 사람들이 살고 싶어 하는 곳이지만, 예전만 해도 농사를 짓기에 환경이 척박하고 태풍 같은 자연재해도 자주 발생해서 사람이 살기 힘든 땅이었다. 먹고살기가 힘드니 떠나려는 백성들이 많아져 인구수가 절반으로 줄어드는 지경까지 이르게 된다. 이에 조선에서는 인조 7년(1629) 제주도민들이 아예 섬을 나가지 못하도록 뱃길을 막아버리는 특단의 조치를 취했다. 반대로 중앙정부에서 중죄를 지은 사람들이 제주도에 유배를 많이 갔는데, 이는 곧 죽음을 의미했다. 광해군이 반정으로 왕위에서 쫓겨난 뒤 가야 했던 유배지 또한 제주도였다. 거대한 감옥과 같았던 땅. 김만덕은 그렇게 차별받던 땅 제주도에서 태어났다.

김만덕은 원래 양반의 딸로 태어났지만, 12세 때 부모님을 모두 잃고 고아가 되고 말았다. 갈 곳이 없는 그를 수양딸로 받아준 사람은 나이 든 기녀였다. 그는 관아에 소속된 기녀, 즉 관기였는데 김만덕에게도 관기 훈련을 시킨다. 노래와 춤, 악기 같은 기예에 재능이 있는 것을 보고 관기로 등록한 것이다. 관원들의 수청을 들고, 지방 귀족인 향족들의 연회에도 참석해야 하는 이가 관기인데, 이는 노비처럼 가장 낮은 신분의 천민으로 격하되었음을 의미했다.

제주도 출신 여성에, 조실부모한 고아, 천민으로 몰락한 관기. 조선시대에 여성으로 살아가는 것만으로도 많은 차별을 겪어야 했던 때에, 이처럼 김만덕이 감당해야 했던 현실은 하나같이 벅찬 것들이었다. 하지만 김만덕은 자신이 처한 상황에 비관만 하지 않고, 씩씩하게 살아 나간다. 특히 악기 다루는 솜씨가 좋아서 그의 명성도 점점 높아져 갔다. 지금으로 치면 유명 연예인이나 인플루언서가 된 것이다.

관기는 관청에 소속된 노비로서 50세가 되기까지 관청에서 시키는 대로 일해야 했다. 당시 김만덕은 양반들 사이에서도 인기가 많았기 때문에, 관기에서 벗어나기 위해 어느 양반의 첩으로 들어가는 방법도 가능했다. 그랬다면 적어도 먹고사는데 지장은 없었을 테다. 하지만 김만덕은 그런 삶을 바라지 않았다. 그것 또한 자신의 것이 아닌 누군가에게 귀속된 삶일 뿐일 테니까. 그는 자신의 삶을 스스로 개척해 나가기로 결심한다. 현실에 적당히 순응하면 인기 있는 기녀로서, 또는 양반가의 첩으로 적당히 먹고살 수 있었겠지만 김만덕은 쉬운 선택을 거부한다.

체제공이 쓴 〈만덕전〉에 따르면, 김만덕은 스무 살이 되던 해 관청의 수령을 찾아간다. 어린 나이에 어쩔 수 없이 관기가 된 사정을 설명하고 자신의 신분을 환원시켜 달라고 눈물로 호소한 것이다. 관기는 관청의 중요한 재산이기 때문에 처음에는 거절당했다. 하지만 끈질긴 노력 끝에 마침내 관기 명단에서 이름이 삭제되고 양인으로 신분이 회복된다.

사실 이 정도만 해도 정말 대단한 일이라 할 수 있다. 철저한 신분제 사회였던 조선에서 자신의 노력으로 신분을 원복시킨 것이니 말이다. 양인의 신분으로 양반과 결혼해서 좀 더 편하게 살아갈 수 있는 기회를 얼마든지 가질 수 있었겠지만, 여기에서 멈추지 않고 그가 택한 길은 놀랍게도 사업, 즉 장사였다. 보통의 남성들도 성공하기 쉽지 않은 사업가의 길을 그는 당당히 선택했다.

그가 살았던 18세기는 상업의 중요성이 점차 커지고 유통망도 크게 발전하고 있던 때였다. 이런 시대적 변화를 읽을 줄 아는 뛰어난 안목이 있었기에 과감히 사업가의 길에 도전해 보기로 했던 것이다. 그는 기녀였던 시절의 경험을 십분 살려 사업가로서의 재능을 유감없이 발휘한다. 제주도의 양반층 부녀자들이 좋아할 만한 육지의 옷감이나 장신구, 화장품 등을 가져다 팔고, 제주도 특산물인 녹용이나 귤 등을 육지에 팔아 많은 시세 차익을 얻게 된다. 그의 과감한 선택의 결과로 마침내 성공을 이루었고, 제주도에서 남부럽잖은 부자가 되었다. 물론 관기로 활동하던 시절 갖게 되었던 많은 인맥도 적절히 활용했을 테고, 그의 성실함도 한몫했겠지만 무엇보다 시대상을 읽을 줄 아는 안목이 없었다면 그런 성공은 불가능했을 것이다.

수많은 백성을 기근에서 구해내다

고아 출신의 기녀에서 성공한 여성 사업가로의 극적인 변신. 이것만 해도 조선이란 나라에서 일궈낸 대단한 성취였음에 틀림없다. 하지만 그의 명성이 더욱 높아지는 계기는 제주도에 발생한 큰 흉년이었다.

　제주도에는 역사적으로 대기근이 세 차례 있었다. 현종 11~12년(1670~1671)에 있었던 '경신대기근', 숙종 39년~43년(1713~1717)에 있었던 '계정대기근', 그리고 정조 16~19년(1792~1795) 때의 '임을대기근'이 그것이다. 특히 계정대기근과 임을대기근은 제주도민들에게 심각한 타격을 주었는데, 임을 대기근은 김만덕이 살았던 시대에 발생했다. 제주도민 인구의 무려 3분의 1이 굶어 죽는 대형 참사가 발생한 것이다. 당시 임금이었던 정조가 대량의 구휼미를 긴급히 보냈지만 쌀을 실은 여러 척의 배가 그만 침몰해 버리고 만다. 제주도는 매우 심각한 위기에 놓였다.

이때 김만덕이 나선다. 평생 모은 재산으로 쌀을 사서 백성들에게 나눠준다. 힘들게 악착같이 모은 재산이었을 텐데, 다른 사람들을 살리기 위해 선뜻 내놓은 것이다. 결국 그의 의로운 선행 덕분에 수많은 제주도민들의 목숨을 살릴 수 있었다.

김만덕의 의로운 행동을 전해 듣고 큰 감동을 받은 정조는 그에게 소원이 무엇인지 물어본다. 그리고 김만덕이 답한 소원은 임금이 있는 한양과 아름다운 금강산을 둘러보는 것이었다. 지금으로 치면 청와대에 가보는 것, 세계 일주를 가보고 싶은 정도의 꿈이라고 할까? 평생 섬 밖을 나갈 수 없었던 당시 제주도 백성으로서는 불가능한 꿈이었다. 특히 여성은 육지 사람과 결혼하는 것조차 허락되지 않는 시대였다. 하지만 정조는 그의 소원을 이루어 준다. 당시 여성이 오를 수 있는 최고 명예직인 '의녀반수醫女班首'에 임명해서 궁궐에도 들어올 수 있는 자격을 주고, 금강산을 유람할 수 있는 노잣돈을 지원해 주었다. 당시 금강산 유람은 양반 남성들조차 평생 동안 쉽게 하기 힘든 여행이었다. 김만덕은 제주도 출신의 여성으로서 그 경계를 마침내 넘어버린 것이다.

그의 소원, 금강산 유람

이런 생각을 해본다. 수천 수만 가지 소원들이 있었을 텐데, 왜 그는 하필 금강산 유람을 소원으로 꼽았을까? 조선시대에 여성은 집 밖으로 함부로 나설 수 없는 존재였다. 항상 남편의 그늘 아래에서만 살아야 했다. 거기에다 제주도 사람은 섬을 나가는 것마저 허락되지 않았다. 집 밖을 나서고 제주도라는 섬을 벗어나, 당시 양반 남성들에게도 평생의 소원이었던 금강산 유람을 상상해보며 김만덕은 꿈꾸지 않았을까? 자신을 제약하고 있는 한계와 금기, 그 선을 과감히 벗어나 보는 꿈 말이다. 비록 온갖 차별을 받으며 자라야 했지만, 그 차별을 결코 당연시 하지 않고 시대적 한계를 스스로 넘어보고 싶었던 꿈. 그 상징적인 공간이 바로 금강산이 아니었을까?

그가 한 시대를 바꿔놓은 혁명가나 사상가는 아니었지만, 그의 삶 자체가 우리에게 많은 울림을 준다. 그의 일대기가 담긴 〈만덕전〉에서는 이렇게 기록하고 있다.

만덕은 비록 머리를 숙이고 기녀 노릇을 할망정 기녀로 자처하지는 않았다.

세상은 그에게 기녀라는 지위를 부여했고 또 그렇게 살아야 했지만, 그 스스로는 자신을 기녀라는 테두리에 가두지 않왔다. 그는 자신이 갇혀 있는 출신지의 공간, 여성으로서의 공간, 천한 신분인 기녀로서의 공간 안에 갇힌 채 자신의 삶이 더이상 나아지지 않을 거라 체념하지 않았던 것이다. 대신 자신을 가두어 놓은 유리 벽을 끊임없이 두드리고 깨뜨리고자 계속해서 도전했다. 양반 남성들도 이루기 어려운 사업적 성공, 대규모 구휼 그리고 임금님의 포상과 금강산 유람. 이 모든 것을 김만덕 자신의 힘으로 이루어 냈다. 혹시 그가 이런 성공을 해내지 못했다 하더라도, 그런 도전을 스스로 결단하고 실행한 것만으로도 우리에게 큰 감동을 준다는 사실에는 변함이 없다.

제주도를 벗어난 김만덕처럼

이 지구 위에서 살아가는 78억 명의 사람들 모두 정도의 차이가 있을 뿐 누구나 차별을 안고 살아간다. 안타깝지만 이 세상은 결코 공평하지 않다. 어떤 사람은 재벌의 아들로 태어나 시작부터 훨씬 앞선 출발점에 서는 반면, 어떤 사람은 가난한 집에서 제대로 된 교육도 받기 힘들 수 있다. 어떤 사람은 당연히 갖고 있는 신체적 건강함을, 어떤 사람은 갖지 못했을 수도 있다. 타고난 성별, 출신지, 인종, 학벌, 가문, 재산, 신체적 특징 등등 온갖 이유 때문에 언제 어디서 어떤 차별을 겪을지 모르는 것이 우리가 살아가는 세상의 현실이다.

서커스단에서는 어린 코끼리를 아주 작은 말뚝에 밧줄로

묶어둔다고 한다. 말뚝에 묶인 새끼 코끼리는 힘이 약해서 아무리 노력해도 그 밧줄을 끊거나 말뚝을 뽑을 수 없으니, 결국 탈출을 포기한다. 그리고 나중에 훨씬 덩치가 커지고 힘이 세져도 탈출할 생각을 하지 못하게 된다. 뚜껑을 덮은 통 안에 가두어진 벼룩도 마찬가지다. 계속 힘차게 뛰어보아도 뚜껑에 세차게 부딪히기만 하니, 나중에는 뚜껑을 열어주어도 뚜껑에 닿지 않을 높이만큼만 뛰게 된다.

어떤 사람들은 이 코끼리나 벼룩처럼 현실적인 벽에 부딪친 경험 때문에, 혹은 차별에 익숙해져서 그렇게 순응하며 살게 될지도 모른다. 나와 당신에게도 부딪칠 수밖에 없는 현실의 벽이 분명히 있을 것이다. 혹시 지금도 이미 그 벽 때문에 좌절하고 있을지도 모르겠다. 하지만 최소한 그 벽이 당연하고 어쩔 수 없는 것이라 여기지는 말자. 조선시대 여성에게 집 밖은 혼자서 함부로 나갈 수 없는 영역이었지만, 특히 제주도 여성에게 섬 밖은 절대 나갈 수 없는 곳이었지만 집 밖을 나서고 제주도 밖으로 나가는 것을 꿈꿨던 김만덕처럼, 우리도 지금의 현실을 넘어서는 꿈을 꾸었으면 좋겠다. 모두가 기녀라며 무시했지만 적어도 스스로는 기녀라 자처하지 않았던 김만덕처럼, 스스로 자신의 한계를 설정하고 그 안에 갇히지는 않았으면 좋겠다. 내가 갈 수 있다고 생각하는 한계가 딱 저만큼이라 여긴다면, 정말 갈 수 있는 곳은 딱 그 정도가 되지 않을까? 우리가 꿈꾸는 공간의 크기만큼, 우리의 가능성이 펼쳐지는 공간도 확장될 수 있다는 사실을 잊지 말아야 한다.

　세상은 나에 대해 함부로 규정하려 들지 모른다. 너는 이 정도밖에 안 되는 사람이라고, 네 깜냥을 제대로 알라고 말이다. 그 말이 정말 객관적인 평가이고 맞는 말일 수도 있다. 나의 성장에 도움이 될 만한 조언이라면 감사하게 들으면 된다. 하지만 적어도 나 스스로 이것밖에 안 되는 사람이라고 규정 짓지는 말자. 김만덕처럼 제주도에서 벗어나 나만의 금강산을 유람하게 될 날을 꿈꾸어 보자.

외모는 내 인생을 거들 뿐 ——— 최용신

못생긴 게 죄가 되는 사회

아름다운 외모에 끌리는 것은 인간의 본성이다. 사람들은 멋진 외모를 가진 사람들에게 본능적인 호감을 품는다. 잘생기고 예쁘다는 이유만으로 남들보다 쉽게 돈을 벌기도 하고, 심지어 권력을 갖기도 한다. 좋아하는 사람을 선택할 때도 일단 외모가 먼저 눈에 들어오니, 많은 사람들이 외모 꾸미기에 많은 시간을 투자하는 것도 충분히 이해되는 일이다. 유튜브에서는 뷰티 채널이 많은 인기를 끌고, 심지어 다이어트를 위해 맛있는 음식 먹기를 꾹 참는 사람들에게 대리만족을 주는 먹방 채널도 큰 인기다. 외모를 가꾸고자 하는 욕구는 인간의 본성에 기반하고 있기에 아마 인류가 존속하는 한 계속되지 않을까 싶다.

신언서판身言書判이라는 말이 있다. 중국 당나라 시절에 관리를 뽑을 때 중요한 판단 기준이었던 네 가지를 일컫는 말인데, 용모, 언변, 글씨, 판단력이다. 그중에서도 용모나 풍채를 뜻하는 신身이 가장 앞에 언급된 점이 흥미롭다. 경국지색傾國之色, 천하일색天下一色 같은 말이 예전부터 있었던 것을 보면 예전이라고 외모에 대한 관심이 더 심하면 심했지 결코 덜하지는 않았다. 예나 지금이나 외모는 중요한 경쟁력으로 인식되었다는 얘기다. 다만 오늘날은 외모지상주의가 자본주의와 결합되면서 일상에 더 막강한 힘을 발휘한다는 점이 차이일 뿐이다.

외모가 돈이 되고 경쟁력이 되는 시대를 살고 있는 만큼 누구라도 외모에 대해 관심을 갖는 것 자체를 비난할 일은 아니다. 다만 그것이 너무 지나치다보니 외모로 인한 차별까지 이어진다는 점이 문제다. 외모와 전혀 상관없는 일도 외모와 연관 지어 싸잡아 비난하고, "역시 관상은 과학이야."라며 조롱하기도 한다. 그래서 어떤 사람들은 외모 때문에 자신의 다른 능력까지 격하 당하지 않으려고 더 과하게 외모 관리에 집중한다. 반대로 외모가 출중한 사람은 이로 인해 외모와 상관없는 다른 능력까지 격상되어 평가받는 혜택을 누리기도 한다. 못생겼다고 죄인 취급하는 이상한 사회, 외모지상주의가 지배하는 우리 사회의 현주소가 아닐까.

자신의 외모 때문에 자존감이 한없이 낮아져 스스로의 가능성까지 폄하해 버리는 지경에 이르렀다면 분명히 문제가 있다. 아직 전통사회에 머물러 있던 일제강점기 시절, 이때도 외모 때문에 고민이 컸던 한 여성이 있었다. 조선의 농촌계몽운동에 투신하여 굵직한 흔적을 남겼던, 소설 《상록수》의 주인공 채영신의 실제 모델 최용신에 대한 이야기다.

외모 콤플렉스가 있었던 소녀

지금은 코로나 19가 가장 무서운 전염병으로 전 세계를 휩쓸고 있지만, 예전에는 마마라 불리던 '천연두'가 가장 무서운 역병이었다. 어렸을 적 비디오를 빌려와서 틀어보면 나오던 "옛날 어린이들은 호환, 마마(천연두), 전쟁 등이 가장 무서운 재앙이었으나…."라는 경고문을 기억하는 사람들이 많을 것이다. 그러고 보면 아주 오랜 시간 동안 천연두는 우리에게 가장 무서운 전염병이었던 셈이다.

최용신도 어린 시절 이 천연두를 피해 가지 못했다. 다행히 목숨은 건질 수 있었지만 천연두를 앓은 흔적이 얼굴에 크고 뚜렷하게 남고 말았다. '곰보'라고 아이들의 놀림감이 된 자신의 얼굴을 보며 소녀 최용신은 깊은 콤플렉스를 가질 수밖에 없었다. 그런 외모를 누구도 사랑해 주지 않을 것이라는 생각에 아예 결혼을 단념해 버렸다.

그가 콤플렉스를 극복하기 시작한 것은 자신의 꿈을 찾으면서부터였다. 최용신은 조선이 일제에 강제 합병되기 1년 전에 태어나 조선의 전통 관습이 여전히 뿌리 깊게 남아있던 시절을 살았다. 하지만 최용신의 고향에는 일찍부터 기독교가 전파되어 여성 교육에 대해 비교적 관대한 분위기가 있었다. 덕분에 그는 여성임에도 학업에 정진할 수 있는 행운을 누렸다. 열심히 공부하며 조선의 현실에 눈을 뜨기 시작한 그는 마침내 꿈을 찾게 된다. 식민지 조선의 열악한 상황에 놓인 농촌을 위해 헌신하기로 마음먹은 것이다.

1919년 3·1운동 이후 일제의 정책이 이른바 '문화정치'로 바뀌면서 한국인들의 민족독립운동 또한 교육진흥과 농촌계몽이라는 좀 더 장기적인 방식으로 전개되기 시작한다. 여전히 농업 중심 사회였던 식민지 조선에서 민족의 대중적인 독립 역량을 강화하기 위해서는 우선 농촌을 교육·계몽해야 한다는 인식이 커진 것이다. 농촌계몽운동이 확산되는 시점에 공부했던 최용신은 농촌과의 결혼이 바로 자신의 운명이라는 결론을 내린다. 그는 한 남자의 아내로서 평범하게 사는 것을 포기하는 대신, 언젠가 찾아올 민족의 독립을 이루기 위해 당면한 과제인 농촌계몽을 위해 자신의 인생을 걸기로 마음먹은 것이다.

독신으로 살기로 결심한 그의 결단은 외모 콤플렉스를 극복하려는 강한 의지와 동시에 한편으로는 외모 콤플렉스가 얼마나 깊었는지를 보여주는 것 같다. 그런데 그의 결심이 흔들리는 일이 발생한다. 같은 교회를 다니던 김학준이라는 청년이 최용신에게 청혼을 해온 것이다.

김학준은 최용신의 외모가 아닌 그의 내면을 제대로 알아봤다. 자신의 꿈을 찾고, 민족과 농촌을 위해 살겠다는 당찬 모습에 반해버렸다. 간곡한 청혼을 최용신이 거절하자 김학준도 평생 농촌운동을 하겠다며 매달렸다. 더 이상 최용신도 거절할 수 없었다. 자신의 꿈을 함께할 평생의 반려자를 만난 것이다. 좀 더 제대로 된 실력을 갖추기까지 10년간 결혼을 보류하자는 최용신의 주장으로 우선 약혼만 한 뒤 김학준은 일본으로 유학을 떠난다. 최용신이 17세 때의 일이다.

외모가 아닌 자신의 진면목을 보고 사랑한다고 말해준 김학준의 고백을 들었을 때 최용신은 얼마나 기뻤을까? 아마 최용신의 외모 콤플렉스가 완전히 눈 녹듯 사라진 것은 바로 이때가 아니었을까 싶다. 물론 스스로 자존감을 갖는 것도 콤플렉스를 극복하는 좋은 방법이지만 사실 그리 쉬운 일이 아니다. 스스로 단점이라 여겼던 부분마저 포용하고 인정해 주는 사람을 만날 때, 내 안의 자존감은 크게 살아난다. 외모가 아닌 최용신 그 자체를 사랑해 주는 김학준을 만난 후부터 더 이상 외모 콤플렉스 따위가 자리 잡을 공간은 없었을 것이다.

농촌계몽운동에 뛰어들다

협성여자신학교에 입학한 최용신은 방학을 이용해 농촌으로 봉

사활동을 떠난다. 처음으로 간 곳은 황해도 수안군 용현리였다. 그런데 농촌에 대한 열정과 애정으로 뛰어들었던 것과 상관없이 그가 마주해야 했던 현실은 이상과 달랐다. 농민들의 눈에 최용신은 어디서 공부를 많이 했다는 곰보 신여성으로 보일 뿐이었다. 여성에 대한 무지와 편견을 극복하는 것은 그에게 매우 버거워서 중도에 포기하고 만다. 비록 첫 도전은 실패로 끝났지만, 그것을 새로운 도전의 밑거름으로 삼았다. 다음 해에 다시 경북 포항의 옥마동으로 간 최용신은 같은 실패를 반복하지 않았고 자신의 꿈을 재확인하는 소중한 자산을 얻는다.

3학년 때인 1931년 최용신은 학업을 포기하고 YWCA의 농촌지도부 파견교사가 되어 경기도 수원군 반월면에 위치한 샘골강습소로 부임한다. 지금의 상록수역이 있는 곳이다. 훗날 심훈이 최용신을 모델로 삼아《상록수》라는 소설을 쓰는데, 역의 이름이 여기서 유래했다. 샘골마을에서도 그가 처음으로 마주쳐야 했던 것은 편견이었다. 나중에 최용신의 적극적인 후원자가 되는 염석주가 처음 그를 만났을 때를 회고한 말은 최용신이 평소 겪어야 했던 편견이 어떤 것이었는지 대략 짐작하게 해준다.

"어떤 날 얼굴이 얽은 신여성 하나가 부인 몇 사람과 같이 찾아와서 자기는 지금 샘골에 있으면서 이 지방을 위하여 작은 힘이나 바쳐 보고자 하니 부디 잘 지도 협력해 달라고 하였습니다. 나는 사회의 풍파를 많이 겪어 쓴맛 단맛을 다 맛보아서 무엇을 한다는 사람들에게 아주 실망한 참인데 더구나 세상을 모르는 젊은 여자 하나쯤에게 무슨 큰 기대를 가질 수가 있겠어요? 그저 내 지방에 와서 일한다는 사람이라니 대접상 어물어물해 보냈습니다만 실상에 속마음으로는 날고 기는 놈들도 농촌에 와서 실적을 못 내는 이 시절에 너 같은 계집애가 무엇을 해보겠다고 그러느냐 하는 경멸을 던졌어요."

"얼굴이 얽은 신여성". 그것이 최용신에 대해 잘 모르는 사람들이 바라보는 시선이었다. 하지만 최용신에게는 김학준이 자신의 외모가 아닌 내면을 보고 사랑한 것처럼, 그들에게도 진심을 가지고 다가가면 자신을 제대로 봐줄 것이라는 확신이 있었다. 더 이상 예전처럼 외모 콤플렉스에 사로잡혔던 그가 아니었다.

최용신이 가장 먼저 착수한 것은 샘골강습소의 정식 인가를 받는 일이었다. 마을 사람들의 끊임없는 청원 끝에 겨우 인가를 받을 수 있었지만 강습소로 활용하던 예배당이 좁아 많은 아이들을 수용하기 어려운 문제가 있었다. 최용신은 아이들과 함께 한가위 날 학예회를 기획한다. 아이들이 준비한 독창·합창·춤·연설·이야기·연극 순서가 끝난 뒤 그는 이 아이들을 위한 학교 건축에 나서달라며 농민들에게 호소했다.

감동한 마을 사람들의 자발적 모금 운동으로 마침내 학교

건축이 이루어지고 재학생 수도 110명으로 크게 늘어났다. 이렇게 건립된 샘골강습소는 1930년대 농촌계몽운동의 상징이 되었다. 최용신이 꿈꾸던 농촌사회의 계몽과 교육이 현실화되기 시작한 것이다. 샘골강습소가 나날이 확장되자 일제의 방해가 시작되었다. 강습소의 설비 불충분을 핑계로 재학생을 60명으로 줄이도록 했지만 최용신은 학생들을 차마 버릴 수 없었다. 오전·오후반이 끝나면 가정 순회 지도를 하면서 아이들을 가르친 후 또 야간반을 인도했다. 그리고 다시 10여 리 떨어진 야목리로 가서 아이들을 가르치고 돌아왔다. 방학도 없이 그렇게 1년 365일을 가르쳤다. 그의 헌신적인 모습에 마을 사람들은 큰 감동을 받았고, 샘골마을에도 변화가 일어나기 시작했다.

꽃다운 26세, 세상을 떠났지만

호사다마好事多魔였을까. 농촌과 마을 사람들의 변화는 그에게 큰 기쁨을 주었지만, 불행한 일도 연달아 터진다. 부친의 병환 소식, 큰오빠의 이혼 문제, 도쿄에 유학 중이던 약혼자 김학준의 믿음이 약해졌다는 소식 등이 그의 마음을 아프게 했다. 게다가 YWCA에서 보내 주던 보조금이 일제의 압력 때문에 절반으로 삭감되었다는 통보는 그를 더욱 힘겹게 했다.

　　결국 최용신은 새로운 추진력을 얻고자 도쿄 유학을 떠나지만 그동안 쌓인 피로의 영향으로 3개월 만에 각기병에 걸리고 만다. 걸을 수조차 없는 지경에 이르러 유학을 중단하고 다시 샘골마을에 돌아오지만 더 큰 어려움에 봉착한다. 그나마 남아있던 YWCA 보조금이 완전히 끊겼고 교사들에게 봉급도 지급할 수 없는 상황에 처한 것이다. 심각한 피로와 스트레스가 겹쳐 각기병에 장중첩증이라는 병까지 얻어 수원도립병원에 입원했다. 그를 보려고 문병 오는 샘골마을 사람들이 끊이지 않아 수원 사람들 사이에서 화제가 될 정도였다고 한다. 그는 두 차례 수술을 받았지만 끝내 회복하지 못하고 유골을 강습소 근처에 묻어달라는 유언과 함께 26세 한창 나이로 세상을 떠나고 만다.

급하게 소식을 듣고 달려와 장례식에 참석한 김학준은 통곡하며 생전에 최용신이 선물해 주었던 외투를 벗어 관 위에 덮어주었다. 이후 그는 최용신의 제자로 알려진 길금복과 결혼하지만 평생 최용신을 잊지는 못했던 것 같다. 그는 샘골고등농민학원 이사장을 맡아 최용신의 뜻을 이어 가고자 했고 기념사업에도 앞장섰다. 40년 뒤 김학준도 세상을 떠나게 되는데, 뜻밖의 유언을 남긴다. 자신을 옛 약혼자 최용신 옆에 묻어달라는 것이었다. 아내 길금복은 최용신과 김학준이 생전에 나누었던 사랑을 알고 있었기에 그 뜻을 존중해 주었고 유언대로 옛 여인의 곁에 묻히도록 해주었다. 최용신의 외모가 아닌 인간 그 자체를 진심으로 사랑했던 김학준. 충분히 나누지 못했던 사랑을 죽음 이후에야 이어간 것이다.

우리 인생에서 외모는 거들 뿐

"왼손은 거들 뿐."이라는 유명한 만화 대사가 있다. 농구에서 슛의 정확도를 높이기 위해 왼손은 가볍게 얹을 뿐이고 오른손만 사용한다는 의미다. 슛을 할 때 한 손만 이용하는 것은 무척 어렵기 때문에 두 손을 함께 적절히 움직여야 한다. 하지만 실제 슛을 하는 것은 오른손이다. 왼손도 슛을 할 때 사용하지만 거드는 역할로 족하다. 우리에게 있어 외모도 그런 것이 아닐까? 인생에서 외모 또한 중요한 부분이라는 것은 부정할 수 없는 현실이다. 하지만 외모가 가장 중요한 것은 아니다. 정말 중요한 것은 진짜 내 꿈을 찾는 것 그리고 가능하다면 그 꿈을 함께 이룰 좋은 동반자를 찾는 것이다. 최용신의 삶이 그것을 잘 보여준다.

최용신이 살았던 시대에도 외모는 사람을 판단할 때 중요한 기준 중의 하나였다. 이 때문에 얼굴에 가득한 곰보 자국이 그를 주눅 들게 만들고 독신으로 살겠다는 결심까지 하게 만들었지만, 그는 외모가 인생의 전부라고 생각하지 않았다. 대신 여성도 공부할 수 있는 환경이 주어진 것을 감사히 여기며 자신의 꿈을 찾아 열심히 공부하고 준비했다. 결혼은 생각하지도 않던 그가 사랑하는 사람을 만날 수 있었던 것도 자신의 꿈을 당당히 찾아가는 모습이 매력적으로 비쳤기 때문이다.

결국 최용신은 26세의 꽃다운 나이로 세상을 떠나고 말았지만, 그 아름다운 삶의 이야기는 소설 《상록수》로 다시 쓰였다. '채영신'이란 이름으로 수많은 사람들의 기억 속에 남게 된 것이다. 이제 누구도 그를 '곰보 신여성'으로 기억하지 않는다. 다만 자신의 전부를 헌신했던 아름다운 여성 운동가로 기억할 뿐이다. 이것만으로도 충분히 성공한 인생을 산 것이 아닐까.

외모 때문에 고민하는 사람들이 많다. 특히 외모에 민감한 시기인 10대, 20대는 더욱 그렇다. 하지만 진정한 아름다움은 외모가 아니라 내면에서 빛난다는 사실을 알아야 한다. 누구에게나 자신만이 갖고 있는 매력이나 장점이 반드시 한 가지는 있다. 외모가 아니라 나만의 장점이 나를 더 빛나게 해줄 것이다. 그리고 자신이 좋아하는 일을 위해, 또 꿈을 이루기 위해 자기의 전부를 바치는 사람은 무척 매력적이다. 그런 모습을 보면 많은 이들이 나를 좋아하게 될 것이다.

사람들로부터 사랑받는다는 것을 알고 느끼는 사람에게는 외모 콤플렉스 같은 것이 파고들 공간이 없다. 결국 외모 혹은 다른 어떤 콤플렉스라도 극복하는 방법은 나 자신의 꿈을 찾고 스스로를 사랑해 주는 것, 그리고 소중한 사람들이 나를 사랑하고 응원해 주고 있음을 깨닫는 것이다. 바로 그것이 최용신의 삶으로부터 배울 점이 아닐까.

자신감은 어디에서 오는 걸까 ——— 이순신

근거 있는 자신감 vs 근거 없는 자신감

"나는 원래 실전에 강해!

　시험 기간에 공부는 안 하고 놀기만 하다가 막상 시험이 코앞에 닥치면 이렇게 말하는 친구가 있었다. 물론 별로 공부도 안 하면서 시험을 잘 보는 천재도 간혹 있었지만 그 친구는 천재처럼 보이지는 않았는데 말이다. 자신이 천재도 아니고 공부도 안 하면서 막상 시험은 잘 볼 거라고 자신감 있게 소리치는 친구를 보며 이렇게 생각했다.

　'대체 저 근자감은 어디서 나오는 걸까?'

　한때 근자감이라는 말이 유행했었다. '근거 없는 자신감'의

줄임말인데, 아무런 근거도 없이 자신을 너무 과신한다는 뜻이다. 물론 자신감을 갖는 것은 인생을 살아가는 데 매우 중요한 요소다. 자신감自信感. 스스로를 믿는 감정이 바로 자신감이 아닌가. 나조차 스스로를 신뢰할 수 없다면 누가 나를 믿어줄 수 있을까? 하지만 아무런 근거 없이 갖는 자신감은, 자신감이 전혀 없는 것만큼이나 좋지 않다.

근거 없는 자신감이 부정적인 이유는 아무것도 하지 않는 자신을 합리화하는 핑계로 작용할 때가 많기 때문이다. 아무런 노력도 하지 않으면서 '나니까 잘할 수 있을 거야'라는 근거 없는 희망을 갖는다. 그러면서 정작 일이 잘 안 풀리면 그 원인을 외부 환경에서 찾게 된다. 근거 없는 자신감이 강한 사람일수록 남 탓, 주변 환경 탓을 많이 할 가능성이 높다.

우리 역사 속에서 큰 업적을 거둔 위인들을 보면 자신감이 넘쳤다는 공통점이 있다. 때로는 불안해하면서도 조심스럽게 자신을 믿으며 과감히 앞으로 나아갔다. 그들에게는 근거 있는 자신감이 있었다. 한국 외교사에 큰 획을 그은 서희가 대표적 인물이다. 거란의 80만 대군이 고려를 침공했을 때 대부분의 대신들은 평양 이북의 땅을 떼어주고 적당히 타협하자고 주장했다. 하지만 서희는 자신감 있게 외교적 담판으로 문제를 해결할 수 있다고 큰소리쳤고, 실제로 땅을 헌납하기는커녕 오히려 강동6주 땅을 얻어왔다. 거란의 침공 이면에는 고려와 송나라의 외교 관계를 단절시켜 후방의 국경을 안정화하려는 진의가 있음을 꿰뚫어본 덕이었다. 상대방의 의중과 약점을 정확히 이해했기에, 서희는 자신감 있게 협상에 나설 수 있었다. 그의 외교적 승리는 '근거 있는' 자신감에서 비롯된 것이었다.

자신감으로 똘똘 뭉쳤던 위인을 또 한 사람 꼽으라면 주저 없이 이순신을 말하고 싶다. 명량대첩을 앞두고 그가 임금에게 올렸던 상소는 너무나 유명하다.

신에게 전선이 아직도 열두 척이 있습니다. 죽을 힘으로 막아 지키면 오히려 해낼 수 있습니다. (중략) 비록 전선은 적지만 신 이 죽지 않는 한 적이 감히 우리를 무시하지는 못할 것입니다.

당시 이순신은 고작 12척의 배를 가지고 133척의 일본군 대형 선단과 맞서야 하는 상황이었다. 그런데 이순신은 "신이 죽지 않는 한"이라며 엄청난 자신감을 보인다. 이런 자신감은 도대체 어디서 나왔을까? 그것은 근거 있는 자신감이었을까?

'아직도' 12척의 배가 남아 있다

우리나라에서 이순신을 모르면 간첩, 아니 어떤 간첩이라도 이 순신에 대해서는 잘 알 것이다. 이순신은 우리 민족이 가장 사 랑하는 위인 중 한 명이다. 실제로 임진왜란 때 이순신의 활약 이 없었다면 조선의 전 국토가 일본에 완전히 점령당했을지 모를 일이다. 조선이 절체절명의 위기에 닥쳤을 때 이순신 장군이 이끈 수군의 대활약은 임진왜란을 승리로 이끈 가장 큰 공로였음을 누구도 부정할 수 없다. 이순신의 찬란한 업적에 비추어 볼 때 그를 민족의 성웅으로 여기는 것은 너무도 당연하다.

수군으로서 최고 관직인 삼도수군통제사의 직위에 이르며 수많은 공을 세웠던 이순신이었지만 인생의 탄탄대로만 걸었던 것은 아니다. 잠시 일본이 군사를 물렸다가 다시 침공해온 정유재란 직후에 이순신은 최대 위기를 맞게 된다. 이순신으로 인해 처절한 실패를 경험했던 일본은 그를 제거할 이간계를 꾸민다. 전쟁 중임에도 여전히 당쟁이 심한 상황이었고 이순신과 원균 사이에 불화가 있음을 간파한 일본은 이중간첩인 요시라를 통해 거짓 정보를 흘린다. 왜적장 가토가 수군을 이끌고 바다를 건너올 것인데, 그 정보를 넘길 테니 공격하라는 내용이었다. 이 정보를 믿고 조정은 이순신에게 공격을 명령했지만 일본의 간계임을 간파한 이순신은 왜적의 함정이니 섣불리 출진할 수 없다고 진언한다. 그럼에도 조정의 명령이었으므로 출진을 감행했으나 사실 그때 이미 일본 수군이 조선으로 건너와 있었다. 요시라는 이순신이 바다를 막지 않아 가토가 바다를 건너왔고 천재일우의 기회를 놓친 것이라며 모함한다. 거기에 원균이 이순신을 헐뜯으며 올린 장계 또한 이순신을 더욱 난감하게 만들었다.

결국 이순신은 해임되고, 벼슬이 없는 일반 병사로 참전하는 백의종군白衣從軍에 처해진다. 지금으로 치면 해군 참모총장을 하루아침에 훈련병으로 강등시킨 것이다. 군인으로서 정말 큰 모욕감을 느끼지 않았을까. 이처럼 이순신이 큰 고난을 겪는 사이 원균이 삼도수군통제사의 지위에 오르지만, 이순신을 대신하기에는 역부족이었다. 칠천량해전에서 대부분의 함선과 수군을 잃고 원균 자신도 전사하고 만다. 조선이 심각한 위기에 몰린 순간에 이순신이 다시 구원투수로 투입된다. 그동안 피땀으로 훈련한 거북선과 수많은 함선, 수군이 대부분 사라진 상태로 말이다. 그에게 남은 것은 오직 12척의 배뿐. 명량 앞바다에서 중대한 결전을 앞둔 이순신이 처한 상황이었다.

형편없이 약해져 버린 수군의 상황을 선조도 잘 알고 있었다. 사실상 유명무실해진 수군을 육군과 통합하라는 선조의 명령도 그런 인식에서였다. 이순신이 올린 "신에게 아직 열두 척의 배가 남아 있다."는 유명한 상소는 바로 이런 상황에서 나왔다. 누구도 할 수 없다고 자포자기한 순간, 이순신은 오히려 할 수 있다며 자신감을 보인 것이다.

명량에서의 큰 승리

드디어 결전의 날이 밝았다. 겨우 1척이 추가되어 총 13척의 배로 나가야 했던 조선 수군 앞에 맞선 일본 수군의 배는 133척이었다. 10배가 넘는 병력과 싸워야 했던 것이다. 압도적인 적의 함대에 포위당하고 도망치려는 군사들도 있었다. 선두에 나섰던 이순신의 기함이 가장 먼저 포위를 당하지만 그는 굴하지 않고 전투를 독려했다. 뒤에서 다른 전함들이 돌격해 오며 일본 수군을 맹렬히 공격했고, 일본 수군 대장 구루시마 미치후사가 전사한다. 선봉대장이 죽자 일본군의 위세는 급격히 꺾이기 시작한다. 조선 수군이 승기를 잡고서 쉴 새 없이 몰아친 결과, 대장선을 포함한 적선 31대가 격파되고 나머지는 급히 도주한다. 절대로 이길 리 없다고 생각했던 전투에서 이기고 만 것이다. 그날 이순신이 일기에 "천행天幸"이었다고 쓸 정도로 누가 봐도 불가능해 보였던 승리를 기어이 거두고 말았다.

만약 이 전투에서 조선 수군이 패했다면 호남지역은 일본의 수중에 넘어갔을 것이고 전쟁 상황은 완전히 일본에 유리해졌을 것이다. 결정적인 위기를 극복할 수 있었던 절대적 공로는 이순신에게 있었다. 명량대첩이라는 엄청난 승리를 이끌어냈던 비결은 과연 어디에 있었을까? 승리 요인에 대해서는 논의가 분분하지만 크게 다음 몇 가지를 들 수 있다.

우선 그 수는 비록 적었지만 조선 수군의 주력선인 판옥선의 위력이 일본 전선보다 훨씬 뛰어났다는 점이다. 판옥선은 다양한 해전 전술을 구사하는 데 용이했고 특히 당시 최첨단 무기인 화포를 장착하고 있었다. 물론 이러한 배의 장점과 더불어 주변 지형을 적절히 활용한 이순신의 뛰어난 전술이 가장 중요한 요인일 것이다. 그는 일본의 전선 수가 많아도 좁은 수로에 갇혀 있다는 점을 활용하여 각개전투하는 상황을 연출하고, 대장선을 집중적으로 공격하는 작전을 펼친다. 일본 수군이 압도적인 전력에도 불구하고 이를 제대로 활용할 수 없도록 만든 것이다. 무엇보다 조류와 바람을 이용해 화공전을 적절히 구사한 것 또한 결정적인 승리 요인이었다.

아울러 수군 전문 인력을 긴급히 충원하는 데 성공했고 그들의 사기를 최대한으로 끌어올리는 데 집중했다. 무엇보다 백전백승의 노장 이순신이라는 이름 자체가 그들에게 할 수 있다는 믿음을 심는 큰 역할을 했다. 특히 수군에 합류한 의병들의 큰 활약이 있었다. 수많은 백성들 또한 후방에서 군량이나 군복을 조달했고 피난선을 이용해 더 많은 함대가 있는 것처럼 교란 전술을 펴도록 도움을 주기도 했다. 결국 이순신의 리더십과 명성에 호응한 백성들의 도움이 또 하나의 중요한 승리 요인이었던 것이다.

긍정의 아이콘, 이순신

이순신이 승리할 수 있다고 자신했던 근거는 단순히 '난 한 번도 패한 적 없으니까 이번에도 지지 않을 거야!'라는 호기로움이 아니었다. 최악의 상황임에도 불구하고 그는 승리할 수 있는 근거들을 하나씩 확인해 나갔고 또 만들었다. 배의 수는 훨씬 적지만 함선 자체는 일본 수군의 배보다 훨씬 뛰어나다는 점을 잘 이용했고, 지형과 자연을 활용해 작전을 펼쳤다. 또 일본군에게는 없는 의병과 백성들의 후방 지원을 믿었다. 객관적으로 전투에서 질 수밖에 없는 여러 상황들이 있었지만, 동시에 그 뒤에 숨어 있는 이길 수 있는 이유들을 찾아냈다. 현실을 있는 그대로 받아들이면서도 자신에게 유리한 현실을 찾아낸 것이다.

이순신은 지독히 긍정적인 사람이었다. 긍정肯定의 의미는 '다 괜찮아. 지금보다 잘 될 거야.' 같은 자기 위로, 어설픈 희망이 아니다. 상황이 좋으면 좋은 대로, 나쁘면 나쁜 대로 내가 처한 현실을 있는 그대로 받아들이는 태도가 바로 긍정이다. 그래서 긍정의 반대말인 부정否定의 뜻은 '있는 그대로 받아들이지 않는 것'이다. 근거 없는 자신감은 자신이 처한 현실을 제대로 직시하지 않는, 현실을 회피하는 자신감이기에 전혀 '긍정'이라 할 수 없다. 오히려 '부정'의 한 범주일 따름이다.

진정으로 긍정적인 사람은 현실을 있는 그대로 인정하고, 그 자리에서 할 수 있는 최선의 방법을 찾는다. 세상이 잘못된 거지 내가 잘못된 것이 아니라며 세상 탓, 남 탓을 하지도 않는다. 이순신은 겨우 12척의 배가 남겨진 최악의 상황에서 수군을 다시 인계받았다. 하지만 원균을 탓하지도, 자신을 백의종군에 처했던 선조를 탓하지도 않았다. 당쟁에 휩쓸려 자신을 모함하던 조정의 신하들을 탓하지도 않았다. 그저 주어진 현실에서 자신이 승리할 수 있는 이유를 치열하게 찾았을 뿐이다.

"아직도 12척의 배가 남아 있다"는 이순신의 긍정적인 마음은 바로 여기서 출발한다. 당장은 최악의 상황일지라도 그 현실을 결국 이겨내는 사람은 근거 없는 자신감으로 가득한 사람이 아니고, 현실을 회피하는 사람도 아니며, 다만 자신을 제대로 긍정할 줄 아는 사람이다.

자신감은 자기관리와 실행에서 나온다

이순신이 보인 자신감의 원천은 긍정적인 태도뿐만이 아니다. 그는 여러 상황에서 적군과 직접 부딪친 수많은 해전 경험을 통해 실력을 꾸준히 쌓아 왔다. 만약 이순신이 아무 실전 경험도 없이 갑자기 명량해전에 나서야 했다면 과연 승리할 수 있었을까? 또는 겨우 몇 차례에 불과한 승리 경험만 갖고 해전에 임했다면 역시 승리할 수 있었을까? 백전노장이라는 칭호는 아무렇게나 주어지는 게 아니다. 수많은 전투를 치르며 생사를 넘나들던 이순신이었기에 명량해전의 절박한 전투에서도 승리를 거둘 수 있었던 것이다.

무용 전공 학생들의 '공연 자신감'에 대해 연구한 논문을 본 적이 있다. 많은 사람들 앞에서 무대에 서는 일은 누구에게나 떨리는 일이다. 더구나 고난도의 동작을 펼쳐 보여야 한다면 그 부담감은 몇 배로 가중될 것이다. 하지만 똑같은 조건임에도 더 자신감 있게 공연을 하는 학생이 있는 반면, 그렇지 못한 학생도 있다. 그 차이는 어디에서 오는 것일까? 해답은 철저한 자기관리에 있었다. 평소 꾸준히 많은 훈련을 통해 동작 기량의 향상, 완벽성, 긍정적인 생각을 많이 갖는 학생일수록 무용에 대한 자신감도 높은 것으로 나타났다. 결국 평소의 훈련과 노력이 실력뿐만 아니라 자신감으로도 이어진다는 점을 보여준다.

이순신의 자신감 역시 평소의 자기관리에서 온 것이었다. 이순신은 명량해전의 승리를 '하늘이 준 행운'으로 표현했지만, 그것은 요행으로 주어진 것이 아니었다. 수군을 체계적으로 훈련시키고 거북선과 판옥선 등 주력 함대를 양성하며 기른 실력 그리고 실제 수많은 전투에 나서면서 수없이 이겨본 경험. 그것이 이순신이 가진 자신감의 원천이었다.

훈련을 하는 것, 배를 건조하는 것, 전투에 나가 싸워 이기는 것. 그 모든 일에는 공통점이 있다. 바로 '실행'이다. 이순신은 생각을 실행에 옮기는 사람이었다. 칠천량해전의 처참한 패배로 조선 수군은 궤멸 직전에 몰려 있었다. 그런 현실을 알고 있었던 선조는 유명무실해진 수군을 육군에 통합시킬 것을 명령했다. 차라리 아무것도 하지 않는 게 더 낫다고 여긴 것이다. 하지만 이순신은 '아무것도 선택하지 않는 선택'을 하지 않았다. 비록 선택지가 하나뿐일지언정, 12척의 배를 이끌고 용감히 싸우겠다는 '실행'을 택했다. 만약 이순신이 선조의 명령에 따라 스스로 싸울 기회조차 포기했다면 명량에서의 빛나는 승리는 결코 없었을 것이다.

아무것도 하지 않는 것보다 어떤 선택이든 스스로 하는 것이 낫다. 그리고 자신의 선택에 대해 책임지고 부딪쳐 나가는 연습은 일평생 계속해야 한다. 그것이 바로 아이가 아닌 '어른'으로서 살아가는 자세다.

이념보다 중요한 것이 사람이다 ── 김병로

새는 좌우의 날개로 난다

우리 삶을 규정하거나 제약하는 중요한 수단은 법이다. 오늘이라도 당장 국회에서 소득세를 10% 인상하는 법안을 통과시키면 그만큼 나의 실질 임금은 감소하고 가정경제에 큰 영향을 미칠 것이다. 이런 법을 만들고 시행하는 것이 정치 영역이기에 정치는 나의 삶과도 매우 밀접하게 연결되어 있다. 우리가 정치에 대해 무관심하면 안 되는 이유다. 나름의 정치적 관점을 갖고 선거 참여 등의 방법을 통해 자신의 정치적 의사를 표현하는 것은 국민의 한 사람으로서 매우 중요한 일이다.

대한민국이 어떤 나라가 되기를 바라는지는 5천만 국민들의 희망이 제각각 다를 수밖에 없다. 어떤 사람들은 좀 더 보수적인 정책을 선호하고, 어떤 사람들은 진보적인 정책을 지지할 것이다. 하지만 아무리 좋은 법과 정책을 만들어도 모든 사람들이 100% 만족하는 것은 불가능하다. 결국 보수와 진보 사이의 어느 지점에서 서로 조금씩 양보하며 최대한 많은 사람들의 이익에 부합하는 방향으로 나아가야 한다.

《새는 좌우의 날개로 난다》는 유명한 책의 제목처럼 보수적 가치도 필요하고, 진보적 가치도 우리 사회에 모두 필요하다. 그러나 우리나라에는 그런 인식이 많이 부족한 것 같다. 나와 생각이 다르다는 이유로 상대방에게 수구, 친일파, 토착왜구, 빨갱이, 친북, 급진좌파 등등의 꼬리표를 함부로 붙이며 몰아세우는 모습이 너무나 쉽게 보이는 것은 참 안타까운 일이다.

보수든 진보든 그 자체가 목적이 되고 진영 논리가 되어 버리면 사회의 건전한 발전은 저해된다. 진짜 보수주의자라면, 진짜 진보주의자라면 상대의 생각이 다르다고 해서 무조건적으로 비난하지 않는다. 보수든 진보든, 국민을 위해 더 나은 길을 고민하는 과정 위에서만 의미가 있다는 것을 알아야 한다.

오랜 기간 레드 콤플렉스에 갇혀 있던 우리 현대사에서는 진정한 진보주의자뿐만 아니라 진정한 보수주의자 또한 찾기가 쉽지 않다. 그런 한국에서 보기 드물게 진짜 보수주의자의 삶을 살았던 한 사람이 있었다. 대한민국 최초의 대법원장을 지냈던 김병로다. 그의 삶을 들여다보면 정치적 이념을 대하는 올바른 자세가 무엇인지 배울 수 있다.

조선 최초의 인권변호사

김병로는 조선의 생명력이 꺼져가던 1887년에 유학자 집안에서 태어났다. 2년간 성리학을 배운 뒤 신학문에도 열중한 그가 택했던 전공은 법학이었다. 법을 배우기 위해 일본에 유학을 가면서 세운 목표는 오로지 변호사가 되는 것이었다. 민족을 위해 일하려면 변호사 자격증이 필요하다고 판단했기 때문이다. 변호사가 되면 일본 경찰도 쉽게 잡아가지 못하고, 상대적으로 높은 수입을 사회운동 자금에 활용할 수 있으며, 공개 법정을 통해 정치투쟁을 할 수 있다고 보았다. 무엇보다 인권 옹호와 사회 방위에 큰 역할을 할 수 있다는 점이 그가 변호사의 길을 선택한 이유였다.

조선에 돌아온 그는 실제로 변호사가 되어 수많은 독립운동가들을 무료 변론하며 그들의 인권을 지키고자 노력했다. 조선 독립이 불온한 사상이라며 지적하는 일본인 판사에게 김병로는 이렇게 일침을 가했다.

"만약 독립을 희망한 이들이 죄인이라면, 독립을 꿈꾸는 2천만 조선 민족 모두가 죄인이다!"

그는 이인, 허헌 등 뜻이 맞는 동료와 함께 형사공동연구회라는 조직을 만들어 독립운동가들을 무료로 변호하고, 그들의 가족을 돌보았다. 독립운동가뿐 아니라 소작인, 노동자들처럼 고통받는 조선인이 있는 곳이라면 주저하지 않고 달려갔다. 김병로와 그의 동료들은 조선 최초의 인권변호사였다.

김병로는 확고한 신념을 가진 반공주의자였고, 공산주의 이념에 동의하지 않았다. 그는 민족주의적 성향이 확실한 인물이었다. 하지만 그의 도움이 필요하다면 공산주의자를 변호하는 것도 마다하지 않았다. 그들 또한 조선의 독립을 우선으로 여기는 사람임을 잘 알고 있었기 때문이다. 그에게 좌익이냐, 우익이냐는 중요하지 않았다. 민족의 독립이라는 공동체적인 절대적 가치가 더 우선이었다. 이러한 가치관에 따라 좌우합작 항일단체인 신간회 결성이라는 결실도 맺는다. 민족주의든 공산주의든 이념에 앞서 조선의 독립과 조선인의 자유가 우선이라는 현실적인 인식이 있었기에 가능한 일이었다.

1930년대가 되자 지식인들에 대한 일제의 탄압과 회유가 더 강력해진다. 이광수처럼 이 시기를 즈음하여 친일파로 돌아선 지식인들이 많았다. 하지만 김병로는 끝까지 신념을 지키고자 모든 것을 버리고 귀농한다. 13년이나 이어진 은둔 생활이었다. 그동안 아깝게 쌓아온 명성과 커리어를 생각하면 쉽게 갈 수 없는 길이었다. 하지만 차라리 이름 없는 농부가 될지언정 현실과 적당히 타협할 수는 없었다. 덕분에 그는 그 엄혹했던 시절에 흔하게 이루어졌던 창씨개명조차 하지 않았다. 그는 참으로 진정한 보수주의자요, 민족주의자였다.

대한민국 최초의 대법원장

마침내 해방의 날이 왔다. 김병로는 우파들이 결집해 창당한 한민당에 잠시 참여했다가 탈당한다. 지주들이 중심이 된 한민당은 토지개혁에 소극적이었는데, 그는 일제강점기 시절 많은 소작인들을 변호한 경험 때문에 농민들에게 혜택이 돌아가는 토지개혁을 적극 주장했던 것이다. 또한 좌우 분열로 나라가 분단될 위기에 처한 현실을 보고 좌우합작 운동을 펼친 것도 한민당과 노선이 달랐던 부분이었다. 그에게 이념보다 중요한 것은 통일된 새 나라를 건설하는 것이었다.

좌우합작 운동이 실패로 돌아가면서 한반도의 분단은 기정사실화되고 만다. 김병로 또한 어느 한쪽을 택할 수밖에 없었기에 대한민국 단독 정부에 참여한다. 1948년 8월 15일 대한민국 정부 수립과 함께 김병로는 초대 대법원장에 임명된다. 초대 대통령 이승만은 완고한 원칙주의자인 김병로가 껄끄러웠지만, 국무회의에서 모두가 만장일치로 추천했기 때문에 임명을 거부할 명분이 없었다. 김병로는 이승만과 같은 우파 민족주의자였음에도 정치적 인식은 많이 달랐다. 이승만은 좌파와의 대화 자체를 거부하고 시종일관 남한만의 단독정부 수립을 주장했던 반면, 김병로는 분단국가가 되는 것을 끝까지 막아보려 했다. 또한 이승만은 친일파 세력을 활용하고자 했으나, 김병로는 철저한 배제를 주장했다.

행정부의 수반 이승만과 사법부의 수반 김병로는 사사건건 부딪쳤다. 친일파 척결을 위해 만들어진 반민족행위특별조사위원회(반민특위)를 적극 옹호한 김병로와 달리, 친일파 세력이 자신의 지지기반이었던 이승만은 반민특위의 활동을 계속해서 방해했다. 반민특위를 습격하는 만행을 저지른 경찰을 이승만이 적극 옹호하자, 김병로가 공개 비난하면서 두 사람은 또 한번 부딪친다. 하지만 국회가 정부에 굴복함으로써 반민특위는 결국 역사 속으로 사라지고 말았다.

반민특위 사건을 시작으로 김병로는 임기 내내 이승만과 대립했다. 이승만은 정권을 위해 사법부를 하수인으로 끌어들이고자 했고, 김병로는 이를 단호히 거부했기 때문이다. 일제강점기에 오로지 조선의 독립만을 위해 싸웠던 것처럼 이제 그에게 가장 중요한 것은 사법부의 독립이었다. 정부의 의도대로 판결하지 않는 판사를 빨갱이라 매도할 때, 그는 사법부에 대한 부당한 압력으로 보고 단호하게 대처했다. 사법부의 소신 판결에 대해 이승만이 불만을 표하자 김병로는 이렇게 대꾸한다.

"이의 있으면 항소하시오."

이승만은 자신의 권력을 위해 끊임없이 사법부를 흔들었지만 김병로는 이에 굴하지 않고 판사들이 소신껏 판결을 내릴 수 있도록 바람막이가 되어 주었다. 그가 은퇴한 직후 이승만의 정치적 라이벌이던 조봉암이 간첩죄의 누명을 쓰고 대법원에 의해 사법살인을 당한 사건은 김병로가 곧 사법부 독립 그 자체였음을 여실히 보여주었다.

삶 자체가 권위였던 사람

김병로가 절대 권력을 가진 이승만 앞에서도 당당히 제 목소리
를 낼 수 있었던 것은 그에게 어떠한 빚도 없었기 때문이다. 이
승만은 통제 가능한 사람을 대법원장으로 원했지만 김병로 외
에 누구도 적임자가 없다는 국무위원들의 만장일치 추천 때문
에 임명할 수밖에 없었다. 김병로는 대법원장이 되는 과정에서
이승만의 어떠한 도움도 받지 않았기에 그의 입김에서 자유로
울 수 있었던 것이다.

해방 이후 친일파 척결에 크게 목소리 높일 수 있었던 것
도, 반민특위가 경찰에 의해 습격 당하자 강하게 비판할 수 있
었던 것도 친일로부터 자유로운 경력 때문이었다. 그는 변호사
로서 뛰어난 커리어를 쌓고 있었음에도 불구하고 일제의 탄압
과 회유가 점점 강해지자, 농사를 지으며 은둔하는 삶을 선택
한다. 부와 명예를 모두 포기할지라도 조선 독립이라는 자신의
신념을 꺾고 일제와 타협할 수는 없었기 때문이다.

무엇보다 그가 본인의 신념대로 살 수 있었던 것은 돈으로
부터 자유로웠기 때문이다. 그는 고위 직종인 변호사로 일하
면서 많은 돈을 벌 기회가 있었지만, 독립운동가들을 위한 무
료 변론을 자처했다. 그의 집에 드나들던 많은 동지들의 식비

를 해결하기 위해 집을 판 적도 있었다. 그는 경찰에 쫓기는 독립운동가들의 도피 자금을 지원하고, 그 가족들의 생계를 지원했다. 그에게 돈은 신념을 이루기 위한 수단이었을 뿐, 결코 돈 자체를 목적으로 삼지 않았다. 김병로는 돈뿐만 아니라 그 어떤 것에도 빚이 없었기에 자신의 신념을 지키기 위한 자유를 온전히 누릴 수 있었다. 심지어 대법원장이 된 뒤 대법원에 더 많은 땅을 주겠다는 대통령의 제안도 거절하고, 남는 예산이 생기면 전액 국고에 반납했다. 그 자신뿐 아니라 사법부 또한 빚을 남기지 않음으로써 온전한 독립과 함께 신념을 지킬 수 있었다.

일생 동안 언행이 일치하는 삶을 살아온 그의 말에는 엄청난 무게감이 있었다. 실제의 삶 자체가 그의 말 속에 그대로 담겨 있었기에 권위를 실을 수 있었던 것이다. 사표를 내려고 김병로를 찾아온 한 판사와의 일화에서도 그의 권위가 얼마나 컸는지 확인할 수 있다.

"판사 급여가 너무 박봉이라, 저의 자녀 교육비조차 제대로 감당할 수 없습니다. 죄송하지만 사표를 내러 왔습니다."

"자네에게 참으로 미안하구먼. 하지만 나도 그렇게 죽만 먹으면서 지내고 있다네. 힘들겠지만 조금만 참고 견뎌 봅시다."

김병로의 말에 그 판사는 사표를 낼 수 없었다. 김병로 자신부터가 누구보다 청렴한 삶을 살고 있었기에 그의 말 한마디에는 권위와 설득력이 담길 수밖에 없었던 까닭이다.

이처럼 말과 행동이 일치하는 삶을 살 때 자연스럽게 권위와 품격이 생겨난다. 이것은 억지로 꾸민다고 해서 만들어지는 것이 아니다. 말은 누구나 쉽게 할 수 있지만 그렇게 사는 것은 쉬운 일이 아니다. 정작 자신은 바르게 살지 않으면서 입바른 주장만을 하면 그의 말에 권위가 생겨날 리 없다. 당신이나 똑바로 살라는 비아냥이 돌아올 뿐이다. 타인을 설득하고 자신의 주장을 관철하는 힘, 무엇보다 자신의 신념을 내세우고 그 정당성을 얻는 원동력은 언행일치된 삶에 있다.

이념도 사람을 위한 것이다

김병로는 공산주의를 반대하고 자유민주주의와 민족주의를 옹호했다. 특히 한국전쟁 와중에 자신의 아내가 북한군에 의해 살해당하는 잔혹한 경험까지 겪었다. 그는 공산주의를 '인류의 적이며 국제 정의의 악마'라고 표현하며 강력한 적대감을 보였다. 그럼에도 반공을 기치로 만들어진 국가보안법에 대해 반대하는 입장을 보인다. 그것도 말 한마디의 무게가 무거운 대법원장으로서 말이다. 그 이유는 간단했다. 국가보안법이 없어도 형법만으로 얼마든지 처벌이 가능한데, 국가보안법이 인권을 침해하는 데 악용될 것을 우려하였기 때문이다. 상당히 민주화가 진행된 오늘날에도 국가보안법 폐지를 주장하면 바로 '빨갱이'로 낙인찍히기 쉽다. 그런데 철저한 반공주의자였던 김병로가, 그것도 북한의 침공으로 시작된 한국전쟁 와중에 국가보안법 제정을 공개적으로 반대했다는 사실은 많은 시사점을 준다.

보수주의는 기존의 체제를 최대한 지켜나가고자 한다. 그 체제에는 자유주의, 민주주의, 법치주의, 자본주의 등 다양한 이념들이 포함될 것이다. 하지만 김병로가 진정으로 지키고자 했던 가치는 그러한 '주의'를 넘어서 사람과 인권 그 자체였다. 김병로가 살아왔던 삶이 그것을 증명한다. 일제강점기 때 독립운동을 하다 체포된 공산주의자를 위해 변론했으며, 조국의 독립과 통일을 위해 공산주의자와도 대화해야 한다고 주장했다. 그들도 사람이고 같은 민족이었기 때문이다.

그는 진정으로 지켜야 하는 가치가 무엇인지 정확히 이해한 보수주의자였다. 자기 입맛에 따라 말로만 자유, 평화, 인권처럼 좋은 말을 외친 것이 아니라, 실제로 그 가치를 실천하는 삶을 살았다.

정치적 이념을 갖는 것은 민주적 권리를 지닌 시민으로서 당연한 일이다. 자신의 정치적 견해를 표현하기 위한 수단으로서 보수든, 진보든 모두 좋다. 실제로 모두 필요한 가치들이다. 하지만 이념 그 자체가 목적이 되면 정말 중요한 것을 놓치는 우를 범할 수 있다.

결국 이념이 생긴 것도 사람을 위함이고 인간다운 삶을 보장하기 위함이다. 특히 품격 있는 보수주의자라면 자신의 이익보다 공동체의 이익을 더욱 민감하게 여긴다. 우리는 그것을 다른 말로 노블레스 오블리주noblesse oblige라고 표현하기도 한다. 애국보수, 개혁진보. 모두 좋은 말이지만 누구를 위한 애국이고 개혁인가. 그 속에 '모든 인간에 대한 존중'이 담겨 있지 않고, 더구나 그런 삶과 실천도 없다면 공허한 말잔치에 지나지 않는다.

최고가 되는 것만이 행복한 삶일까 —— 김부식

1등만 기억하는 세상

세상의 자원은 무한하지 않기에 한정된 자원을 얻기 위한 경쟁이 필연적으로 발생한다. 때로는 가진 것이 충분함에도 더 많이 얻으려고 경쟁한다. 경쟁으로 점철된 삶을 살게 되는 것이다.

아이를 좋은 유치원에 보내기 위해 추첨에 참여하는 것부터 이미 경쟁은 시작된다. 학교에 들어간 이후에는 1등을 위해 열심히 공부하고, 단 한 번의 수능시험은 내 꿈을 좌지우지한다. 그렇게 대학을 졸업했더니 바로 취업이라는 치열한 경쟁이 다시 펼쳐지고, 힘들게 들어간 회사에서도 더 좋은 고과를 받기 위해 동료들과 계속해서 경쟁한다. 아파트 분양받는 것도 얼마나 힘든 경쟁인가. 우리에게 있어 경쟁이란 곧 생존을 위한 몸부림처럼 보인다.

경쟁에 너무 익숙해져 버린 나머지, 우리는 항상 이겨야 하고 최고가 되어야 한다는 강박 속에 살아간다. 예전 개그 프로그램의 유행어처럼 "1등만 기억하는 더러운 세상" 속에서 말이다. 물론 자기 분야에서 최고가 되기 위해 열심히 노력하는 것은 존중받을 만한 일이다. 지금도 올림픽 금메달을 꿈꾸며 열심히 훈련하는 선수들의 땀방울은 얼마나 아름다운가. 하지만 최고가 되는 것만이 반드시 인생의 정답일까. 최고가 되기 위해 앞만 보고 달려가는 과정에서 자칫 놓쳐 버리는 것은 없을까.

고려시대 최고의 유학자 중 한 명을 꼽으라면《삼국사기》저자로 유명한 김부식을 들 수 있겠다. 그의 삶의 이력은 매우 화려하다. 송나라 황제에게서 직접 선물을 받을 만큼 당시 가장 잘나갔던 정치가이자 학자였다. 그런데 남 부러울 게 없어 보였던 그의 화려한 삶 이면에는, 의외로 무조건 자신만이 최고가 되어야 한다는 강박이 보인다. 최고의 정치가이자 학자로 살다 간 그의 삶은 과연 행복했을까, 아니면 불행했을까.

늘 최고여야 했던 사람

김부식은 신라 무열왕의 후손 가문에서 태어난 명문 귀족 출신이다. 어릴 때부터 문장이 뛰어나고 박학다식했던 그는 22세의 젊은 나이로 과거에 합격하고, 한림원에서 왕에 대해 자문하거나 외교 문서, 왕의 교서 등을 작성하는 일을 맡게 된다. 한림원에서 근무하는 '직한림'이란 직책은 과거 시험에서 1, 2등에 합격한 사람들이 선발되는 자리였고 선비로서도 대단한 명예였다.

김부식은 자신의 실력에 대한 자부심이 대단했던 것으로 보인다. 한번은 고려의 왕사王師였던 대각국사 의천이 세상을 떠나자, 임금이 윤관에게 비문을 지어줄 것을 요청했다. 윤관은 별무반을 창설하여 여진족을 정벌하고 문하시중이라는 최고 관직까지 올랐던 당대의 명장이자, 명신이었던 인물이다. 고려에서 가장 크게 이름을 떨친 공신인 그에게 비문 작성을 요청한 것은 어찌 보면 자연스러운 일이었다. 그런데 윤관이 지은 비문에 대해 김부식이 그리 좋은 글이 아니라며 비난을 한다. 이 말을 전해 들은 임금이 명문장으로 이름을 날리기 시작했던 김부식에게 다시 집필해 줄 것을 요청하게 된다. 지금으로 치면 일개 공무원이 국무총리까지 지낸 국가 원로의 글을 비난했고, 이에 대통령이 그 공무원에게 다시 글을 써 달라고 요청한 일이 벌어진 것이다. 도의상으로라도 그 요청을 거절해 봄 직했지만, 김부식은 바로 수락한다. 그렇게 해서 김부식이 쓴 비문은 확실히 윤관의 글보다 좋았지만, 그는 교만하고 무례하다는 평판을 얻게 된다.

이 일로 윤관의 아들 윤언이는 김부식에게 원한을 품었다.

어느 날 임금이 김부식에게 《주역》이라는 책의 강의를 요청한 일이 있었는데, 사실 《주역》은 김부식의 전문 분야가 아니었다. 공교롭게도 김부식의 강의에 대한 질의를 윤언이가 맡았는데 그는 당대 최고의 《주역》 전문가였다. 윤언이의 송곳 같은 질문에 김부식은 임금 앞에서 진땀을 뻘뻘 흘려야 했다. 김부식의 자존심에 상처가 나는 순간이었다.

이러한 악연 때문이었을까. 시간이 흐르고 김부식이 기어이 윤언이를 정계에서 쫓아내는 일이 발생한다. 서경 천도를 주장하는 묘청을 중심으로 서경파가 정치적으로 대두되자 이에 대항하는 개경파의 중심인물로 김부식이 부상한다. 서경 천도가 뜻대로 이루어지지 않는 것을 보고 묘청은 반란을 일으키는데, 김부식이 사령관으로 반란을 진압했다. 이때 윤언이도 반란 진압에 참여하여 공을 세웠음에도 불구하고, 김부식의 탄핵을 받게 된다. 묘청과 함께 서경파로 분류되던 정지상이 윤언이와 결탁했었다는 모함을 한 것이다. 반란 진압의 일등 공신이었던 김부식의 말이었기에 임금도 가볍게 들을 수 없었다. 결국 윤언이는 유배형에 처해지고 만다. 재미있는 사실은 나중에 윤언이가 정계에 복귀하게 되자 김부식은 정치 보복을 당할 것이 두려워 정년퇴직을 18개월 앞두고 스스로 관직을 그만두었다는 점이다. 더 이상 최고의 자리에 있을 수 없다면, 차라리 자신의 의지로 내려오는 게 낫겠다 판단했던 것일까.

정지상을 죽음으로 내몰다

글을 짓는 문장만큼은 당대 최고라는 호평을 받는 김부식이었지만, 시에서는 아니었다. 그보다 뛰어난 작문 실력을 가진 정지상이라는 인물이 있었다. 특히 정지상이 젊은 시절에 지었다는 '송인送人'이라는 시는 천년을 두고도 이보다 뛰어난 이별시가 없다는 평가를 받을 정도였다. 천년에 한 번 나올까 말까 하는 대시인이 김부식과 동시대에 살았던 것이다. 정지상은 그 뛰어난 시 짓는 능력으로 임금의 총애를 받았다.

김부식은 정지상과도 관계가 그리 좋지 못했다. 한번은 정지상이 오언절구 시의 앞 두 문장을 지었는데, 김부식이 나머지 두 문장을 자신이 채워보겠다고 제안했다. 그런데 정지상은 무슨 이유에서인지 이 제안을 단칼에 거절했다. 정지상은 서경의 한미한 가문 출신이어서, 김부식은 자존심이 크게 상해 이때의 일을 가슴 깊이 묻어두었다. 그리고 앞서 언급한 묘청의 난이 일어나자 가장 먼저 한 일이 정지상이 묘청과 같은 서경파였다는 이유로 그를 사형에 처하는 것이었다.

항간에도 김부식이 개인적인 원한 때문에 정지상을 죽였다는 소문이 자자했던 것 같다. 김부식이 시를 짓자 정지상의 귀신이 나타나 그의 시를 호되게 비판했고, 나중에는 측간에 있던 김부식의 음낭을 정지상의 귀신이 힘껏 쥐어 죽게 만들었다는 소문이 퍼졌다. 물론 사실이 아니겠지만 정지상의 죽음이 김부식의 '쪼잔한' 복수 때문이었다는 세간의 평가를 받았던 셈이다.

우월감 속에 감춰진 열등감

당대 최고의 문장가요, 유학자라는 평가를 받던 김부식이 정지상과 윤언이를 기어이 숙청시킨 것을 어떻게 보아야 할까. 그는 이미 권력의 정점에 올라 있었고, 뛰어난 문장 실력으로 충분히 존경받던 사람이었다. 그런데 그는 어떤 순간에도 자신이 항상 최고여야만 한다는 강박에 사로잡혀 있었던 것은 아닌가 싶다.

아무리 윤관의 비문에 부족함이 보였더라도 자신의 대선배가 쓴 글을 함부로 비난하고 자신이 다시 쓰겠다고 나서는 것은 매우 교만한 모습이다. 그런 무례를 아무렇지 않게 범한 것은 자신이 최고라는 모습을 주변에 뽐내고 싶은 과시욕이 컸기 때문이다. 아마 당대 최고의 명신으로 추앙받던 윤관보다 실력이 뛰어나다는 것을 알릴 수 있는 기회였기 때문에 더 그랬는지도 모른다. 하지만 나중에 윤언이 앞에서 공개 망신을 당하자, 모든 면에서 자신이 최고라는 자긍심에 금이 가고 말았다. 김부식이 우월감을 다시 회복한 방법은 그 분야에서만큼은 넘어설 수 없던 윤언이를 숙청해 버리는 것이었다.

시 작문에서 최고의 실력을 가졌던 정지상 또한 마찬가지다. 정지상의 시 나머지 부분을 짓게 해달라는 요청을 거절한 것이 피의 복수를 부를 정도로 심각한 모욕이었을까? 보통은 조금 기분이 나쁘더라도 머쓱하게 웃으며 넘기면 그만일 일이다. 하지만 김부식은 참지 못했다. 자신의 자존심이 여지없이 무너져 열등감이 폭발했기 때문이다. 만약 김부식이 정지상에 버금가게, 또는 오히려 그보다 시를 잘 지었다면 그저 비아냥거리며 돌아섰을지 모른다. 항상 자신이 최고여야 한다는 김부식의 지독한 우월감이 정지상에 대한 복수로 이어진 것이라면 확대해석일까?

이러한 김부식의 모습에는 두 가지 감정이 겹쳐서 보인다. 스스로 우월감을 느끼는 듯하면서도, 동시에 열등감을 보이고 있는 것이다. 반대되는 것처럼 보이는 두 감정이 함께 보이는 이유는 무엇일까? 우월감과 열등감은 사실 같은 토양에서 자라나는 쌍둥이 감정이기 때문이다.

김부식의 우월감은 자신이 남들보다 실력이 뛰어나다는 인식에서 비롯된 것이었다. 실제로 그는 뛰어났다. 많은 선비들을 제치고 높은 성적으로 과거에 합격했으며, 수재들만 모인다는 한림원에 전격 기용되었다. 그의 문장 실력은 당대 최고 명신이었던 윤관보다 나은 비문을 지음으로써 증명되었다. 항상 남들과 비교했을 때 그의 실력이 뛰어나다고 인정받은 것이다.

그런데 그의 열등감도 남들과의 실력 비교에서 드러났다. 그는 윤언이보다 《주역》에 대한 해석 능력이 형편없었으며, 정지상보다 시 작문 능력이 부족했다. 항상 최고라 자부하던 자신의 실력이 공개적으로 망신당하기도 했다. 그들보다 자신의 실력이 부족하다고 느꼈기에 열등감이 생겨난 것이다. 그리고 그 열등감을 이겨내는 방법은 극단적이게도 자신보다 뛰어난 이들을 숙청시켜 버리는 것이었다.

결국 우월감도, 열등감도 타인과의 비교에서 비롯되는 감정이다. 타인과 굳이 비교하지 않고도 나 자신을 사랑할 줄 안다면 그런 감정이 생겨날 공간은 없다. 김부식이 스스로를 '윤언이나 정지상보다 뛰어난 사람'이라고 여기는 대신, '윤언이나 정지상은 그들대로 뛰어난 분야가 있고, 나는 나대로 뛰어난 부분이 있는 사람' 정도로 마음의 여유를 가졌다면 김부식의 태도가 조금은 달라지지 않았을까?

무한 경쟁 시대에 살고 있는 우리도 혹시 이런 마음을 갖고 살아가고 있지는 않은지 돌아볼 일이다. 경쟁은 필연적으로 나와 타인을 비교하도록 만든다. 그리고 그 비교는 나 자신에만 그치지 않는다.

'내가 너보다 더 좋은 대학교 나왔어.'

'우리 집이 너희 집보다 더 돈이 많아.'

'우리나라 사람들이 너희 나라 사람들보다 더 성실하고 부지런해.'

'우리 백인들은 너희 흑인들보다 더 우월해.'

나로부터 출발한 우월감은 점점 그 범위가 넓어지더니, 마침내 국가, 인종, 종교에까지 뻗어간다. 사실 따지고 보면 오늘날 벌어지는 대부분의 다툼도 이런 인식에서부터 출발하는 것이 아닌가? 남과 자신을 비교하는 것은 때로 나의 성장에 촉매제 역할을 하지만, 나의 진정한 행복을 빼앗아 가는 원인이 되기도 한다.

우월감이 나를 행복하게 만들어줄까?

자신이 최고라는 김부식의 태도는 아들에게까지 고스란히 전해진 것으로 보인다. 그의 아들인 김돈중은 어느 날 다른 신하들과 어울려 휴식을 취하다가 문득 장난기가 발동했다. 갑자기 옆에 있던 무신 정중부의 수염을 불로 태운 것이다. 엘리트 문신으로서 평소 무신들을 깔보던 그가 아버지 김부식의 권세를 믿고 저지른 철없는 장난이었다. 화가 잔뜩 난 정중부가 가만히 있을 리 없었다. 곧바로 김돈중을 두들겨 팼고 이 사실을 알게 된 김부식이 격노하여 임금에게 정중부를 고문해 달라고 요청했다. 실제 고문으로 이어지지는 않았지만 이 일로 인해 정중부는 김부식 부자에게 깊은 원한을 갖게 된다. 이 사건은 훗날 문신들의 만행을 못 견딘 정중부와 무신들이 무신의 난을 일으키게 되는 원인 중 하나가 되었다. 결국 무신의 난 때 김돈중은 잡혀서 죽고, 이미 세상을 떠났던 김부식의 묘는 파헤쳐져 부관참시를 당하는 치욕을 겪는다.

김부식은 자식 농사를 잘못 지었다. 아들이 어이없는 잘못을 저질렀을 때, 마땅히 그의 잘못을 꾸짖고 사과하도록 하는 것이 상식적인 대처이다. 하지만 그는 아들을 감싸는 것을 넘어 오히려 아들을 때린 정중부에게 복수하려고 했다. 자신이 최고라고 여기며 살아온 김부식에게는 자신의 아들 또한 최고였을 것이다. 그런데 감히 무신 따위가 귀한 아들을 두들겨 팼으니 얼마나 화가 났을까. 내가 최고이듯 내 자식도 최고라 여기고 다른 사람을 함부로 대하는 모습에서 오히려 일관성마저 느껴지는 듯하다. 하지만 결말은 좋지 못했다. 아들은 화가 난 정중부의 손에 잡혀 죽었고, 김부식은 관에서 꺼내져 두 번 죽음을 당했다.

자녀 옆에서 항상 응원해 주고 기를 살려주는 것은 부모의 마땅한 의무이다. 하지만 그 방법이 타인과의 비교를 통한 것이라면, 남을 무시하거나 자신을 무시하는 방법을 알려주는 것이나 다름없다. 꼭 부모의 입장이 아니라 직장 상사와 부하 직원, 선생님과 학생, 친구 사이 등 모든 관계에 있어서도 마찬가지다. 누군가와 비교하며 자신에 대해 우월감을 갖는 사람은 동시에 누군가와 비교하며 자신을 열등하다고 여기게 될 것이다.

김부식이 그렇게 무리해가며 복수를 시도한 것도, 그냥 넘어가면 자신이 깔보던 정중부에게 무시당하는 것처럼 느껴져서였을까? 자신의 우월감이 손상당하지 않기 위해서 말이다. 정중부의 수염을 불태우면서 김돈중은 자신이 대단한 사람이 된 것처럼 느끼며 낄낄거렸을지 모르겠다. 자신의 아들을 때린 정중부를 고문하게 해달라고 왕에게 요청하면서 김부식은 자신이 가진 권력의 우월감을 한껏 느꼈는지 모르겠다. 하지만 그런 우월감이 삶을 정말 행복하게 만들어 줬을까? 물론 그 부자의 마지막 이야기는 해피엔딩이 아니었다.

3장 — 소란한 시대에 「관계」에 대한 고찰

진정한 용기는 무엇일까 ——— 이경석

용기, 혹은 비겁함

이 세상이 조금씩이나마 발전하는 방향으로 가고 있다면 그것은 역사적으로 중요한 순간마다 용기를 낸 사람들이 있었기 때문이다. 임진왜란 때 일본군의 침입에 맞서 분연히 들고일어났던 이름 모를 의병들이 없었다면 아무리 이순신 장군의 눈부신 활약이 있었다 한들 승리를 장담하기 어려웠을 것이다. 일제강점기, 강압적인 식민통치 속에서도 끝까지 용감하게 투쟁했던 독립투사들이 있었기에 해방의 날이 왔다. "직선제 개헌"을 외치다 최루탄에 목숨을 잃은 이한열 열사와 그의 죽음에 분노해 거리로 쏟아져 나와 6·10 항쟁을 승리로 이끈 시민들도 마찬가지다. 그들의 용기가 없었다면 오늘날의 자유민주주의 국가 대한민국은 결코 없었을 것이다.

모든 사람들에게 그런 용기가 있었던 것은 아니다. 하지만 소수의 용감한 사람들이 들고일어나 다른 사람들에게도 용기를 불어넣었고, 그렇게 점점 거대해진 목소리가 마침내 세상을 바꾸는 원동력이 되어 왔다. 어쩌면 우리는 그들의 용기 덕분에 역사의 진보라는 기차 위에 무임승차를 한 것인지도 모른다. 내가 하지 못했던 일을 대신해 주고 소중한 유산을 물려준 그들을 우리는 끝까지 기억하고 또 고마워해야 한다. 그것이 역사를 배워야 하는 이유 중의 하나이다.

우리 역사 속에는 그런 용기 있는 위인들도 많았지만, 결정적인 순간에 비겁한 행동을 보인 사람들도 많았다. 혹은 오로지 자신의 이익을 위해서만 용기 있게 행동한 사람들도 있었다. 그들에 대한 평가 또한 냉정하게 내려져야 한다. 조선시대 가장 치욕적인 전쟁이었던 병자호란의 중심에 있었던 사람들에 대해서도 마찬가지다. 어떤 사람들은 용기를 보여주었지만, 어떤 사람들은 비겁함을 보였다.

봄이 되면 벚꽃 축제가 열리는 서울 송파구 석촌호수 근처에 삼전도비라는 사적이 있다. 꽤 크고 위풍당당한 모습이 자랑스러운 우리 역사를 기록해 놓은 비석처럼 보이지만, 사실은 수치스러운 역사가 새겨져 있다. 삼전도비는 병자호란 때 조선이 항복하면서 청나라의 요구에 따라 세워진 것이다. 그래서 이 비석에는 청나라 황제를 칭송하는 글로 가득하다.

"황제께서 크나큰 인자함으로 은혜로운 말씀을 내려주시니, 열 줄로 내려주신 밝은 회답이 엄하고도 또한 따뜻하였네. 처음에는 미욱하여 알지 못하고 스스로 재앙을 불러왔으나, 황제의 밝은 명령 있고 나서는 마치 잠에서 깬 듯하였네. 우리 임금 이에 복종하면서 서로 이끌고 귀순해오니, 위세가 두려워서만이 아니라 또한 그 덕에 의지함일세."

전쟁으로 인해 수많은 백성들이 죽었고, 오랑캐라고 얕잡아보던 청나라 황제 앞에 조선의 임금이 9번이나 땅에 이마를 부딪치며 3번 절해야 했던 굴욕적인 항복. 그런데 이렇게 청 황제의 덕을 기리는 내용의 비문이라니, 참 기가 막힌다. 이 글은 다름 아닌 조선의 신하였던 이경석이 지어서 청나라에 바친 글이다. 그는 대체 무슨 생각으로 이런 비겁한 문장을 썼던 것일까.

조선, 항복을 결심하다

임진왜란이 끝난 후 조선의 국력은 이루 말할 수 없이 피폐해져 있었다. 당시 강대국으로서 조선을 도와주었던 명나라 또한 전쟁의 여파로 힘을 급속히 잃고 있던 사이, 만주 지역의 여진족이 강대해지면서 후금이라는 나라를 세운다. 이 후금이 나중에 청나라로 이름을 바꾸게 된다. 이때 조선 정부는 크게 두 가지 의견으로 갈린다. 재조지은再造之恩, 즉 조선을 구해준 명나라의 은혜를 저버리지 말아야 한다는 명분론과, 두 나라 사이에서 중립 외교를 펴야 한다는 현실론이 그것이었다. 당시 왕이었던 광해군은 현실론자로서 최대한 전쟁을 피하려 했다. 하지만 성리학적 명분론과 재조지은의 논리가 뼛속 깊숙이 배어 있던 많은 신하들의 반발을 불렀고 그 결과 쿠데타가 일어나 왕위에서 쫓겨나고 말았다. 이런 배경에서 다음 왕이 된 인조는 철저히 친명정책, 즉 명나라만을 중시하는 정책을 편다. 결국 청나라의 불만을 사게 되어 두 차례 침략을 당하는데, 이것이 정묘호란과 병자호란이다.

정묘호란 때는 청나라를 형으로 삼는 형제 관계를 맺기로 한 협약 덕분에 별다른 피해 없이 전쟁이 끝났다. 하지만 청나라의 압박이 점점 커지면서 형제가 아닌 군신 관계를 요구해오자 조선의 명분론자들은 크게 반발한다. 저 시건방진 오랑캐를 상대로 맞서 싸우자는 '척화론'이 크게 대두된 것이다. 그런 사정을 알게 된 청나라가 조선의 왕자와 척화론을 주장하는 대신들을 당장 압송하라고 요구하지만 조선은 이를 거절한다. 결국 청나라는 12만 명의 군사를 이끌고 침략해 오는데 이것이 바로 병자호란이었다.

사실 임진왜란으로 국력이 크게 약해진 조선으로서는 이기기 쉽지 않은 전쟁이었다. 많은 신하들은 도망가 버리고 인조도 남한산성으로 피난을 간다. 몇 차례 전투에서 패배하고 점차 남한산성은 고립되어 갔다. 추운 겨울인데 성 안의 식량마저 점점 떨어져 가니, 신하들 사이에 갑론을박이 일어나게 된다. 청나라에 항복을 하자는 '주화론'과 끝까지 맞서 싸우자는 '척화론'이 부딪친 것이다. 앞에 놓인 선택지는 단 두 가지였다. 싸우다 죽을 것인가, 항복할 것인가. 마침내 인조는 항복을 결심하게 된다.

비겁한 자가 되다

앞서 얘기한 대로 청나라는 항복의 증표로 삼전도비를 세우라고 요구했다. 문제는 그 비석에 담길 비문을 누가 쓸 것인가였다. 당대에 문장력이 가장 뛰어났던 인물 네 사람이 후보로 거론되는데 이경석도 그중 한 사람이었다. 인조는 은밀히 그들에게 글을 써오라고 지시한다. 하지만 오랑캐라고 여기던 자들에게 항복한 것도 모자라 그 황제의 덕을 칭송하는 글이라니. 한 사람은 병을 이유로 거부했고 한 사람은 일부러 글을 정말 엉망으로 써서 완곡히 거부했다. 결국 장유와 이경석의 글이 채택되어 보내지지만 그들 역시 억지로 대충 글을 썼던 것은 마찬가지였다. 청나라는 사신을 심하게 질책하면서도 그나마 이경석의 글을 수정해오는 조건으로 받아주기로 한다.

이 비문은 조선이 청나라에 진심으로 항복한 것인지 확인하는 증거였기 때문에 청나라 입장에서는 중요한 문제였다. 제대로 써오지 않을 경우 인조의 왕위를 빼앗아 아들에게 강제로 계승시키겠다는 협박이 이어졌다. 마음에 차지 않으면 얼마든지 또 군사를 보내겠다고 위협한 것은 물론이다. 마음이 급해진 인조는 이경석을 불러 삼전도비문에 국가의 존망이 걸려 있으니 글을 제대로 써 달라고 설득한다. 이경석은 심하게 갈등할 수밖에 없었을 것이다. 당시는 자기 목숨보다 명분이 더 중요한 시대였다. 아무리 임금의 명이라지만 사대의 명분을 중시하는 성리학자로서 오랑캐를 칭송하는 글을 쓴다는 것은 목숨을 버리는 일보다 더 큰 치욕이었다. 명예를 끝까지 지킬 것인가, 혹은 임금을 위해 명예를 버리고 비겁한 자가 될 것인가. 결국 이경석의 선택은 붓을 드는 것이었다.

이 선택으로 인해 그는 비겁한 자로 낙인찍혀 많은 수모를 겪게 된다. 한번은 이경석이 대표적인 명분론자이자 후배였던 송시열에게 글을 써달라고 부탁한 일이 있었다. 원래 송시열과 친분이 두터운 사이였기 때문에 한 부탁인데 송시열이 써준 말은 '수이강壽而康'이었다. '장수하면서 건강하다', 즉 오랑캐에게 아부한 덕분에 잘 먹고 잘살고 있다며 비꼰 것이다.

새 임금으로 즉위한 효종이 청나라에 대한 복수를 꿈꾸며 몰래 군사력을 기르려다가 들킨 일이 있었다. 청나라는 효종의 지시라며 의심하였고 자칫 제2의 병자호란이 발생할 수도 있는 상황이 벌어진다. 이때 다시 이경석이 나선다. 임금이 아니라 자신이 혼자서 벌인 일이었다고 주장한 것이다. 증거가 없어 효종은 문제없이 넘어갔지만 이경석은 청나라에 잡혀갔다 와야 했다. 그런데 송시열은 삼전도비문을 썼던 이경석이 이번에도 청나라에 아부한 덕에 죽지 않고 무사히 돌아왔다며 '수이강'이라고 비꼬았다.

사실 송시열을 비롯한 명분론자들은 임금을 위해 어떤 희생도 제대로 한 적이 없었다. 그런 자들이 임금을 위해 희생한 신하를 조롱하였으니, 그로서는 참을 수 없는 모욕이었다. 그런 상황에서도 이경석은 별다른 대응을 하지 않는다. 삼전도비문을 쓰겠다고 결심한 직후부터 그는 이런 조롱을 자신이 받아들여야 할 숙명으로 여겼던 것일까.

용기는 말이 아니라 행동이다

명분을 목숨보다 귀하게 여기던 명분론자들은 말로만 청나라에 대해 복수를 떠들었을 뿐 청나라의 강력한 군사력 앞에서 나라도, 임금도, 수많은 백성들도 지키지 못했다. 오히려 인조가 항복하자 더러운 임금을 섬길 수 없다며 상당수가 떠나 버린다. 이들에게는 나라도, 임금도, 백성도 없었고 오로지 자기 명예만 중요할 뿐이었다. 그런 그들이 임금을 위해, 그리고 제2의 전쟁을 막기 위해 명예를 버리면서까지 힘든 결정을 내리고 행동에 옮긴 이경석을 조롱하고 비방한 것이다. 하지만 왕은 이경석이 행동으로 보여주었던 충성심을 잘 알고 있었고 또 잊지 않았다.

이경석이 74세 되던 해 왕은 궤장을 하사한다. 궤장이란 나이가 일흔이 넘은 충신에게 내리는 의자와 지팡이인데, 신하로서는 최고의 명예였다. 이경석이 훗날 세상을 떠나자 문충文忠이라는 시호를 받게 되는데 '문文'이란 호칭은 선비에게 있어 최고의 영광이었다. 거기에 임금에 대한 '충忠'이란 호칭까지 받았으니, 누가 진짜 나라를 위한 충신이었는지 왕은 알고 있었던 것이다.

자신의 명예를 지키는 대신 임금과 백성들을 지키는 길을 택했던 이경석. 그는 나중에 형에게 보낸 편지에서 자신이 삼전도비문을 쓸 수밖에 없었던 상황을 한탄하며, 애초에 글 쓰는 법을 배우지 말 걸 그랬다며 후회했다. 이경석이라 한들 명예롭지 못한 일을 하고 싶었을까? 하지만 그는 자신의 명예보다 더 중요한 것이 무엇인지 아는 사람이었다. 다른 명분론자들처럼 청나라에 맞서 싸워야 한다고 입으로 외치는 것은 쉬운 일이다. 정작 그들은 청나라에 맞설 힘을 기르기 위한 행동도, 그럴 의지도 없었다. 단지 자신이 명분에 맞게 입바른 말을 하는 사람임을 내세우고 싶었을 뿐이다. 이경석도 그런 쉬운 길을 택할 수 있었지만 그보다 훨씬 어려운 일을 실천으로 옮긴다. 오히려 더 큰 용기가 필요한 일이었다. 장차 많은 비난이 쏟아질 것을 알았지만 그것이 청나라의 위협으로부터 임금과 백성을 지킬 수 있는 현실적이고 유일한 길이었다.

명분론자들은 비굴하게 청나라 황제를 칭송하는 글을 쓴 이경석을 비난하고 조롱했지만, 정작 병자호란으로 궁지에 몰렸던 임금을 지키고 백성들을 살렸던 것은 이경석의 '비굴한' 글이었다. 그는 나라와 백성을 지키기 위해 비겁자가 되기로 용기 있는 선택을 했다.

약한 것이 강한 것보다 괴롭지 않다고 누가 말할 수 있는가

세상에는 말을 잘하는 사람들이 많다. 말을 잘한다는 건 살아가는 데 있어 중요한 능력 중 하나다. 하지만 그보다 더 중요하면서도 어려운 것은 자신의 말을 실천하는 일이다. 말은 그럴듯하게 하면서 오로지 자신의 사익과 명예만 중시하는 명분론자처럼 되는 것을 지양해야 한다. 그들은 용기 있게 청나라에 대한 복수를 외쳤지만, 사실은 청나라에 대해 아무것도 하지 못하는 자신의 비겁함을 숨기려는 변명이었을 뿐이다. 그들의 '용기 있는' 말은 실제로 국가와 백성들을 위해 아무것도 하지 않았다. 아무리 좋은 말이라도 타인 또는 공익을 위한 실천으로 드러나지 않으면 공허한 메아리일 뿐이다.

왜 명분론자들은 실천도 못하면서 계속 그런 주장을 했던 것일까? 결국 자신들의 정치적인 입지와 성리학적 정당성을 공고히 하기 위함이었다. 만약 자기 명예나 사익보다 공익을 더 중요시했다면, 당장 어려움에 처한 나라를 구하기 위해 무슨 행동을 할지 먼저 고민하지 않았을까? 이경석처럼 말이다. 사람의 진가는 결국 그의 말이 아닌 행동에서 드러나기 마련이다.

엔도 슈사쿠의 소설《침묵》은 전근대 일본에서 가톨릭 탄압이 극심했던 시절을 배경으로 한다. 로드리고 사제는 순교를 결심했지만 자신이 가톨릭을 배반하지 않으면 다른 신자들이 죽게 되는 것을 알고 딜레마에 빠진다. 끝까지 배교하지 않고 믿음의 순수함을 지킬 것인가, 혹은 배교하여 다른 사람들을 구할 것인가. 고민 끝에 내린 그의 선택은 배교였다. 예수의 얼굴이 새겨진 '후미에(예수나 성모 마리아가 새겨진 목재 또는 금속 조각으로 가톨릭 신자 색출에 쓰였다.)'를 밟고 극심한 죄책감에 시달리던 로드리고에게 예수의 음성이 들려온다.

"약한 것이 강한 것보다 괴롭지 않다고 누가 말할 수 있는가?"

배교는 약하고 비겁해 보이는 선택이었다. 끝까지 믿음을 지키다 순교하는 것은 강하고 용기 있어 보이는 선택이었다. 하지만 많은 사람들의 목숨이 달려 있는 상황에서 더 괴롭고 용기가 필요한 행동은 바로 배교였다. 비겁해 보이는 그의 선택이 결국 수많은 신자들의 목숨을 살렸다. 자신이 믿는 예수가 짊어졌던 십자가의 의미를 실천하는 길은 역설적으로 예수를 위해 죽는 것이 아니라 예수의 얼굴을 밟는 것이었다. 그것이야말로 진정한 용기였다.

때로는 비겁해 보이는 것이 진정한 용기를 필요로 하는 행동일 수도 있다. 강경하고 큰 목소리를 낸다고 반드시 용기 있는 것은 아니다. 용기 있어 보이는 명분론자들의 백 마디 말보다, 지켜야 할 것을 지킨 이경석의 비겁한 행동이 더 옳았음을 역사는 보여준다. 우리는 임진왜란 때 의병들이 보여주었던, 일제강점기 때 독립투사들이 보여주었던, 6·10 항쟁 때 시민들이 보여주었던 용기를 잊어서는 안 된다. 하지만 이경석이 굴욕적인 삼전도비문을 쓰고자 붓을 든 용기 또한 잊지 말자. 비록 형식은 다를지라도 그 안에 담긴 본질은 마땅히 지켜야 할 것들을 지켜내겠다는 '용기'였다.

중요한 건 소통이다 ———————

영
조
와
사
도
세
자

뒤주에 갇혀 죽은 세자

최근 전국을 화나고 슬프게 만든 뉴스가 있었다. 한 계모가 9세 아이를 작은 가방에 가두어 학대하다가 죽게 만든 사건이다. 양육의 책임을 가진 어른이 힘없는 아이를 일상적으로 학대하고 끝내 죽음에 이르게 만든 일은 국민적 공분을 일으키기에 충분했다. 좁고 캄캄한 가방 속에 웅크린 채 갇혀 있던 아이는 얼마나 무서웠을까. 그냥 이렇게 죽는 게 차라리 낫겠다고 오히려 안도했을까. 그 아이가 느꼈을 감정들을 상상해 보면 슬픈 마음이 한없이 밀려온다.

약 260년 전에도 이와 비슷한 사건이 있었다. 힘없는 아이

가 아니라 이미 장성한 어른이 된 아들을 아버지가 뒤주에 가두어 죽인 비극이 발생한 것이다. 후에 임오화변이라 부르게 된 이 끔찍한 사건의 주인공이 바로 영조와 사도세자였다.

왕과 세자가 부자 사이라 해도 관계가 좋지 못했던 사례는 얼마든지 있다. 조선을 세운 태조 이성계와 아들 태종 이방원이 그랬고, 태종 이방원과 세자 양녕대군도 사이가 좋지 못했다. 양녕대군은 결국 세자 자리에서 쫓겨나기도 했다. 선조는 광해군이 서자라는 이유로 늘 노심초사하게 만들었고, 정확한 기록은 없으나 소현세자는 아버지 인조에 의해 독살당한 유력한 정황이 있다. 아무리 아버지와 아들이라 해도, 그들은 각각 현재 권력과 미래 권력이었기 때문에 권력 앞에서 매우 비정했다. 하지만 조선시대를 통틀어 가장 비극적이고 파멸적인 부자 관계는 누가 뭐래도 영조와 그 아들 사도세자였을 것이다. 도대체 그 두 사람 사이에 어떤 일이 있었기에, 이처럼 있어서는 안 될 일이 벌어진 것일까?

비극의 시작

사도세자는 영조가 마흔이 넘어서 겨우 얻은 늦둥이 아들이었다. 더구나 첫아들인 효장세자가 7년 전에 병으로 죽는 안타까운 일이 있었기 때문에, 영조의 기쁨은 대단히 컸을 것이다. 영조는 그 기쁨만큼이나 아들에 대한 기대도 컸던 것으로 보인다.

세자가 겨우 3살이 되자 바로 교육을 시작했다. 교육열이 무척 뜨거웠던 영조는 직접 아들을 위한 교과서를 쓸 정도였다. 경전에서 도움이 될 만한 내용만 손수 추려서 엮거나 세자에게 직접 내리는 교훈을 책으로 만든 것이다. 아버지가, 그것도 왕이 아들을 위한 교육서를 직접 만들 정도라니! 영조의 교육열이 얼마나 대단했는지 충분히 짐작이 간다. 사도세자 또한 아버지의 기대에 부응해 어릴 때부터 영특한 자질을 보였다.

하지만 세상의 어떤 아이가 3살 때부터 억지로 글자를 가르치고, 공부하라고 잔소리만 늘어놓는 걸 좋아할까? 엄마 아빠 또는 친구들이랑 놀고 싶은데, 자꾸 공부만 강요하면 아이의 스트레스는 이만저만이 아닐 것이다. 게다가 영조는 종종 세자를 불러 공부한 내용을 직접 확인하고는 했는데, 대답을 머뭇거리면 엄하게 꾸짖었다고 한다. 세자는 그런 영조를 무서워하고 점점 위축될 수밖에 없었다.

날로 커져만 가는 영조의 기대는 너무 부담스럽기만 했고, 자신감을 잃어가던 사도세자는 마음의 병을 얻게 된다. 종종 불안과 초조함을 호소하고, 천둥소리만 들어도 무서워서 어쩔 줄 몰랐다. 또 옷을 입으면 아버지를 뵈러 가야 한다는 강박이 생겨 스스로 옷도 제대로 입지 못하는 의대증衣帶症이라는 병까지 걸린다. 자신에게 옷을 입혀주던 사람들을 마구 죽이기도 했다고 하니, 어쩌다 그 지경이 되었을까.

아버지와 아들의 관계를 더욱 극단적인 대립으로 몰아갔던 것은 당시 그들을 둘러싼 정치적인 갈등이었다. 조선 중기부터 시작된 당파 싸움은 영조 때에 이르러 점점 심해지기만 했다. 물론 지금도 여러 정당들이 있어서 정책 경쟁을 통해 서로 국민들의 마음을 사려고 노력하지만, 이때의 당파 경쟁은 지금보다 훨씬 치열했다. 일단 정권을 잃으면 곧 죽음이었다. 정권이 바뀔 때마다 실권한 당파는 대부분 사형을 당하거나 유배를 가야 했다. 이 당시 집권 여당은 노론, 야당은 소론이라 불리는 당파였다. 문제는 사도세자가 집권당인 노론에게 그리 호의적이지 않았다는 점이다.

영조는 사도세자의 국가 경영 수업을 최대한 빨리 시키고 싶어 대리청정을 실시한다. 군사권이나 인사권처럼 매우 민감한 권한을 제외한 나머지를 세자에게 넘겨 직접 나라를 통치해 보도록 한 것이다. 그런데 이때 마침 소론의 일부 강경파가 영조와 노론을 비방하는 사건이 발생했다. 영조의 전대 왕이었던 경종이 몸져누웠을 당시, 연잉군으로 불리며 왕의 이복동생이었던 영조가 올린 음식을 먹고 얼마 안 있어 세상을 떠난 일이 있었다. 당시 소론은 경종을, 노론은 연잉군을 지지하고 있었는데 경종의 죽음 뒤에 영조와 노론 세력이 있는 것은 아닌지 소론이 강하게 의심했던 것이다.

소론 강경파가 다시 이 일을 거론하면서 비방하자 영조도 큰 충격을 받게 된다. 영조는 나름대로 탕평책을 실시하며 노론과 소론을 함께 우대하며 등용하고자 노력해 왔기에 더욱 실망이 컸다. 노론은 이번 기회에 소론을 완전히 제거해 버리자고 세자에게 계속 요청하지만 세자는 거절한다. 이 사건을 계기로 사도세자 또한 노론의 미움을 크게 사고, 노론의 공격 대상이 되어 버린다. 아마도 사도세자에 대한 영조의 의구심 또한 이때 더욱 커졌을 것이다.

사랑이 증오로 변하다

노론은 세자가 영조의 뜻을 따르지 않고, 오히려 뒤집으려 한다는 모함을 한다. 영조와 사도세자의 사이를 더 이간질시키고 갈라놓으려고 한 것이다. 아들에 대한 실망이 자꾸만 커져가던 영조는 급기야 자신의 처소를 세자의 처소와 멀리 떨어진 곳으로 옮긴다. 이미 멀어지기 시작한 부자는 서로 얼굴을 볼 기회마저 줄어들었다. 심지어 몇 달 동안 만나지 않기도 하면서 부자의 소통은 완전히 끊겨 버린다. 벌어진 간격의 틈 사이로 둘의 관계를 더 멀어지게 만들려는 세력의 이간질이 더 심해졌다. 서로 대화조차 하지 않는 아버지와 아들. 그것은 이미 파탄이 난 관계를 더욱 악화시키고 있었다.

임오화변의 비극적 사건이 발생하기 20여 일 전. 나경언이라는 자가 영조에게 사도세자를 참소(고자질)하는 일이 발생한다. 세자가 정신병 때문에 궁녀를 죽이고, 영조의 허락도 없이 궁궐을 빠져나가 평양에 놀러 가는 비행을 저질렀다고 얘기했다. 더 심각한 것은 세자가 역모를 꾸몄다는 말까지 했다는 점이었다. 바로 얼마 전 세자가 자신을 저주했다는 의심을 품었던 영조는 이 사건이 발생하자 마침내 폭발해 버린다. 세자는 자신의 결백을 적극적으로 주장했고 나경언의 참소도 거짓으로 드러났지만 영조는 끝내 세자의 말을 믿어주지 않는다. 그리고 세자에게 뒤주 안으로 들어가 스스로 죽도록 명령을 내린다. 그것이 바로 임오화변의 끔찍한 전말이다.

아들을 무척 사랑했던 아버지 영조. 이들의 비극적인 관계는 어디서부터 잘못된 걸까? 아버지의 지나친 기대와 꾸지람, 그런 아버지를 무서워하고 반항하기 시작한 아들. 그런 둘 사이를 비집고 들어가 자신의 정치적 이익을 탐한 신하들. 여러 요인들이 있겠지만, 그 핵심에는 '소통의 단절'이 있었다. 영조는 사도세자를 엄하게 나무라고 꾸짖기만 했을 뿐, 한번도 아들의 말을 제대로 듣고 헤아려 본 적이 없었다. 사도세자도 그런 영조를 무서워해서 나중에는 병을 핑계로 몇 달간 얼굴조차 보러 가지 않는다. 철저히 대화가 단절된 둘의 관계 끝에는 한 없는 의심과 미움만 남았다. 급기야 세자가 역모를 꾸민다는 엄청난 참소에, 세자의 항변은 제대로 듣지도 않고 죽음으로 몰아가는 비극으로 치달았다.

영조와 사도세자는 애증의 관계였다. 사랑과 증오는 완전히 반대말 같지만 사실은 종이 한 장 차이다. 애초에 사랑의 감정이 없었다면 증오의 감정도 생길 리 없다. 증오는 사랑이란 텃밭에서 실망이란 양분을 빨아들이며 자라기 때문이다. 사도세자를 향한 영조의 마음도 사랑과 기대에서 출발했지만 그것이 너무 컸던 나머지 증오도 똑같이 커져 버리고 말았다.

소통은 잘 듣는 것이다

사자와 소가 서로 사랑에 빠졌다. 사자는 소를 너무 사랑해서 자신이 가장 좋아하는 최고급 고기를 매일 사냥해서 소에게 주었다. 소는 사자를 너무 사랑해서 자신이 가장 좋아하는 최고급 풀을 매일 뜯어다 사자에게 주었다. 사랑했기에 가장 좋은 것을 서로에게 주었지만, 정작 사자도 소도 풀이나 고기를 먹는 것이 괴로운 일이었다. 자신의 기준으로만 생각하는 일방적인 사랑이 오히려 상대방을 힘들게 만든 것이다.

우리는 때로 누군가를 사랑한다는 이유로, 또는 잘되기를 바란다는 이유로 구속하려 들 때가 있다. 그것이 부모와 자식의 관계이든, 사랑하는 부부의 관계이든, 혹은 직장에서 상사와 부하 직원의 관계이든 말이다. 물론 상대방이 진심으로 잘되고 성장하길 바라는 마음 자체는 아름답다. 특히 부모로서 자식이 잘못했을 때 바로잡아주는 것은 당연한 책임이자 의무이다. 하지만 아무리 사랑의 감정에서 비롯되었다 한들 그 사랑을 표현하는 방법, 즉 소통이 잘못되었다면 오히려 역효과를 낼 뿐이다. 사자가 소에게 고기를 주듯, 소가 사자에게 풀을 주듯 말이다.

　사랑한다면 먼저 경청해야 한다. 내 자식이, 남편이나 부인이, 부하 직원이 어떤 마음인지 먼저 이해하려고 노력해야 한다. 상대방이 내 기준에 말도 안 되는 행동을 했다 하더라도, 왜 그랬는지 그의 입장과 생각을 충분히 들어본 다음 판단해야 한다. 내가 하는 말보다, 상대방의 말을 더 많이 들으려 서로 노력하는 것. 소통은 거기서부터 시작된다.

　9살짜리 아이를 가방에 가두어 죽인 계모와 달리, 영조는 애초에 아들을 진심으로 사랑했다. 아들이 훌륭하게 성장해서 자신의 뒤를 이어 좋은 임금이 되어주길 바랐다. 그런 애정이 없었다면 어느 왕이 손수 교과서를 만들어서 아들에게 가르치는 정성을 보였을까. 그러나 영조는 자신이 가진 모든 것을 아들에게 줄 준비가 되어 있었을망정, 정작 아들이 무엇을 받고 싶어 하는지 궁금해하지도 물어보지도 않았다. 그는 소통할 줄 모르는 미숙한 아버지였다.

　사도세자도 그런 아버지가 너무 무서웠던 나머지 영조와 소통하는 것을 포기해 버렸다. 만약 사도세자가 힘들더라도 영조와의 소통의 끈을 놓지 않으려고 노력했다면 이 비극적 이야기의 결말도 조금은 달라지지 않았을까? 사도세자 또한 소통에 미숙한 사람이었다.

소통에는 노력이 필요하다

인간人間이라는 단어의 한자를 직역하면 사람 사이, 즉 사람들 간의 관계이다. 사람은 숙명적으로 다른 사람과 관계를 맺으며 살아갈 수밖에 없는 존재이다. 하지만 세상을 살아가면서 만나게 되는 모든 사람들이 나와 좋은 관계로 만나는 것도 아니고, 악연이라 불릴 만한 사람도 생긴다. 내 인생에 별로 도움이 되는 사람도 아닌데, 에너지만 쓰고 날 매우 힘들게 한다면 그냥 얼굴을 보지 않는 것도 좋은 방법이다. 굳이 엄청난 노력을 해가면서까지 그런 관계를 유지할 이유는 없다. 하지만 가족이나, 직장 동료, 학교 선후배처럼 밀접한 사이에 있으면서 관계가 매우 힘든 사람이 있을 수 있다. 계속 관계를 이어가야 할 사람이라면 어떻게든 소통과 대화의 끈을 놓지 않도록 노력해야 한다. 더 이상 그 사람과 소통이 없게 된다면, 그 관계는 정말로 끝나게 된다.

영조와 사도세자의 관계가 완전히 파멸로 들어간 것은 아마도 영조가 자신의 처소를 세자에게서 멀리 떨어진 곳으로 옮긴 시점이 아닐까 싶다. 힘들어도 서로 계속 얼굴을 보고, 이야기하고, 함께 밥도 먹어야 했지만 두 부자는 그런 노력을 완전히 포기해 버리고 말았다. 소통의 기회조차 차단해 버린 후로 더 심해진 것은 서로에 대한 불신과 증오뿐이었다.

성경에 등장하는 베드로는 예수가 가장 아끼는 제자였다.

예수가 로마 군인들에게 잡혀가더라도 자신만은 끝까지 예수를 지키겠다고 큰소리쳤다. 하지만 정작 예수가 잡혀간 뒤 사람들이 베드로에게 예수의 제자가 아니냐고 물어보자, 자신은 예수를 모른다고 세 번이나 부인한다. 나중에서야 죄책감에 통곡했던 베드로는 예수가 부활해서 돌아온들 다시 그를 볼 면목이 없었을 것이다. 그런데 예수는 부활한 후 베드로를 찾아온다. 고개조차 들지 못하고 있었을 베드로에게 예수가 가장 먼저 꺼낸 말은 이 한마디였다.

"베드로야, 밥 먹자."

영조와 사도세자의 관계가 최악으로 치달을 때, 누구 한 사람이라도 먼저 용기를 내어 찾아갔다면 어땠을까? 함께 밥 먹자는 한마디라도 했다면, 그리고 함께 밥을 먹었다면 어땠을까? 특별한 대화를 나누지 않더라도 그렇게 서로 얼굴이라도 보려고 노력했다면 어쩌면 이 비극의 역사는 달라지지 않았을까?

마음이 잘 맞는 사람과 잘 지내는 것은 쉬운 일이다. 마음이 잘 맞지 않는 사람과 잘 지내는 것은 아주 어렵고 많은 노력과 에너지가 필요한 일이다. 그것은 소통하고자 하는 의지에서부터 출발한다. 서운한 순간일수록, 미운 마음이 드는 순간일수록 더 애써서 대화하자. 서로의 생각이 어떤지, 혹시 어떤 서운함은 없었는지 끊임없이 얘기하자. 그래서 더욱 서로를 이해하고 존중해 주자. 나에게 소중한 관계라면 더더욱 말이다.

타인을 함부로 판단해서는 안 된다 ━ 김효원과 심의겸

거대한 강은 작은 계곡에서 발원한다

"탕탕!"

인류가 최초로 경험하게 된 전 세계적인 전쟁, 제1차 세계대전은 보스니아의 수도 사라예보에서 울린 총소리에서 시작되었다. 세르비아 민족주의자였던 한 청년이 오스트리아 - 헝가리 제국의 황태자 부부를 암살한 것이다. 조국이 진정한 독립을 이루기를 꿈꾸던 그 청년의 애국심은 이토 히로부미에게 총을 겨누었던 안중근 의사의 그 절실한 마음과도 같았으리라. 하지만 이때까지만 해도 본인은 전혀 예상하지 못했을 것이다. 그 한 발의 총이 1천만 명이 죽고 2천만 명이 부상을 당한, 인류 최초 세계대전의 도화선이 될 줄은 말이다. 열강들의 제국주의 기조와 경쟁적인 식민지 확대로 인해 언제든지 전쟁이 일어날 수 있는 환경은 이미 조성되어 있었다. 하지만 그것에 실제로 불을 붙인 것은 그 청년의 애국심과 총 한 자루였다.

전혀 의도한 적 없고 때로 사소해 보이기까지 하는 한 사건이 역사의 커다란 물줄기를 바꾸어 버리는 일을 종종 관찰할 수 있다. 거대한 강의 발원이 작은 계곡물에서 출발하듯이, 장대한 역사가 하나의 작은 사건에서 출발하기도 한다. 역사에서 만약이라는 가정은 아무 의미가 없겠지만 종종 흥미로운 상상을 해보기도 한다. 만약 연개소문이 김춘추의 동맹 제의를 무시하지 않았다면, 훗날 고구려가 나당연합군에 의해 멸망당하는 일은 없지 않았을까? 또 도요토미 히데요시가 오다 노부나가의 하인이 되지 않았다면, 임진왜란은 발생하지 않았을지도 모른다.

조선 역사에 있어 가장 중요한 사건 중 하나라고 볼 수 있는 붕당정치의 시작도 마찬가지다. 민주주의와 공화주의를 표방하는 나라에는 정당이라는 결사체가 법적으로 보장된다. 그런데 민주주의 국가가 아니었던 조선시대에도 붕당이라고 불렸던 정당과 비슷한 개념이 있었다. 당시 지배층이었던 양반 사대부들이 사상과 이념에 따라서 저마다 당파를 만든 것이다. 붕당은 서로에 대한 비판과 견제를 통해 정치 발전에 기여하는 긍정적인 면도 있었지만 지나친 권력 투쟁으로 변질되어 버린 부작용도 많았던 것이 사실이다. 서로 모함하거나 심지어 역모 죄라는 누명을 씌워서 수많은 사람을 죽게 만들기도 했다. 정약용처럼 뛰어났던 인물이 집권당 소속이 아니라는 이유로 정치에서 배제되는 등 국가의 큰 손실이기도 했다. 이처럼 많은 폐해를 안고 있었던 붕당은 조선 중기 이후의 역사와 내내 함께했다 해도 과언이 아니다. 그런데 이처럼 조선에 중요한 역할을 했던 붕당이 처음으로 형성된 계기는 무엇일까? 조금은 어이없게도 김효원과 심의겸이란 두 인물 사이의 편견에서 시작된 악감정 때문이었다. 두 사람 사이 감정의 골이 작은 계곡을 만들었고, 거기서 출발한 하천이 마침내 붕당정치라는 큰 강을 이루게 된다.

붕당의 기원

김효원은 벼슬에 오르기 전부터 청렴하고 학문 실력이 뛰어나 명성이 높은 선비였다. 그런데 가정 형편이 워낙 어려웠던 모양이다. 그 당시 최고 권력가이던 윤원형의 집에 처가살이하고 있던 이조민이라는 사람과 친해서 그 집에 잠시 신세를 지며 종종 들락날락거렸다. 그런데 윤원형에게 잠시 볼 일이 있어서 그 집에 들렀던 심의겸이 김효원과 딱 마주쳤다. 김효원은 심의겸에게 인사를 건네지만 돌아온 반응이 그를 무안하게 만들었다.

"그렇게 청렴결백하기로 소문나신 선비를 이 집에서 보게 될 줄이야, 정말 생각도 못 했습니다."

이렇게 말하고는 휙 돌아서서 가버린 것이다. 사실 윤원형은 명종의 어머니였던 문정왕후의 동생인 외척이라는 지위를 이용해 권력을 함부로 남용하던 인물이었다. 사화를 일으켜 반대파 선비들을 많이 죽였을 뿐만 아니라 부정부패로도 악명이 높았다. 심의겸은 김효원더러 어떻게 그런 사람의 집에 기생충처럼 기숙하고 있냐며 한심하게 여긴 것이다. 느닷없는 심의겸의 조롱에 김효원은 정말 화가 났을 것 같다. 형편이 어려워서 친구에게 잠시 몸을 의탁했을 뿐인데 그런 식으로 면박을 주었으니 얼마나 자존심이 상했을까? 이 일을 계기로 김효원 또한 심의겸에 대해 매우 부정적인 인상을 갖게 된다.

후일 김효원은 과거에 급제해서 벼슬길에 오르고 이조전랑이라는 벼슬에도 추천을 받는다. 이조전랑은 그 능력과 청렴함을 인정받아야만 임명되었을 뿐만 아니라 관리에 대한 인사권을 행사하는 핵심 요직이었기 때문에 많은 신하들이 선망하는 자리였다. 그런데 한 사람, 심의겸이 그를 반대하고 나선다. 간신배 윤원형의 집에 들락날락거리던 자에게 그런 중요한 관직을 맡길 수 없다는 것이 이유였다. 어쨌든 김효원은 이조전랑에 임명이 되었지만 심의겸에 대한 미움은 더 커져만 갔을 것이다.

김효원의 임기가 끝나자 다시 후임자를 정하게 된다. 공교롭게도 심의겸의 동생인 심충겸이 추천을 받게 되는데 이번에는 김효원이 강하게 반대한다. 심충겸은 왕비의 형제이기 때문에 안 된다는 것이다. 권력가로 많은 악행을 저질렀던 윤원형도 예전 왕비였던 문정왕후의 동생이라는 후광을 업고 권력을 남용한 전례가 있었다. 그래서 왕비의 핏줄, 즉 외척에게 그런 중요한 자리를 맡기면 안 된다는 주장이었다.

김효원의 입장에서는 후련한 복수였겠지만 이번에는 심의겸이 원한을 가진다. 그렇게 두 사람은 철천지원수가 되고 마는데, 두 사람의 입장을 각각 지지하던 사람들까지도 덩달아 두 파벌로 나눠지고 말았다. 이때부터 김효원을 지지하는 무리를 동인, 심의겸을 지지하는 무리를 서인이라 부르게 된 것이다. 김효원의 집은 한양 도성 동쪽인 낙산 아래 건천동에 있었고 심의겸의 집은 도성 서쪽인 정동에 있었기 때문이다. 작명 센스가 참 단순하기 짝이 없지만 어쨌든 조선의 역사 내내 많은 정쟁과 피바람을 부르기도 했던 당파 싸움은 이렇게 시작되었다. 동인과 서인의 싸움은 그 이후 200년도 더 지나고 나서 한쪽 정파의 씨가 완전히 말라 버리는 데에 이르러서야 사실상 사라지게 된다. 그 이후에는 집권당 내부에도 외척 가문이 권력을 독점하며 붕당정치보다 더 지독한 세도정치가 시작되었다는 후일담과 함께 말이다.

전적으로 이 사건 하나 때문에 붕당이 생겼다고 말하기에는 좀 지나칠 것이다. 사실 사림파가 정권을 잡은 이후 원로 사림들과 신진 사림 간의 균열이 이미 생기기 시작했고, 주리론이나 주기론 등 성리학 학파에 따라 정파적으로 나누어지기 시작한 것도 붕당이 발생한 배경이었다. 하지만 김효원과 심의겸의 이조전랑을 둘러싼 분쟁이 붕당 형성에 직접적인 도화선이 되었다는 사실은 분명하다. 만약 이 사건이 없었다면 붕당정치의 출현은 훨씬 좀 더 훗날의 일이 되었거나, 혹은 그 정도로 표면화되지 않았을지도 모른다.

우리 안의 편견들

조선 역사 전반에 큰 영향을 미쳤던 붕당이 김효원과 심의겸이라는 두 사람의 소소한 개인 감정에서 비롯되었다는 사실이 매우 흥미롭다. 만약 그 두 사람이 윤원형의 집에서 마주쳤을 때, 심의겸이 조금만 생각을 달리했다면 어땠을까? 자기 멋대로 김효원이 윤원형에게 빌붙어 살고 있다고 판단하지 않고, 다른 사정이 있겠거니 생각했다면 말이다. 심의겸이 김효원의 상황에 대해 잘 알지도 못하면서 그렇게 단정지어 버리지 않았다면, 어쩌면 조선의 역사가 조금은 달라지지는 않았을까, 그런 생각도 해본다.

편견偏見은 '공정하지 못하고 한쪽으로 치우친 생각'이다. 심의겸이 김효원에게 보인 행동은 편견에서 비롯된 것이었다. 그리고 망신을 당한 김효원 또한 심의겸에게 편견을 갖고 말았다. 이처럼 부정적으로만 보이는 편견은 어쩌면 우리 인류의 생존 과정에서 유전자 속에 깊이 틀어박힌 잠재의식일지도 모른다.

편견 덕분에 인류가 지금껏 멸종하지 않은 것이라는 주장이 있다. 예를 들면, 길을 가다가 무시무시한 호랑이를 만났다고 하자. 호랑이가 곧장 나를 공격하지 않더라도, '호랑이는 나를 공격할 수 있는 무서운 동물'이라는 편견을 갖고 있다면 그 자리에서 재빨리 도망쳐 목숨을 구할 수 있을 것이다. 그래서 편견은 본능적으로 자신을 보호하기 위한 기능을 하기도 한다. 마치 길에서 처음 만난 사람이 아이에게 사탕 줄 테니 같이 가자고 해도, 낯선 사람은 위험하다는 편견을 갖고 그 사람을 따라가면 안 되는 것처럼 말이다.

하지만 반대로 편견 때문에 혐오의 대상이 되거나 차별을 겪게 되는 문제도 종종 발생한다. 정치적 생각이 달라서, 국적이 달라서, 출신 지역이 달라서, 성별이 달라서, 경제적 능력이 달라서, 종교가 달라서 등등. 그 사회의 주류와 다르다는 이유로, 혹은 그들을 위협한다는 이유로 쉽게 차별과 혐오의 대상이 된다. 오늘날의 세상은 그야말로 혐오의 시대가 되어 버린 것이 아닌가 싶을 정도다.

이러한 편견의 두 얼굴은 최근의 코로나 19 사태를 통해서도 잘 드러나고 있다. 편견이 신종 코로나바이러스의 확산을 막아주는 강력한 사회적 방역 수단이 되고 있다는 점은 흥미롭다. 사람들은 누구에게서라도 바이러스가 감염될 수 있다는 불안감과 편견 때문에 마스크 착용을 자발적으로 하게 되었다.

물론 내가 마스크를 하지 않았을 때 나에게 쏟아지는 타인의 불안과 편견 어린 시선이 마스크 착용의 동기가 되기도 한다. 서로에 대한 편견 때문에 서로 더 조심하게 되는 것이다.

반면 코로나 19 사태 속에서 편견이 본능적으로 자신을 보호하려는 기제로 작동하면서 특정 집단에 대한 무차별적인 혐오로 표출되기도 한다. 특히 코로나바이러스의 진원지로 지목된 중국에 대해 쏟아진 혐오가 대표적이다. 이처럼 공격적인 모습 뒤에는 이들 때문에 언제 나도 감염될지 모른다는 두려움이 깔려 있다. 편견은 자연스럽게 발생하는 본능적인 감정이라 그것 자체는 어쩔 수 없지만, 그렇다고 해서 혐오의 모습을 당연하거나 옳은 것으로 여겨서는 안 된다. 이럴 때일수록 더 이성적으로, 그리고 실제적인 경험에 근거해서 차분하게 판단을 내리려는 노력이 필요하다.

섣불리 단정 짓지 않기

김효원과 심의겸의 얘기로 돌아가 보자. 심의겸은 부패한 외척 세력 윤원형의 집에 잠깐 더부살이했다는 이유로 김효원을 그와 같은 집단으로 단정 지어 버렸다. 김효원 또한 심의겸이 외척이라는 이유로 윤원형과 똑같은 부류로 매도해 버렸다. 두 사람 모두 일부 사실을 근거로 서로를 윤원형과 연관 짓고 폄하했다는 점이 흥미롭다. '윤원형 같은 놈'이라는 편견을 서로에 대한 비난에 이용한 것이다.

심의겸이 김효원을 봤을 때 왜 윤원형의 집에서 나오는지 그 입장을 우선 들어보고 이해해 보려는 노력을 했다면 좋았을 것이다. 김효원 또한 심의겸이 외척이라는 편견보다 그의 진짜 사람됨을 살펴보았다면 하는 아쉬움도 마찬가지로 남는다. 그들은 일부 사실만 보고 너무 쉽게 상대방을 단정 지었다. 그렇게 시작된 감정의 골이 붕당정치라는 전혀 예상치 못했던 새로운 역사의 흐름으로 이끌었다. 김효원과 심의겸은 나중에 서로 화해하고 오해를 풀었다고 하지만 이미 두 사람으로 인해 시작된 붕당 간의 당파 싸움까지 해소된 것은 아니었다.

세상을 살다 보면 100% 정확한 정보가 없는 상태에서 빠르게 판단해야 하는 상황이 있다. 특히 비즈니스를 하는 경영자들은 그런 상황에 종종 처하기도 한다. 하지만 다른 사람에 대한 판단을 내릴 때는 그보다 훨씬 신중해져야 한다. 그 사람의 단편적인 행동이나 첫인상만 가지고 만든 편견으로 섣불리 정의 내려 버리는 것은 특히 조심해야 한다. 사람이란 그렇게 단편적인 모습으로 이해할 수 있는 단순한 존재가 아니기 때문이다. 그 사람의 여러 면모와 성격을 제대로 경험하고 이해하게 된 다음에야 관계를 멀리 하거나 가까이 할 것을 판단해도 늦지 않다.

몇 년 전 엄마와 함께 버스에 탔던 7살 아이가 혼자 버스에서 내린 사건에 대한 글이 인터넷에 올라오면서 큰 논란이 발생했다. 버스 안이 혼잡하여 아이 엄마가 미처 함께 내리지 못해 다급히 버스를 세워달라고 소리쳤지만 버스 기사는 이를 무시했다는 것이다. 그리고 다음 정류장에 아이 엄마를 내려주며 오히려 욕설을 퍼부었다는 내용이었다. 이 글을 본 많은 사람들이 버스 기사에 대해 엄청난 분노와 함께 악플을 쏟아냈다. 하지만 조사를 통해 드러난 사건의 진상은 달랐다. 버스 기사는 아이가 혼자 하차한 사실을 인지하지 못했고, 이미 버스가 길 한가운데로 접어들었기 때문에 법적으로 승하차가 금지된 곳에 버스를 멈출 수도 없는 상황이었다. 더구나 버스 기사가 아이 엄마에게 욕설을 한 사실도 없었다. 하지만 사람들은 단편적으로 드러난 사실을 토대로 올라온 글만 보고, 그를 파렴치한 사람으로 확신해 버렸다. 글쓴이는 나름의 정의감을 갖고 글을 썼겠지만, 그가 관찰한 사실은 일부에 불과했고 자신의 시각으로 현실을 왜곡시켰다. 섣부른 단정으로 인해 큰 피해를 입은 버스 기사의 인생을 사건 이전으로 되돌리는 것은 이미 불가능해진 뒤였다.

내가 가진 편견에서 출발한 섣부른 단정이 한 사람의 인생을 바꾸기도 하고 심지어 파멸에 이르게 할 수도 있다. 김효원과 심의겸의 이야기에서처럼 역사를 바꾸는 일까지는 아니더라도, 나의 말 한마디, 나의 행동 하나로 인해 누군가의 인생이 부정적인 방향으로 흘러가 버린다면 정말 주의해야 하지 않을까? 살다 보면 때때로 누군가를 평가해야 할 순간도 있다. 하지만 나의 주관이 반드시 옳은 것인지, 혹은 일부의 사실만 가지고 전부를 판단하고 있는 것은 아닌지 스스로 의심해 보는 자세가 필요하다. 사라예보에 울린 총성처럼 세계대전을 일으키는 것까지는 아니더라도, 총알처럼 상대방에게 박히는 말 한마디가 그의 세계를 파괴해 버릴 수도 있다는 사실을 잊어서는 안 된다.

세상에 영원한 내 편은 없다 ——— 광해군

어떻게 사랑이 변하니?

"어떻게 네가 나한테 이럴 수 있어?"

세상을 살다 보면 누구나 한 번쯤 가장 사랑한다고 믿었던 연인이나 친하다고 믿었던 친구로부터 배신감을 느껴본 경험이 있을 것이다. 초등학교 때 가장 친한 친구가 나에 대해 뒷담화 했다는 말을 전해 듣고 큰 충격을 받았던 기억이 난다. 코딱지 후비던 어린 시절, 애들끼리 아무 생각 없이 한 말이 와전되고 오해를 부른 작은 해프닝이었겠지만 그때는 어린 마음에 큰 상처가 되었던 것 같다.

사람들은 서로 관계를 맺기 시작하면 그 친밀감에 따라 어느 정도의 기대감을 갖는다. 당연히 가까운 사이일수록 더 많은 기대를 품을 것이고 속 깊은 얘기도 나누게 될 것이다. 하지만 그 기대에 상대가 부응해 주지 않는다고 느낄 때 실망을 한다. 가령 정말 친한 친구라고 생각했는데 결혼 소식을 가장 뒤늦게 알린다거나, 가장 먼저 와서 축하해 주리라 믿었던 친구가 결혼식에 연락도 없이 오지 않으면 크게 실망하게 되는 것처럼 말이다. 특히 사랑한다고 믿었던 연인에게 배신감을 느낀다면 그 충격은 말로 표현하기 어려울 것이다. 깊은 실망이 분노로 바뀌어 폭력 등 매우 잘못된 방향으로 분출되는 모습을 뉴스에서 보기도 한다. 이 모든 일은 내가 상대방에게 느끼는 거리와 상대방이 나에게 느끼는 거리가 일치하지 못할 때 발생한다.

사람으로부터 받은 상처는 결국 사람을 통해 치유해야 한다. 하지만 내가 믿을 수 있는 일부 사람에게만 지나치게 집착하거나 의지하는 방법으로 해결하려 한다면 오히려 더 큰 상처가 될 수도 있다. 조선시대 가장 불운한 왕 중 하나였던 광해군도 아마 그런 경우가 아니었을까.

외로웠던 왕위 계승 과정

광해군이 아버지 선조와 어머니 공빈 김씨에게서 태어났다는 사실부터 어쩌면 불운의 시작이었다. 선조는 공빈 김씨를 사랑했지만 김씨는 광해군이 태어나고 2년 만에 죽고 만다. 광해군의 형이자 장남인 임해군을 향했던 아버지 선조의 사랑은 공빈 김씨의 죽음 이후 더 이상 임해군에게 가지 않았다. 그러자 임해군은 아버지의 사랑을 빼앗긴 분노를 광해군에게 쏟아냈다. 어머니의 사랑도 받지 못하고 자라난 광해군은 하나뿐인 동복형으로부터도 미움을 받은 것이다. 그나마 선조 또한 적자 혈통이 아니라는 이유로 그를 사랑해 주지 않았다. 광해군은 어릴 때부터 외롭게 무관심에 익숙한 채로 자라나야 했다. 다만 영특한 자질을 타고나 아버지에게 인정받고자 학문에 힘썼고 우수한 인재로 성장했다. 아버지 영조의 지나친 기대와 관심 때문에 오히려 어긋나고 말았던 사도세자와는 반대로, 광해군은 아버지 선조의 냉대와 무관심을 극복하고자 열심히 노력하는 모습을 보인 것이다. 하지만 부모로부터 사랑받지 못하며 자라난 그 마음속의 깊은 상처는 어른이 된 후에도 아마 그대로였을 것이다.

선조는 조선 최초로 적자 출신이 아닌 방계 혈통으로 왕이 된 군주였다. 정상적으로는 왕이 될 수 없었음에도 명종이 후사 없이 승하하는 바람에 왕이 되는 행운을 얻었다. 하지만 바로 이 때문에 그는 재위 내내 콤플렉스에 시달렸다. 어떻게든 왕비에게서 난 적자에게 자신의 왕위를 물려주고 싶었으나 50세가 넘도록 왕비로부터 아들을 얻지 못한 터였다. 어릴 때부터 넘쳐난 망나니 기질 때문에 일찌감치 후계자 다툼에서 탈락한 임해군을 제외하면 광해군이 세자가 되는 것이 마땅했다. 하지만 서자에게 왕위를 물려주는 것이 탐탁하지 않았던 선조는 세자 책봉을 계속 미루기만 했다. 광해군으로서는 하루하루 피 말리는 날이 계속되었다. 만약 임진왜란이 발생하지 않았다면 광해군은 세자가 되지 못했을지도 모른다.

임진왜란이 발생하자 선조는 서둘러 피난길을 떠나면서 마지못해 광해군을 세자로 책봉한다. 전쟁의 진두지휘를 세자에게 맡기기 위해서였다. 임진왜란은 광해군에게 위기이자 기회가 되었다. 그는 위험한 전장 최전선을 마다하지 않으며 백성들에게 이길 수 있다는 용기와 희망을 실어줬다. 앞장서서 전쟁을 지휘하는 광해군을 보며 백성들은 그를 기꺼이 따랐고 또 사랑했다. 아마도 이때가 광해군의 인생에 있어 가장 빛나는 시간이었을 것이다.

마침내 임진왜란이 끝났다. 전쟁에서 누구보다 큰 공을 세운 광해군이 차기 왕으로서 지위를 굳건히 하게 되는 수순이 당연해 보였다. 하지만 왕으로서의 모든 책임을 아들에게 떠넘기고 자기 목숨 보전에만 급급한 모습을 보였던 선조는 스스로 민망했는지, 자신의 부끄러운 감정을 광해군에 대한 냉대로 표현했다. 거기에다 광해군의 입지를 더 불안하게 만드는 일이 발생한다. 선조의 두 번째 왕비 인목왕후가 적자 영창대군을 낳은 것이다. 선조는 공공연히 자신의 왕위를 영창대군에게 물려 줄 뜻을 내비쳤고 많은 신하들도 그에 동조했다. 이로 인해 집권당이었던 북인은 광해군을 지지하는 대북과 영창대군을 지지하는 소북으로 갈라지게 되었다. 선조가 조금만 더 오래 살았더라면 세자는 영창대군으로 교체되었을 가능성이 매우 높다.

그러다 또 한 번 하늘이 광해군을 돕는다. 영창대군이 태어난 이듬해에 선조는 병석에 눕게 되고 최종적으로 광해군에게 왕위를 물려줄 것을 유언으로 남긴 뒤 세상을 떠났다. 이처럼 광해군이 왕위에 오르는 과정은 자신을 견제하는 사람들에게 둘러싸여 매우 험난하고 외롭기만 한 여정이었다.

결국 내 편은 없었다

왕이 된 광해군은 영창대군의 편에 섰던 소북을 제외하고는 자신의 적극 지지층이었던 대북을 포함해 모든 당파를 골고루 기용한다. 영의정에 남인 이원익을 발탁하고 서인 이항복을 좌의정에 임명했을 뿐 아니라 자신을 지지해준 대북의 리더 정인홍과 이이첨 또한 기용하며 고마움을 잊지 않았다. 이때만 해도 당파를 초월하여 적재적소에 유능한 관리들을 등용하겠다는 광해군의 의지가 읽혔고 정국도 원활하게 운영되는 것 같았다. 하지만 이 모든 것을 흔들어버리는 사건이 발생한다. 바로 문묘종사 논란이다.

정국이 안정되자 유생들은 다섯 명의 현자, 즉 김굉필, 정여창, 조광조, 이언적, 이황을 공자의 사당에 모시고 함께 제사를 지낼 수 있도록 해달라고 요청했다. 그런데 대북의 영수 정인홍은 남인 계열인 이언적과 이황은 포함하면서 자신의 스승 조식은 제외된 것에 대해 강력한 이의를 제기한다. 유생들은 이에 반발해 정인홍을 유생 명부인 청금록에서 삭제해 버리며 그의 자존심에 큰 상처를 주었다. 광해군은 임금이기에 끝까지 중립을 지켰어야 했지만 자신이 가장 아끼는 신하 정인홍의 청금록 삭제를 주도한 유생을 색출하라는 명령을 내린다. 그동안 광해군이 겉으로 보였던 중립적인 모습과 달리 정인홍을 위시한 대북을 편애하는 본심을 그대로 드러낸 것이다. 이 사건을 계기로 광해군을 향한 신하들의 신뢰는 일거에 무너지고 말았다. 신하들은 앞다투어 광해군의 곁을 떠났고 결과적으로 그의 주위에는 대북 세력만 남았다.

권력을 독점하게 된 대북은 자신들의 세력을 더욱 공고히 하고자 점점 무리수를 둔다. 광해군의 형인 임해군을 사형시키고 광해군의 왕권을 위협하던 영창대군 또한 죽음으로 몰아넣는다. 마침내 비록 계모이지만 왕의 어머니였던 인목대비를 서궁으로 유폐시키는 데 이르렀고 이러한 폐모살제廢母殺弟 행위는 광해군에게 인륜을 저버린 패륜아라는 낙인을 찍음과 동시에 후일 쿠데타의 명분이 되었다. 광해군은 자신의 입지가 불안하다고 느낄수록 점점 자신의 친위세력인 대북에게만 의존하며 스스로 고립되어 갔다. 결정적인 순간 정인홍을 일방적으로 편들면서 잘못 낀 첫 단추가 마침내 반대 세력의 쿠데타로 귀결되고 만 것이다.

특히 정권 말기에는 간신 이이첨과 상궁 김개시가 광해군 주변을 완전히 장악해 버리고 말았다. 그들에 대한 비난이 들끓었음에도 광해군은 별달리 의지할 곳이 없었기 때문인지 변함없는 신임을 보여주었고 동시에 광해군의 평판도 점점 추락했다. 김개시는 광해군을 믿고 함부로 권력을 휘두르다 정작 마지막 순간에는 그를 배신한다. 여러 차례 반정의 기미를 알리는 상소가 올라왔지만 반정군의 뇌물을 받은 김개시가 그것을 무마시킨 것이다. 만약 김개시가 거짓 정보로 광해군을 안심시키지 않았다면 쿠데타 계획이 누설되어 실패했을 가능성이 매우 높다. 외로운 정치 인생 내내 누구도 쉽게 믿지 못했던 광해군은 그래도 그들만은 믿을 수 있다고 여겼다. 하지만 가장 믿었던 사람들에 의해 광해군의 몰락이 재촉되고 말았다. 그에게 있어 결국 진정한 내 편이란 없었던 셈이다.

모든 관계에는 의무가 있다

'쌍무적 계약관계'라는 말이 있다. 서로에 대해 의무를 갖는 관계를 말한다. 봉건제 사회에서 주군이 봉신과 그의 봉토를 보호해 주는 의무를 갖는 대신 봉신은 주군을 위해 군사적인 의무를 다해야 했다. 이와 같은 형태는 아니지만 사실 모든 사회적 관계는 쌍무적 계약관계에 놓인 파트너라 할 수 있다. 회사는 직원에게 월급을 주고 직원은 회사에 노동력을 제공한다. 상사는 부하 직원이 제대로 일하며 성과를 낼 수 있도록 이끌어갈 의무가 있고 부하 직원은 그의 지시에 따라 성실히 일할 의무가 있다. 판매자는 고객이 원하는 좋은 상품을 제공할 의무가 있고 고객은 그에 합당한 비용을 지불해야 한다.

이러한 쌍무적 계약관계는 심지어 각 개인의 인간적인 관계에도 적용된다. 친한 친구 사이라 해도 서로에게 힘이 되어주는 존재일 때 그 관계는 지속 가능하다. 어느 한쪽이 일방적으로 의존하는 상황이라면 관계는 계속되기 어렵다. 모든 친분은 어떤 형태로든 서로에게 주고받기가 가능할 때 지속성을 가질 수 있다. 사회단체에 오랫동안 후원을 아끼지 않는 사람도 자신이 후원하는 돈이 아깝지 않을 만큼 보람과 기쁨을 느끼기에 그 후원을 지속한다. 심지어 부모와 자식 관계에서조차 부모는 자식을 사랑함으로써 느끼는 효용감이 있기에 그 관계가 지속될 수 있다. 때로 물질적인 것을 준다 해도 그것에 대한 대가가 반드시 똑같이 물질적일 필요는 없다. 그에 상응할 만큼 정서적인 충분한 대가를 얻는다면 주고받기가 이루어질 수 있는 것이다. 이 세상에 무조건적인 사랑은 없다. 그것은 인류의 죄를 대신해 십자가를 짊어지고 죽은 예수의 희생처럼 종교적인 영역에서나 가능하다.

결국 근본적으로 세상에 무조건 내 편을 들어줄 수 있는 사람은 없다는 말이다. 사랑으로 맺어진 부부관계에서도 남편과 아내는 서로를 경제적으로 부양하거나 집안일을 함께 하고 자식을 키울 의무를 갖는다. 그것이 제대로 지속되지 않으면 관계는 위태로워질 수밖에 없다. 관계가 지속되기를 원한다면 내가 상대방으로부터 얻을 수 있는 것과 주어야 할 것에 대한 냉정한 관찰이 필요하다. 아울러 상대방과 내가 서로 느끼고 있는 거리가 얼마나 비슷한지도 확인해야 한다. 나는 상대방을 무척 가깝다고 느끼는데 정작 상대는 그 정도로 여기고 있지 않다면 그 관계는 지속되기 어렵다. 상대방에게 더 많은 노력을 함으로써 그가 나에게 느끼는 정서적 거리를 더 가깝게 만들거나, 반대로 나도 조금은 더 멀리 선을 그어야 한다. 그래야 서로 상처를 받을 일이 없다. 결국 관계에 있어 중요한 것은 서로 간의 선을 적당한 거리에서 잘 유지하는 데에 있다.

광해군의 실패는 곧 인간관계의 실패에서 비롯되었다. 그는 태어난 직후부터 외로운 삶을 살아야만 했다. 어머니는 세상을 일찍 떠났고, 아버지와 형제로부터는 냉대를 받았다. 자신을 지지해 주었던 여러 신하들도 적자인 영창대군이 태어나자 자신에게서 등 돌리는 모습을 목격했고, 언제 세자 자리에서 내쳐질지 몰라 끝없는 불안감에 시달려야 했다. 믿을 사람이 없다는 두려움은 점점 자신이 믿을 수 있다고 여긴 일부 사람들에 대한 집착과 의존으로 이어졌다.

광해군의 가장 큰 실수는 결정적인 순간에 자기 사람이라 생각한 정인홍의 편을 일방적으로 들면서 나머지 사람들을 적으로 돌린 것이었다. 모든 사람들과 적당한 선을 유지해야 했으나 정인홍을 선 안으로 들이는 대신 다른 모든 신하들은 선 밖으로 밀어내 버렸다. 이로써 더욱 고립되어 버린 그의 주변은 이이첨과 김개시처럼 그를 이용해 권력을 휘두르려는 사람들로만 둘러싸여 갔다. 광해군은 그들이 자신을 제대로 이해해 주며 끝까지 함께할 내 편이라 생각했겠지만 그들은 자기 권력을 위해 광해군을 이용했을 뿐이다.

진정한 내 사람을 만들고자 한다면 그와 함께 있도록 노력하되 적당한 선을 유지할 수 있어야 한다. 더불어 서로 어떤 책임과 의무를 갖고 있는지 먼저 이해하고 함께 이행해 나가야 한다. 경계를 지켜 나가되 조금씩 그 선을 함께 좁히도록 노력해야 한다. 나만의 비밀을 친구에게 모두 털어놓는다고 해서 갑자기 가장 가까운 사이가 되는 것이 아니다. 내 말을 친구가 들어줄 만한 상황인지 먼저 살펴보는 태도도 필요하다. 이것이 바로 관계 안에서의 존중이다. 서로에 대한 존중이야말로 관계 형성에 있어 가장 중요하면서 필수적인 의무이다.

배신감과 복수심이 내 마음을 어지럽힐 때 ——— 성왕

배반의 장미

박사 논문 과정 중인 지인이 실험실에 있을 때 크게 실망했던 경험을 토로한 적이 있다. 한 교수가 다른 대학원생의 아이디어를 가로채 자신의 것처럼 만들고는 오히려 그 대학원생을 괴롭혀서 제 발로 나가도록 압박했다는 것이다. 또 다른 지인은 자신의 논문을 지도교수가 가로채고, 교수 본인을 1저자로 등재했다는 것을 뒤늦게 알고 크게 분노한 적이 있다고 했다. 그 부당한 상황을 되돌려 보기 위해 여러 경로로 노력했지만 결국 역부족이었다는 자조 섞인 말과 함께.

이처럼 부당한 일들이 발생하는 건 비단 대학 내에서만이 아니다. 회사에서도 고생해서 만든 자신의 기획안을 빼앗아간 상사에 대한 분노, 열심히 키워줬더니 뒤통수를 때리고 경쟁사로 이직해 버린 부하 직원에 대한 분노 등등의 이야기도 들린다. 주인공의 남편이나 부인이 불륜을 저지르거나, 절친했던 친구가 욕심 때문에 주인공을 배신하는 이야기는 드라마 단골 소재일 뿐만 아니라, 우리 주변에서도 종종 벌어지는 일이다. 진심으로 사랑했던 연인이 어느 날 갑자기 이별을 통보하는 것만으로도 견디기 힘든 배신감에 아픈 심장을 부여잡는 게 우리 인생 아닌가. 믿었던 사람에 대한 배신감으로 마음에 분노가 치밀어 오르는 경험을 하게 되면, 그 휘몰아치는 감정에 휩싸여 자칫 가야 할 길을 잃고 헤매기도 한다. 더 심하게는 잘못된 선택으로 내 소중한 인생을 완전히 망쳐 버리기도 한다.

"상처를 받은 나의 맘 모른 채 넌 웃고 있으니 후회하게 될 거야."

1,500년 전에도 이 '배반의 장미' 노래가 있었다면, 아마 자신의 이야기라며 쓴웃음을 짓고 있었을 사람이 있다. 협력 관계에 있던 사업 동지이자 30년 터울의 까마득한 동종업계 후배에게 배신당하고 복받쳐 오르는 분노에 휩싸여 있었던 인물. 한때는 백제를 중흥의 길로 인도하며 위대한 왕으로 추앙받았지만 끝내 안타까운 최후를 맞았던 백제 성왕이 바로 그 주인공이다.

554년, 백제의 왕궁에서는 신하들의 의견 대립으로 격렬한 논쟁이 벌어지고 있었다. 젊은 나이에 패기 넘쳤던 태자를 중심으로 괘씸한 배신자 신라에게 당장 보복해야 한다는 의견과 아직은 때가 아니라는 원로 그룹의 반대 의견이 갈린 것이다. 신라에 대한 분노의 감정이 가득했던 성왕은 마침내 태자의 의견을 받아들여 출진을 명령한다. 도대체 백제와 신라 사이에 무슨 일이 있었던 것일까?

고구려는 장수왕 때 수도를 평양으로 옮기며 본격적인 남진 정책을 실시한다. 이에 위협을 느낀 백제와 신라가 동맹을 맺고 함께 저항하는데, 이른바 나제동맹의 결성이다. 고구려군이 백제를 침략하여 수도 한성을 빼앗을 때 신라군이 가서 도왔으며, 신라가 위협받을 때는 백제군이 가서 도왔다. 나제동맹은 동북아시아의 절대 강자였던 고구려의 위협 앞에서 120년간 백제와 신라를 보호해 주는 든든한 방어막 역할을 했다. 고구려가 왕위 계승 문제와 변방의 이민족 침입으로 내우외환의 문제에 직면하자 나제동맹은 전격적으로 연합군을 구성한다. 백제의 성왕과 신라 진흥왕이 함께 고구려가 백제로부터 빼앗았던 한강 유역의 땅을 수복하여 나눠 갖기로 한 것이다.

성왕은 성聖, 즉 성스럽다, 최고 경지로 뛰어나다는 평가가 담긴 시호가 무색하지 않을 만큼 추앙받던 왕이었다. 대외 진출이 용이한 사비성으로 수도를 옮기고 국호를 남부여로 정하며 중흥의 의지를 다졌다. 중앙 관청과 지방 제도를 정비하고 불교를 진흥하였으며, 중국의 남조와도 활발히 교류하며 국력을 신장시켰다. 일본에 불교를 전하며, 그들과 외교 관계를 유지한 것도 그의 업적이었다. 충분히 많은 업적을 이룬 성왕이었지만, 그의 일생일대 꿈과 목표는 시조인 온조왕 이래 원래의 수도였던 옛 땅을 되찾아 치욕을 씻고 국가의 부흥을 완성하는 것이었다. 결국 한강 유역의 땅을 되찾아 오는 것은 그에게 있어 무엇보다 중대한 목표였다.

고구려가 어려움에 처하고 한강 방어선이 약해지자 기회가 왔다고 판단한 성왕은 신라에 연합군을 제안하고, 자국의 영향력 아래 있던 가야와 일본도 끌어들인다. 그리고 치열한 전투 끝에 마침내 고구려군을 몰아내고 땅을 되찾게 된다. 백제는 한강 하류 지역의 6개 군을, 신라는 상류 지역의 10개 군을 서로 차지하게 되었다. 80년 전 백제 개로왕이 죽음을 당하며 수도를 빼앗겼던 치욕을 되갚고, 마침내 한강 물에 발을 적셨을 때 성왕이 느꼈을 그 감격은 이루 말할 수 없이 컸을 것이다. 백제 성왕은 그 기세를 몰아 고구려 수도 평양까지 공격하여 격파하는 위세를 떨친다.

그런데 기쁨도 잠시, 신라 진흥왕이 기습 공격을 감행해 백제가 차지했던 한강 하류 땅을 모두 점령해 버리는 사건이 발생한다. 그리고 신주新州라는 행정구역을 설치하며 자신들의 땅으로 편입하고 군단을 배치한다. 120년간 동맹을 유지했던 신라의 갑작스러운 배신으로 백제는 뒤통수를 아주 세게 얻어맞은 것이다. 신라는 오히려 고구려와 동맹을 맺고 순식간에 백제를 고립무원의 처지로 만들어 버렸다. 오십 평생을 바쳐 달려왔던 자신의 숙원이 30세 이상 어린 진흥왕에 의해 한순간 물거품이 되어버렸다. 그것도 모자라 오랫동안 동맹으로 여기던 나라가 한때 공동의 적이었던 반대편에 붙어 자신을 따돌려 버린 것을 알게 되었을 때 성왕이 느꼈을 그 분노와 배신감의 크기는 어느 정도였을까? 함께 사업을 시작하며 믿었던 친구가 모든 돈을 빼돌리고서 오히려 경쟁사와 손잡고 자신을 비난하고 다닌다는 얘기를 들었을 때 느낄 감정과 어느 정도 비교해 볼 수 있을까. 아마도 성왕이 느꼈을 분노는 그것보다 크면 컸지, 결코 작지는 않았을 것이다.

복수를 꿈꿨지만

이미 그 전부터 신라 진흥왕이 자신의 야심을 조금씩 드러내 왔던 것은 사실이다. 고구려, 백제, 신라의 국경이 맞닿아 있던 한강 중류 지역에 대한 패권 다툼이 치열한 상황이었다. 백제 성왕이 고구려의 도살성을 공격해 빼앗자, 고구려군은 백제의 금현성을 빼앗았다. 결국 성을 맞바꾼 셈이 되었는데, 치열한 전투로 양국의 군사가 지쳐 있던 틈을 타 신라 진흥왕이 2개 성을 모두 공격해 점령해 버린다. 신라의 입장에서는 어부지리를 이용한 영리한 수였을지 모르나, 백제 입장에서는 얼마나 황당했을까. 하지만 고구려라는 공동의 적이 있는 상황에서 120년 간 이어진 나제동맹을 섣불리 깨는 것은 득보다 실이 더 크다고 판단을 내린 것 같다.

성왕은 동맹을 깨는 대신 진흥왕에게 고구려를 공격할 연합군 결성을 제안했고 이를 통해 한강 유역을 탈환하는 성과까지 올렸다. 그는 실리 앞에서 쉽게 감정에 휩쓸리지 않았고 침착하게 상황 판단을 내린 것이다. 하지만 그가 붙잡고 있던 이성은 신라가 한강 하류 땅까지 모조리 기습적으로 빼앗아 갔다는 소식을 듣고 결국 무너져 버리고 말았다.

그는 일단 고구려와 신라의 동맹으로 인해 불리해진 형국을 타개하기 위해, 자신의 딸을 진흥왕에게 시집 보낸다. 외교적으로 급한 불을 끄면서도 신라에 유화적인 제스처를 취해 방심하게 만들어 나중을 도모하기 위한 계책인 셈이다. 그리고 혈기왕성한 젊은 태자가 신라에 대한 보복 공격을 강력히 주장하고 나서자, 마침내 성왕은 신라를 향한 복수의 깃발을 높이 들기로 결단한다. 그 공격 목표는 바로 충청도 지역에 있던 관산성이었다.

신라에 뺏긴 곳은 옛 수도 한성을 포함한 한강 하류 지역인데, 왜 그곳이 아니라 관산성이었을까? 관산성은 지금도 교통의 요지로 손꼽히는 곳이다. 신라 수도인 경주로 바로 통하는 길목에 위치한 전략적 요충지를 공격해 여차하면 신라 수도까지 진격할 뜻이 있었음을 의미한다. 신라의 심장부를 직접 노림으로써 자신의 복수를 완성하겠다는 성왕의 의지가 엿보인다. 가야군과 일본군까지 합세한 백제 연합군의 총공세에 초반 전시 상황은 백제에 유리해 보였다. 하지만 한강 유역의 땅을 지키고 있던 신라 김무력 장군의 증원군이 긴급 투입되면서 전투는 교착 상태로 접어든다.

이때 성왕은 결정적인 실수를 저지른다. 자신의 아들이 전장에서 고생하는 것을 안쓰럽게 여겨 그를 위로하고자 단 50명의 호위대만 거느리고 관산성으로 향한 것이다. 이 정보는 신라 첩보망에 걸려들었고 길목을 지키고 있던 신라군의 매복 작전에 성왕은 너무나 어이없게 사로잡히고 말았다. 성왕의 목을 벤 사람은 스스로 천한 노비라고 밝힌 고도였다. 노비가 왕의 목을 베는 것은 옳지 않다고 성왕이 주장하자, 그는 신라 국법에 맹약을 어긴 자는 비록 국왕이라도 노비의 손으로 목을 쳐도 된다고 대꾸한다. 아마 성왕이 자신의 딸을 진흥왕에게 시집 보내며 우호적 관계를 맹약해 놓고, 관산성을 공격함으로써 그것을 깨뜨렸다는 의미로 보인다. 사실 이 모든 사태의 시발점은 진흥왕의 배신이었으나 거꾸로 성왕에게 배신자라는 굴레를 씌우며 죽인 것이다. 성왕의 전사 소식을 접한 백제군은 급격히 무너지며 대패하고 만다.

분노의 감정을 이기지 못하고 출정을 감행한 성왕은 결국 명분도 실리도 모두 잃은 채 쓸쓸한 최후를 맞고 말았다.

잘 사는 게 최고의 복수다

백제의 원로들이 섣부른 공격을 반대하고 나선 것은 백제가 외교적으로 고립되어 있었기 때문이다. 실제로 백제는 관산성을 공격하면서 고구려의 침략을 대비해 일부 군사들을 북쪽 방어선에 배치할 수밖에 없었다. 하지만 신라는 고구려와 동맹을 맺은 상태였기에 전황이 불리하게 전개되자 즉시 한강 유역을 지키던 군사를 관산성 전투에 투입한다. 이미 시작부터 불리한 싸움을 시작했던 셈이다. 딸을 시집 보내 신라를 방심시킨 뒤 기습 공격하여 그 열세를 극복하고자 했지만 전투가 교착 상태에 빠지면서 그마저 수포로 돌아가고 말았다. 여기에 단 50명의 호위 병력을 이끌고 전장에 나선 성왕의 판단 실수는 그의 운명까지 결정짓게 된다.

《손자병법》에서는 전쟁은 도박이 아니라고 말한다. 전쟁을 하기 전에 반드시 승산을 먼저 따지라는 것이다. 선승구전先勝求戰, 즉 먼저 승리를 확보하고 나서 전쟁에 임하라는 격언은 결국 감정이나 분노로 싸움을 시작하면 안 된다는 교훈을 전한다.

백제 중흥을 꿈꿨던 성왕의 웅대한 꿈은 결국 복수심에 불탄 자신의 감정을 제대로 추스르지 못하면서 무너지고 말았다. 신라에 대한 배신감이 앞선 나머지 섣부른 전쟁에 반대하는 원로들의 말을 귀담아듣지 못했다. 심지어 치열한 전투가 벌어지는 와중에 아들을 위로하겠다는 안이한 생각으로 전장에 나섰다가 생포 당해 목을 베이는 치욕을 겪고 말았다. 도살성과 금현성을 신라군에게 눈뜨고 빼앗기는 황당한 상황 속에서도 냉정함을 잃지 않았던 그 성왕과 동일 인물이 맞는지 의심스러울 정도로 격앙된 감정에 휩싸이고 말았던 것이다.

작가 레슬리 가녀는 자신의 책에서 "잘 사는 것이 최고의 복수"라고 말한다. 최고의 복수로 용서를 선택하라는 것은 무조건 잊으라는 뜻도, 죄 자체를 없던 일로 하라는 뜻도 아니다. 복수는 증오심을 키우지만 용서는 그 증오심으로부터 우리를 자유롭게 하기에 결국 자기 자신을 위해 용서를 선택하는 용기를 가지라는 말이다.

인생을 살다 보면 뜨거운 열정과 감정으로 치열하게 살아야 할 때도 있고, 차가운 냉정과 이성으로 차분해야 할 때도 있다. 성왕처럼 누군가에게 이용만 당하고 배신당했다는 기분이 들 때 감정적으로 격해지는 것은 당연하지만 그럴 때일수록 우리에게 더 필요한 것은 격렬한 감정이 아니라 이성과 냉정함이다. 앞뒤 판단하지 않고 격정적으로 대응할수록 상황이 오히려 나에게 불리하게 전개될 수 있음을 알아야 한다. 성왕의 뼈아픈 실수가 자신을 죽음으로 내몰았고, 이로 인해 후대에도 끝없이 복수전을 벌이다 결국 백제의 멸망으로까지 이어졌던 역사를 돌이켜 보아야 할 것이다. 복수는 복수를 낳았고, 그 결과는 자기 파멸과 백성들의 고통이었을 뿐이다.

남에게 이용당하는 것은 몹시 기분 나쁘다. 하지만 나에게 심각한 피해를 주는 게 아니라면 이용당하는 것이 아니라, 내가 도움을 주는 것일 뿐이라고 담담하게 받아들이는 쿨한 마음도 때로 필요하다. 서로 도움을 준다는 것의 본질은 결국 서로를 이용하는 것이다. 때로는 내가 이용당하고, 때로는 내가 상대를 이용하면서 그렇게 서로 등을 기대며 살아가는 게 인생이다. 난 절대 이용당하지 않겠다는 강박관념은 오히려 내 마음을 경직되게 만들고 나에게서 자유를 박탈한다.

내가 감당할 수 있는 선이라면 기꺼이 이용당해 주자. 다만 그것이 상대방의 당연한 권리가 아니라 나의 호의임을 분명히 알려주자. 상대의 행위가 선을 넘는다면 단호히 거절하면 될 일이다. 호구가 되지 않겠다고 마음의 문을 꽉 닫아버릴 필요도 없고, 스스로를 호구로 느끼며 자괴감을 가질 필요도 없다. 그저 나는 나대로 행복하게 잘 사는 것에만 집중하자. 그것이 최고의 복수이자, 진정으로 나를 위하는 길이다.

4장 — 불안한 시대에 「나」를 지키는 법

나만의 즐거움을 찾자 —————— 박연

그냥 하고 싶은 거 하면서 살면 안 될까요?

만약 평생 써도 다 못 쓸 만큼 엄청난 돈이 있어서 놀고먹으며 살 수만 있다면 얼마나 좋을까. 하지만 극소수의 재벌 총수 자녀로 태어난 것이 아니라면 그런 이상적인 삶을 누리기는 쉽지 않을 것이다. 평범한 우리들 대부분은 좋든 싫든 열심히 일하고 돈을 벌어서 생계를 유지해야 한다. 그리고 먹고살기 위해 어차피 해야 하는 일이라면, 이왕이면 다홍치마라고 자신이 좋아하고 잘할 수 있는 일을 하면 좋을 것이다.

문제는 생계를 유지하기 위해 하는 일과 자신이 좋아하는 일이 항상 일치할 수는 없다는 사실이다. 오늘날 많은 청년들이 안정적인 일자리를 바라며 공무원이나 대기업 취업 문을 두드리지만 그 일이 반드시 즐거운 일이라는 법은 없다. 힘들게 들어간 좋은 직장임에도 금방 퇴사하거나, 심지어 스트레스를 견디지 못해 스스로 목숨을 던지는 일까지 있다. 최근의 조사에 따르면 신입사원 10명 중 9명이 첫 직장에서 금세 그만둔다고 한다. 재직 1년 이내 퇴사자 비율이 30.6%이고 3년 안에 퇴사한 비율은 75.6%에 달한다.●

"한 번뿐인 인생, 그냥 네가 하고 싶은 일 하면서 살아!"

성공한 많은 사람들이 그렇게 조언한다. 때로 그 말이 작은 위로나 격려가 되기도 한다. 하지만 불안하고 알 수 없는 미래에 대한 두려움 때문에 우리는 선뜻 그런 결단을 내릴 용기를 갖지 못한다. 그렇다고 소심하다거나 겁쟁이라 비난받을 일은 전혀 아니다. 좋아하는 일을 찾아 용기 있게 도전해서 성공한 사람들이 대단할 뿐이다. 더군다나 그들은 조언을 주는 것일 뿐, 우리의 삶을 책임져 주는 것도 아니다. 어쩌면 적성에 맞지도, 즐겁지 않은 일을 하면서도 자신의 삶에 책임지기 위해 그 자리에서 버티며 열심히 일하는 평범한 직장인들이 더 대단한 사람들일지도 모른다. 자신의 위치에서 열심히 살고 있는 사람이라면 누구나 그 자체로 존중받을 자격이 있다.

그래도 내가 좋아하는 일을 하지 못해서 큰 후회로 남을 것

●　한국경제신문, 〈꿈에 그리던 대기업 입사… 2개월 만에 퇴사하고 싶어요〉, 2020년 6월 27일자.

같다면 하지 않고 후회하는 것보다는 하고 나서 후회하는 편이 낫다. 다만 한 가지는 분명히 해야 한다. 그 일이 정말 내가 하고 싶고 즐거워하는 일이 맞는지, 그리고 잘할 수 있는 일이 맞는지 알아야 한다.

조선시대 양반가에서 태어났다면 과거에 급제하여 관리로서 입신양명하는 것이 모두가 꿈꾸는 삶이었다. 수많은 선비들이 그것을 위해 평생 과거 공부에 힘썼다. 너무나 당연한 사회 분위기 속에서 박연 또한 열심히 공부하고 관리의 길을 걸었다. 그런데 그의 삶의 이력은 조금 특이하다. 유학 공부를 게을리 하지 않았지만 자신이 좋아하는 음악에도 단단히 미쳤던 것이다.

피리를 잘 부는 소년

중국 역사책에 "동이족들은 음주가무를 좋아한다"는 기록이 있을 만큼 우리 민족은 예로부터 음악을 좋아했다. 지금도 BTS를 비롯한 많은 K-Pop 스타들이 세계적으로 큰 인기를 끄는 것을 보면, 그런 음악적 기질이 우리 DNA 안에 깊숙이 새겨져 있는 것은 아닌가 생각이 들 정도다. 우리 역사 속에는 음악적으로 큰 업적을 남긴 3명의 악성樂聖이 있다. 왕산악과 우륵, 그리고 박연이 그 주인공이다. 특히 박연은 세종대왕을 도와 조선의 궁중음악을 정비한 인물로 유명하다.

고려 말 충청도 지역의 양반가에서 태어난 박연은 어린 시절부터 피리를 매우 잘 불었다. 향교에 입학하여 유학 공부에 힘쓰는 한편 동네 최고 고수에게 피리 부는 법도 열심히 배우더니, 그 선생보다 피리를 잘 불어 근방에 이름을 알리게 된다. 그는 음악적 재능이 매우 뛰어나서 가야금을 타면 새와 짐승들이 옆에 와 장단에 맞춰 춤을 추었다고 전해질 정도이다. 물론 믿거나 말거나 한 이야기지만 음악 실력으로 유명했던 것은 분명해 보인다.

　　음악을 향한 그의 열정은 과거 시험을 보기 위해 한양에 갔을 때도 멈추지 않았다. 음악을 관장하는 관청인 장악원을 찾아가 피리를 잘 부는 악공에게 한 수 가르침을 청했다. 박연의 피리 소리를 듣고 난 악공은 소리가 상스럽고 리듬도 안 맞을뿐더러 옛 습관이 굳어져 고치기 어렵겠다는 악평을 쏟아낸다. 기대 이하의 평가를 받았음에도 박연은 실망하지 않고 매일 그곳을 방문하여 특별 교습을 청한다. 악공의 가르침을 스펀지처럼 흡수하더니, 마침내 그 악공의 실력을 뛰어넘었다는 평가를 받게 된다. 그 정도로 박연의 음악적 재능은 뛰어났고, 본인 스스로도 음악에 미쳐 있었던 것 같다.

　　공자 또한 예禮와 악樂을 가장 중요하게 생각할 만큼 음악은 유학에서도 중요한 영역이기는 했지만 과거급제에 딱히 도움이 되지는 않았다. 양반가의 자제로 태어나 평생 피리만 불면서 사는 삶은 사회 통념상으로도, 현실적으로도 그가 마음대로 할 수 있는 선택이 아니었던 것이다. 그는 자신의 음악적 욕망을 잠시 보류한 채, 여느 선비들처럼 과거급제를 위한 공부에 열중해야 했다.

궁중음악을 완성시키다

마침내 과거에 급제하여 조정에 들어간 후 박연이 걸었던 길은 다른 관료들과 크게 다르지 않았다. 집현전 교리와 사간원 정언, 사헌부 지평 등의 주요 보직을 거치며 관리로서의 삶을 살았다. 하지만 음악에 대한 열정이 사그라든 것은 아니었다. 장악원에 있는 우리나라와 중국의 음악에 관한 문헌을 열심히 읽는 한편, 민간에 퍼진 악곡을 조사하고 수집하는 일도 게을리 하지 않았다. 관리로서의 일이 주요 업무이자 우선순위였지만 음악 또한 사이드 프로젝트로서 놓지 않고 있었던 것이다.

음악에 대한 그의 깊은 조예는 점차 주위에도 알려졌고, 마침내 훗날 세종이 되는 세자와 운명적인 만남을 가진다. 박연의 음악적 재능에 깊은 인상을 받은 세종은 즉위한 후 그를 음악 부흥 사업의 책임자로 임명한다. 드디어 마음껏 음악에만 매진할 수 있는 기회가 찾아온 것이다.

당시 조선의 음악은 토속 음악인 향악, 당나라에서 전해진 당악, 송나라 때 전해진 아악 등이 혼재되어 있었다. 그는 성리학을 통치 이념으로 하는 조선이 사용해야 할 이상적인 음악 체계를 아악으로 보고 체계 확립에 힘을 기울인다. 우선 흩어져 있던 음악에 대한 문헌이나 악기를 모으는 일부터 시작했다. 심지어 국내에서는 얻을 수 없는 문헌과 악기를 얻고자 중국에 여행을 떠나기도 한다. 중국에서의 탐사는 별다른 소득을 얻지 못했지만 오히려 우리나라의 독자적인 음악을 발전시켜야겠다는 결의를 갖는 계기가 되었다.

또한 악기도감 설립을 건의하여 독자적인 악기 제작에 역량을 결집시킨다. 그 기본적인 시작은 음계의 표준을 정하고 여러 악기의 음을 조율하는 율관 제작이었다. 여러 번의 거듭된 실패 끝에 율관 제작에 성공하였고 석제 편경을 비롯해 여러 신제품 악기도 제작한다. 중국 전래의 음률을 무시하고 독자적인 음률을 기초로 악기를 제작한 것에 대해 불손하다는 비난도 있었지만 자주적인 음악을 추구하던 박연에게는 별로 중요한 문제가 아니었다. 각고의 노력 끝에 새로운 악기들이 제작되었고 박연이 만든 악보에 따라 아악곡이 완성된다. 든든한 후원자인 세종의 적극적인 도움이 없었다면 불가능할 일이었다.

세종 13년 정월 초하루 신년 하례식이 열리자 세종을 비롯한 문무백관들 앞에서 그동안 공들여 준비해온 아악을 마침내 연주하게 된다. 많은 악기들에서 뿜어져 나오는 장엄하고 찬란한 연주 소리는 모든 참석자들을 감동의 도가니에 몰아넣었다. 130여 명의 공장이 144개의 아악기를 제작하였고 119명의 악공들이 연주에 참여한 대규모 공연이었다. 이 장대한 무대를 보고 세종도 크게 기뻐한 것은 물론이었다. 이 성공을 계기로 조정 안 모든 의식의 공식 음악은 박연이 완성한 아악곡으로 표준화되기에 이른다. 그가 명실상부한 조선 궁중음악의 아버지로서 지금까지도 그 이름을 남기게 된 순간이다.

진짜 하고 싶은 일이 있다면

박연은 어릴 적부터 음악에 대한 재능이 남달랐고 본인 스스로도 무척 즐거워했다. 그는 평생 자신이 좋아하는 피리를 불면서 최고의 피리 장인으로서의 삶을 살 수도 있었다. 하지만 살고 싶은 대로만 살기에는 양반 가문의 자제이자 선비로서 가져야 할 책임이 너무 컸던 것 같다. 부모님과 가문이 자신에게 거는 기대에 부응해야 했기에 관리로서의 삶을 포기할 수는 없었던 것이다. 많은 시간을 음악 공부에 몰두했기 때문인지 다소 늦어지기는 했지만 결국 과거에 급제했고 관리로서의 순탄한 삶도 시작했다.

만약 그가 관리로서 안정적으로 녹봉을 받는 삶에만 만족했다면 수많은 관료들 중의 한 명으로 잊혀져 갔을 것이다. 하지만 그는 만족하지 않았고 자신의 음악적 욕망 또한 포기하지 않았다. 진심으로 음악을 좋아했기에 틈틈이 음악 관련 문헌들을 찾아보며 공부를 멈추지 않았다. 이처럼 관리로서의 업무에 충실한 동시에 음악에 대한 관심을 꾸준히 가졌기에 세종의 눈에 띄어 조선 음악 부흥 사업의 책임자로 임명되는 기회도 얻을 수 있었다.

직장을 다니면서, 혹은 생업에 종사하면서 자신이 좋아하는 일을 병행하는 것은 쉬운 일이 아니다. 만약 그 일이 서로 겹친다면 너무나 감사한 일이겠지만 대부분은 그렇지 못하다. 한때 최고의 뮤지션이 되고자 꿈꾸었지만 생계를 이어가야 하는 현실 때문에 직장에 들어가는 경우도 쉽게 볼 수 있다.

자신이 진정으로 좋아하는 일이 있음에도 현실 때문에 잠깐 그 꿈을 내려놓은 사람들에게, 자신의 욕구에 솔직하지 못했다고 비난할 수 있을까? 자신의 꿈을 버렸다는 둥 나약하다는 둥 쉽게 말할 수 있을까? 아니다. 전혀 그렇지 않다. 오히려 그들은 자신의 삶을 좀 더 충실히 책임지기 위해, 특히 부양해야 할 가족이 있다면 더 큰 책임감 때문에 잠시 중단하는 결단을 내렸을 뿐이다. 중요한 것은 현실적인 이유 때문에 잠시 내려놓을 수는 있더라도 정말 원한다면 그 꿈을 계속해서 잡고 있어야 한다는 것이다.

우선은 그 일이 내가 정말 좋아하는 일이 맞는지, 그리고 잘할 수 있는 일인지 정확히 인지하는 것이 중요하다. 그것이 맞다고 생각되면 그 꿈을 버리지 않아야 한다. 지금 당장은 생업을 위해 다른 일을 하고 있다 해도 꿈을 포기해야 할 이유는 전혀 없다. 먹고살기 위해 잠시 꿈을 내려놓는 것은 부끄럽다거나 잘못된 일이 아니다. 다만 그 꿈을 잊지 않고자 남은 시간을 쪼

개어 조금씩 준비하는 노력이 있다면 그것으로도 충분하다.

　박연은 음악과 전혀 상관없는 관리의 삶을 살면서도 음악에 대한 열정을 버리지 않았다. 평소의 노력이 있었기에 나중에 기회가 왔을 때 음악 분야에서 대성하고 큰 족적을 남길 수 있었다. 우리도 마찬가지다. 내가 정말 좋아하고 즐겁게 할 수 있는 일이라면, 그것을 포기하지 않는 자세가 중요하다. 기타를 계속 치고 싶은 꿈이 있는가? 그럼 회사에서 밴드 동아리를 만드는 것도 좋고, 유튜브 채널을 만들어 혼자만의 멋진 공연을 펼쳐 보이는 것도 좋다. 글을 쓰는 것이 즐거운가? 그러면 당장 블로그를 개설하고 글을 꾸준히 연재해 보자. 글이 모이면 원고로 엮어 출판사에 투고하는 도전도 해보자. 지금 하는 일을 다 때려치우고 하고 싶은 일에 무작정 뛰어드는 것은 멋있어 보이기는 하지만 반드시 현명한 선택이라고는 할 수 없다. 다만 내 꿈을 포기하지 않고 조금씩 준비해 가는 노력이 중요할 따름이다.

사이드 프로젝트를 시작해야 하는 이유

사이드 프로젝트, 즉 현재 생계를 유지하는 본업 외에도 자신이 좋아하는 일을 시작하며 본인의 새로운 커리어를 만들어가는 것을 말한다. 사이드 프로젝트는 요즘 직장인들에게 점점 필수적인 일로 인식되고 있다. 왜 그럴까?

우선 직장에서의 삶 이후, 즉 퇴사에 대한 대비 차원에서 필요하다. 회사는 나에게 월급을 주는 고마운 곳이지만 그렇다고 해서 회사가 내 인생의 전부는 아니다. 회사가 내 인생을 끝까지 책임져 주는 곳은 더더욱 아니다. 월급을 받는 만큼 나도 회사에 노동력을 제공하는 비즈니스 파트너 관계일 뿐이다. 회사가 더 이상 나의 노동력이 필요 없다고 여기면 그 관계는 언제든 청산될 수 있다. 만약 아무런 준비도 안 된 상태에서 갑자기 회사를 나오게 되어 생계도 막막해진다면 그처럼 곤란한 일이 있을까? 직장인들이 평소 사이드 프로젝트를 준비해야 하는 첫 번째 이유다.

꼭 퇴사나 이직을 준비하기 위해서만은 아니다. 직장을 다니면서 내가 즐겁게 할 수 있는 일이 무엇인지 알아가는 과정을 위해서도 사이드 프로젝트는 필요하다. 자신의 지식을 여러 사람들 앞에서 얘기하는 것을 좋아한다면 사내 강의에 지원해 볼 수 있다. 영상 제작을 좋아한다면 홍보팀의 영상 제작에 도움을 줄 수도 있고, 숫자 분석을 좋아한다면 회사 감사보고서를 열심히 공부해 볼 수도 있다. 영어를 좋아한다면 해외 거래처 계약서를 원서 보듯이 읽어볼 수도 있다. 그런 기회를 스스로 많이 만들면서 회사 일을 자신의 또 다른 경력 계발에 이용할 수 있는 것이다. 회사 내에도 자신이 좋아하는 일을 연계해서 해볼 만한 많은 일들이 산재해 있다. 그것을 잘 찾아보고 나의 능력 계발에 이용할 수 있다면, 그야말로 회사와 내가 함께 윈윈win-win하는 것이 아닐까.

혹시 회사 일이 즐겁지 않고 항상 퇴사 충동을 느끼고 있는가? 그럼에도 회사를 당장 그만두기는 어려운 상황이라면 다양한 회사 업무를 통해 나의 경력을 계발할 수 있는 방법을 찾아보자. 내가 진정으로 하고 싶은 일, 즐겁게 할 수 있는 일을 찾아보고 능력을 키워나가는 기회로 삼자. 장기적으로 그것이 개인적인 성취뿐만 아니라, 회사에 대한 기여로도 이어진다면 더욱 좋을 것이다. 박연이 남긴 음악 분야의 업적이 개인의 성취에서 그치지 않고 조선 궁중음악 확립에 크게 기여했던 것처럼 말이다. 그 정도까지는 아니더라도, 회사 일 외에 내가 정말로 즐겁게 할 수 있는 일 한 가지 정도 갖고 있다면 인생에 큰 활력소가 되지 않을까?

내 인생에 삽질을 허하라 —————— 이이

역대급 천재, 율곡 이이

세상에는 대단한 성취를 이뤄낸 사람들이 많다. 우리나라 최초의 피겨 스케이팅 금메달리스트인 김연아 선수도 그중 한 명이다. 겨우 12세의 나이에 트리플 5종(럿츠, 플립, 룹, 살코, 토룹)을 완성시킨 그는 천재라 불리기에 어색함이 없다. 단순히 천재라는 말로만 한정하기에는 부족하다. 그는 천부적인 재능을 가졌음에도 불구하고 보통 선수들의 몇 배나 되는 훈련량을 소화해냈다. 노력하는 천재였던 것이다. 한 기자가 김연아에게 무슨 생각하면서 연습을 하냐고 묻자, "아무 생각 없이 그냥 하는 거죠."라고 대답하는 장면이 한동안 널리 회자된 적이 있다. 그저 더 나은 실력을 위해 뛰고 또 뛰는 것이 그에게는 당연한 일상이었던 것이다. 태어나면서부터 갖는 재능은 분명히 성공의 중요한 요소이다. 하지만 끊임없는 연습과 함께 더 많이 시도해 보며 경험치를 계속 쌓아가는 것은 더욱 중요하다는 교훈을 얻게 된다.

조선시대에도 천년에 한 번 나올까 말까 하는 엄청난 천재가 있었다. 오천 원짜리 지폐 초상의 주인공이기도 해서 우리와 친숙한 인물인 율곡 이이다. 그는 어릴 때부터 타고난 천재적 실력으로 주위를 놀라게 했다. 3살 때 외할머니가 석류 열매를 보여주면서 무엇 같으냐고 물어보니 옛날 시를 인용하면서, "부서진 빨간 구슬을 껍질이 싸고 있어요."라고 대답을 했다고 한다. 3살이면 보통 아이들은 이제 겨우 입을 떼기 시작하는데, 그때 이미 글까지 익혀서 자기 표현에 사용했다니 놀라운 일이다. 심지어 한 번도 해내기 어려운 장원급제를 9번이나 해서 '구도장원공九度壯元公'이라는 별칭으로 불릴 정도였다.

한번은 친구인 성혼이 "나는 책을 읽을 때 한번에 7~9줄을 본다."라고 하니, 이이는 "나는 한번에 10줄밖에 못 본다."라고 대답했다고 한다. 이이 나름대로는 겸손의 표현을 한 것이었겠지만 책의 글 한 줄도 빨리 읽기 어려운 사람이 그 대화를 듣고 있었다면 아마 뒤통수를 한 대 세게 때리고 싶었을 것 같다.

그의 뛰어난 실력은 학문 분야에서도 엄청난 성취를 이루어 낸다. 조선 성리학의 양대 산맥으로서 이황은 중국에서 전래된 주자성리학을 완벽히 이해한 수준이었지만, 이이는 한 단계 깊은 이론화 작업을 하여 조선만의 성리학 체계 확립에 기여했다는 평가를 받는다. 이처럼 이이가 뛰어난 업적을 남길 수 있었던 데는 분명히 그의 천재적 재능이 한몫했을 것이다. 하지만 과연 그것이 전부였을까? 김연아가 끊임없이 노력하는 천재였듯이 이이 또한 그 삶의 자세에서 어떤 특별한 부분이 있지는 않았을까? 뛰어난 위인으로서 모든 것이 완벽한 삶을 산 것처럼 보이지만 사실 그의 인생에서 삽질이 전혀 없었던 것은 아니다.

불교를 공부하는 선비

어릴 적부터 이이의 효성은 매우 지극했다. 5세 때 어머니인 신사임당의 병이 깊어지자 온 집안이 걱정에 휩싸였다. 이때 어린 이이가 몰래 외할아버지 사당에 가서 어머니를 낫게 해달라고 기도하는 장면을 이모가 보고 감격했다는 이야기가 전해진다.

이이는 16세가 되던 해에 큰 충격을 받게 된다. 건강이 좋지 못했던 어머니가 갑작스럽게 세상을 떠난 것이다. 그가 출장을 떠난 아버지를 따라 잠시 다른 지방으로 간 사이에 벌어진 일이었다. 이이는 급하게 집으로 돌아왔지만 간발의 차이로 어머니의 임종을 지켜보지 못했다. 누구보다 사랑하고 존경하는 어머니이자 스승이었던 신사임당의 죽음에 이이는 큰 충격을 받았다. 스무 살도 안 되는 어린 나이에 닥친 이 불행으로 이이는 인생의 허무함을 느낀다. 그의 머릿속에는 온통 삶과 죽음에 대한 물음표가 따라다녔다. 도저히 풀리지 않는 문제가 괴로워 더 이상 참을 수 없던 그는 불교 선종의 총 본산이었던 봉은사에 가서 수많은 불교 서적을 탐독한다. 그는 죽음이란 이론으로 깨달을 수 있는 것이 아니라 돈오頓悟, 즉 단번의 깨달음을 통해서만 가능하다는 결론에 이른다. 19세가 되던 해, 불가에 귀의하겠다는 결심을 하게 된 것이다.

지금이야 종교의 자유가 있는 시대이기 때문에 이것이 얼마나 대단한 결단인지 쉽게 이해하기 어려울 것이다. 성리학을 통치 이념으로 하는 당시 조선에서 불교는 삼강오륜을 저버린 패륜적인 가르침으로 받아들여졌다. 특히 불가에 몸담은 승려는 천인 중의 하나로 백정이나 다름없는 취급을 받아야 했다. 불교라는 이단 종교를 따른 죄로 영원히 사회에서 매장될 수도 있는 시대였던 것이다. 그럼에도 불구하고 인생에 대한 근본적인 질문의 답을 얻고 싶었던 이이는 진리를 찾고자 금강산에 들어간다. 깨달음을 얻고자 내린 용감한 결정이었다.

그렇게 1년간 오로지 불교에 정진하며 진리를 탐구한다. 읽지 않은 불경이 없었을 정도였다. 하지만 아무리 참선을 하고 불경을 많이 읽어도 여전히 스스로의 질문에 대한 답을 얻을 수 없었다. 마침내 그에게 깨달음을 준 것은 엉뚱하게도 불경이 아니라, 어릴 적부터 수없이 읽었던 유교 경전이었다. 어느 날 우연히《논어》를 다시 읽다가 홀연히 깨달음을 얻고 그 길로 바로 짐을 싸 하산한 것이다.

겨우 1년밖에 되지 않는 기간이었지만 이 경험은 주홍글씨가 되어 이이는 평생 동안 정치적인 공격에 시달렸다. 물론 그가 머리까지 깎고 승려가 된 것은 아니었지만 그 참선의 기간은 정쟁에 이용당하기 딱 좋은 소재였던 셈이다. 어떤 이는 이이를 향해 '양어머니와 싸워 집을 버리고 출가해 머리 깎고 중이 되었다'며 음해하기도 하고, 어떤 이는 공자의 위패에 절하는 것도 막았다. 마치 마르크스주의를 열심히 공부했다고 해서 빨갱이로 몰아붙이는 셈이라 할까? 그럼에도 그는 자신의 경험을 부인하거나 변명하지 않았다. 오로지 자신의 선택에 따른 결정이었고 헛되게 버린 시간이 아니었기 때문이다.

당시 일반적인 선비의 눈으로 본다면 이이가 한 행동은 완전한 삽질이었다. 어릴 때부터 유교 경전을 그렇게 많이 읽고 장원급제도 수차례 한 사람이 갑자기 진리를 추구한다며 불교에 귀의했다. 그런데 열심히 불경을 공부하다가 엉뚱하게《논어》를 읽고 깨달음을 얻어 다시 돌아왔다. 1년이란 아까운 시간을 참선한답시고 갖다버린 것도 모자라, 평생 지워지지 않을 주홍글씨까지 얻었으니 삽질도 이런 삽질이 없다. 이 삽질 때문에 이이의 인생은 실패했을까? 아니다. 우리가 이미 잘 알고 있듯, 실패는커녕 뛰어난 위인으로 여전히 기억되고 있다.

모든 삽질에는 이유가 있다

한때 유행했던 썰렁한 농담 하나. 알프스 지역 원정에 나선 나폴레옹이 천신만고 끝에 산 정상에 올라 주위를 둘러보고는 탄식하며 말했다. "이 산이 아닌가 봐." 그리고 다른 산 정상으로 겨우겨우 올라갔는데 또다시 외친 한마디, "아까 그 산이 맞나 봐!"

이 유머를 듣고 웃음을 짓게 된다면 아마 나폴레옹이 연거푸 삽질하는 모습 때문일 것이다. 단기간에 빠르게 압축성장을 이루어 낸 우리 사회에서 효율성은 최고의 가치로 통용되어 왔다. 설정된 목표에 가장 빠른 방법으로 도달하는 사람은 뛰어난 인재로 여겨지는 반면, 그렇지 못한 사람은 무능하게 취급되기도 한다. 그렇기에 산 위에서 이리저리 헤매며 삽질하는 나폴레옹의 모습을 우스갯소리 소재로 활용할 수 있는 것이다. 물론 이것이 진짜 전쟁에서 발생한 일이라면 승패를 좌우하는 치명적인 실수가 될 수도 있겠다. 하지만 우리의 평범한 인생에 놓고 이 이야기를 다시 들여다본다면 꼭 비난받을 일은 아님을 깨닫게 된다. 산을 잘못 오른 실수보다 산에 오르겠다고 결심한 용기, 그리고 잘못 올랐더라도 그 실수를 인정하고 다시 산을 올라가는 끈기에 더 큰 박수를 쳐야 마땅하다.

일반적으로 '삽질'은 아무짝에도 쓸데없는 행동을 했을 때 비꼬는 말이다. 이 삽질이라는 단어가 어디서부터 유래한 것인지 정확히는 알 수 없지만 아마도 군대에서 유래한 것이 아닐까 추측해 본다. 군대에 다녀온 남자라면 눈이 펑펑 쏟아져 내리고 있는 가운데 하염없이 반복해서 삽질해본 경험이 한 번쯤 있을 것이다. 그런데 이런 삽질조차도 아무런 의미가 없지는 않다. 눈을 치워봤자 또다시 눈이 쌓인다고 해서 아예 삽질하는 것을 포기해 버린다면, 군대 막사는 완전히 눈에 파묻혀 버릴 것이다. 비효율적으로 보일지언정 최악의 상황을 막기 위해 삽질은 필요하다. 나름의 이유가 있는 삽질인 셈이다.

이이는 열심히 유학 공부를 했지만 "이 산이 아닌가 봐!"를 외치며, 홀연히 불교 공부를 하러 떠났다. 하지만 그의 결론은 "아까 그 산이 맞나 봐!"였다. 어떤 사람들은 그런 그를 향해 쓸데없이 삽질했다고 조롱했을지도 모르겠다. 하지만 이이에게 삽질 자체는 결과로 끝나지 않았고, 삶 가운데 하나의 과정으로 받아들여졌을 뿐이었다.

산에서 내려온 이이가 가장 먼저 한 것은 자신이 앞으로 걸어갈 인생의 목표와 그 실천 방법을 구체적으로 정하는 일이었다. 그리고 '자경문自警文'을 지어 스스로를 경계하는 글을 썼다. 어머니의 죽음과 함께 시작된 어두운 터널 속에서 한줄기 빛을 찾고자 애쓰던 이이는 마침내 그 터널을 벗어나 새로운 인생의 출발점에 서게 된 것이다. 그 시간은 이이에게 아무 의미 없는 삽질이 아니라, 자신만의 길을 향해 열심히 터널의 굴을 파낸 의미 있는 삽질이었던 셈이다. 그렇게 청소년기의 시련을 이겨낸 그에게 이제 분명한 목표와 방향이 생겼다.

"뜻이 서 있지 않고서는 원하는 생을 살 수가 없고 어떤 일도 성공할 수 없다."

참선의 시간을 거친 후 얻게 된 이 원칙을 이이는 평생 마음에 새기고 지키며 살았다. 뛰어난 실력과 재능을 가졌으면서도 함부로 행동하지 않고 늘 스스로 절제할 줄 알았던 이이의 처세는 이때부터 만들어진 것이었다.

이이가 중국에서 시작된 성리학을 이해하는 수준을 뛰어넘어 조선 성리학만의 독특한 사상적 체계를 확립할 수 있었던 것도, 젊은 시절 빠져들었던 불교의 영향이 있었던 것으로 평가받는다. 이이는 불교에 심취한 1년이란 시간을 스스로 부끄러워하거나 감추려 하지 않고, 자신이 한 단계 더 발전하는 계기로 삼았다.

삽질을 두려워하지 말자

진심으로 사랑하던 어머니를 잃고 큰 절망에 빠진 이이가 선택한 것은 '왜?'라는 질문에 대답하기 위한 치열한 도전이었다. 그 과정에서 참선을 하기도 하고, 열심히 유교 경전을 읽기도 했다. 불교든 유교든 그것은 과정을 통해 나아가는 수단이었을 뿐, 그의 삶은 스스로 던진 질문에 대답하기 위한 치열한 과정으로 점철되어 있었다. 그 길에서 잠시 실패하고 삽질했다 한들 전혀 중요하지 않았다. 유교에서 도저히 답을 얻지 못했을 때 불교를 공부하기로 마음을 먹었고, 불교가 그에게 깨달음을 주지 못하자 다시 유교로 돌아섰을 뿐이다. 잠깐의 실패는 있었지만 그 실패는 곧바로 새로운 과정의 시작을 알리는 출발점이었다. 이이는 실패에 대해 두려워하지 않았고, 어떠한 변명도 하지 않았다. 이이에게 있어서 '삽질'은 목표를 향해 나아가는 하나의 과정이었을 뿐이다.

에디슨은 백열전구 기술을 실용화하기까지 만 번의 실패를 겪어야 했다. 누군가가 에디슨에게 그 수많은 실패에 대해 거론하자, 그는 이렇게 대답했다.

"나는 실패해본 적이 없다. 다만 효과가 없는 만 가지 방법을 발견했을 뿐이다."

에디슨이 만 번이나 되는 삽질을 거듭하지 않았다면 위대한 발명가는 존재하지 못했을 것이다. 그에게 있어 삽질은 실패가 아니라 성공에 이르는 과정이었을 뿐이다. 어떤 사람은 실패 없이 한 번에 발명해내기 위해 머릿속에서 골똘히 생각만 할 때 에디슨은 되든 안 되든 천 번이고 만 번이고 일단 만들어보는 사람이었다. 삽질을 두려워하지 않았던 자세야말로 그를 위대한 발명가로 만들어준 원동력이었다.

삽질하는 것을 두려워하지 말자. 특히 나에게 시련이 찾아오고 어떤 선택을 해야만 하는 상황에 내몰릴 때라면 더더욱 두려워하지 말자. 적어도 아무런 선택도 하지 못한 채 시간에 질질 끌려가다가 이도 저도 아닌 채 타의에 의해 선택하지는 말자. 그게 삽질이든 아니든, 일단 내 의지와 결심으로 분명하게 선택하는 것이 중요하다. 그 선택이 성공적이라면 좋을 일이고, 혹시 삽질이었다 하더라도 내 소중한 경험 자산으로 삼으면 될 일이다. 조금 시간은 걸리더라도, 계속 삽질을 하다 보면 언젠가 성공이라는 거대한 산을 쌓게 될 날이 반드시 올 것이다. 옛말에도 우공이산愚公移山이라 하지 않았던가. 내 인생에 삽질을 허락하자.

불공평한 세상을 살아내는 법 ——— 김육

세상은 불공평하다, 원래부터

얼마 전 인천국제공항공사 정규직 전환이 큰 논란이 되었다. 많은 청년들이 입사를 선망하는 이 꿈의 직장에서 약 2천 명에 달하는 비정규직을 정규직으로 전환하겠다고 발표한 것이 여론의 반발을 부른 것이다. 높은 경쟁률을 뚫고 어렵사리 정규직이 된 직원들과의 형평성이 맞지 않다는 시각 때문이었다. 실제 이 공기업의 20년 상반기 신입 사무직 경쟁률은 204:1에 달했다. 사실 논란의 중심이 된 비정규직은 보안 검색을 담당하는 직무이기 때문에 기존 정규직과 수행하는 업무 범위 자체가 다르다. 게다가 연봉 체계도 다르기 때문에 단일 선상에 놓고 똑같이 비교하는 것은 아무래도 무리가 있다.

그럼에도 불구하고 많은 청년들이 불만을 터트린 배경은 질 좋은 일자리를 얻기가 쉽지 않은 현실이 주는 상대적 박탈감에 있다. 세상이 공평하지 않다고 느낀 것이다. 나는 이렇게 죽도록 노력해도 정당한 기회조차 얻지 못하는데 다른 누군가는 기회를 쉽게 얻는다는 생각이 큰 분노로 이어진다. 물론 금수저를 입에 물고 태어나는 사람들도 많다. 그들도 알고 있다. 세상은 원래 불공평하다는 것을. 그래도 최소한 게임의 룰만이라도 공평하길 바라는 마음조차 뭉개졌다고 느껴질 때 분노는 매우 커질 수밖에 없다.

시작도, 과정도, 결과도 불공평한 이 세상은 최근에 갑자기 만들어지지 않았다. 최소한 인류가 역사를 기록하기 시작한 이후부터 계속 그래왔다. 이천 년 전에 중국 역사책 《사기》의 저자 사마천은 이렇게 기록했다.

요즘 시대에 들어서면서 하는 행동은 규범을 따르지 않고 오로지 법령이 금지하는 일만을 일삼으면서도 한평생을 편안하게 즐거워하며 대대로 [부귀가] 이어지는 사람이 있다. 그런가 하면 걸음 한 번 내딛는 데도 땅을 가려서 딛고, 말을 할 때도 알맞은 때를 기다려 하며, 길을 갈 때는 작은 길을 가지 않고, 공평하고 바른 일이 아니면 떨쳐 일어나서 하지 않는데도 재앙을 만나는 사람은 그 수를 헤아릴 수 없을 만큼 많다. 나는

매우 당혹스럽다. 만일 [이러한 것이] 하늘의 도라면 옳은가? 그른가?[•]

어떤 이는 자기 멋대로 살아도 평생 부귀를 누리고, 정직하게 살려는 사람은 오히려 재앙을 만난다는 사마천의 탄식처럼 불공평한 세상에 대한 분노와 고뇌는 아주 오래전부터 있어 왔다. 지금까지 살아온, 혹은 살아가는 수많은 사람들을 지금도 고뇌에 빠뜨리는 문제다. 이처럼 불공평한 세상을 마주했던 사람들은 어떻게 살기로 선택했을까? 조선시대 대동법의 아버지로 역사에 이름을 남긴 김육 또한 그런 고민을 안고 살았던 인물 중 한 명이다.

흙수저로 태어나 루저로 살다

김육은 몰락한 양반 가문에서 태어났다. 그의 고조할아버지는 중종 때 정3품 성균관 대사성을 지낸 김식이었는데, 조광조와 함께 사림파로서 개혁정치를 이끈 인물이었다. 하지만 기묘사화로 유배형에 처해진 뒤 자결함으로써 그의 가문도 함께 몰락하고 말았다. 아버지의 비극을 보며 정치에 염증을 느낀 증조할아버지 김덕수는 아예 벼슬길에 나가지도 않았고 할아버지

[•]   사마천, 《사기열전》, 김원중 역, 민음사, 2020년.

와 아버지도 그리 높지 않은 관직을 지냈을 뿐이었다. 김육은 전형적인 흙수저 출신이었던 셈이다.

그를 괴롭힌 것은 가난만이 아니었다. 13세 때 임진왜란이 터져 전쟁의 고난을 겪던 와중에 아버지를 잃었고, 뒤이어 할머니가 세상을 떠났다. 전쟁이 끝난 직후에는 어머니마저 잃었다. 자신의 든든한 후원자였던 부모님의 죽음은 세상을 전부 잃은 듯한 슬픔을 주었지만 그것으로 끝이 아니었다. 아버지와 어머니의 묘를 합장했는데 인부를 쓸 돈이 없어 직접 흙을 가져다 산소를 만들어야 할 정도로 가난했다. 할 수 없이 어린 동생들을 데리고 고모에게 몸을 의탁해야 했다. 아버지, 할머니, 어머니의 연이은 초상으로 8년간이나 상복을 입어야 했는데 급기야 자신을 극진히 보살펴주던 고모마저 세상을 떠나는 아픔을 겪는다.

실의에 빠진 김육의 의지를 북돋워준 것은 '가문을 일으키라'는 아버지의 유언이었다. 계속된 상을 치르면서도 공부에 매진한 김육은 소과에 합격하여 성균관에 입학한다. 장래의 국가 고위 관리를 양성하는 고등교육기관에 들어간 것이다. 성균관에 입학했다고 해서 무조건 관리로 임용되는 것은 아니었다. 성균관시라는 별도 시험에서 300점 이상을 획득해야만 대과 시험에 응시할 수 있는 자격이 주어지는데, 이 시험에서 김육은 수석을 차지했다. 지금으로 치면 서울대를 수석 졸업하고 토익, 토플을 만점 받은 취업 준비생 정도로 볼 수 있을까? 그는 누구보다 실력이 뛰어났고 관리로서의 앞날이 창창한 취업 준비생이었다. 그랬던 김육의 인생을 통째로 흔드는 사건이 발생한다. 문묘종사 논란이다.

이언적, 이황을 비롯한 5명의 현자를 공자의 사당에 함께 모시게 해달라는 운동이 일어나자 당시 집권당인 대북의 영수 정인홍이 이를 결사반대하고 나섰다. 자신의 스승인 조식이 제외되고 반대파인 남인의 스승 이언적과 이황이 포함되자 크게 반대한 것이다. 그러자 성균관 유생들이 반발하고 나섰다. 이때 김육은 유생들로 구성된 자치 모임에서 재임이라는 임원을 맡고 있었다. 그는 다른 유생들과 함께 정인홍의 이름을 유생 명부인 청금록에서 삭제하는 데 앞장선다. 임금의 최측근 신하이자 대선배를 유생들의 호적에서 파버린 것이다. 이 소식을 들은 광해군은 격노했고 결국 주동자들은 과거 시험 응시 자격을 박탈당하고 말았다. 이후 다른 신하들의 도움으로 그 조치는 철회되었지만 이미 그는 핵심 권력층의 눈에서 단단히 벗어난 후였다. 그것 때문이었을까? 한때 최고 유망주였던 그는 번번이 과거 시험에서 낙방한다.

청금록 삭제 사건이 일어나기 1년 전에는 부정 시험 스캔들을 겪었다. 과거 시험에서 감독관과 채점관들이 자신의 아들뿐 아니라 친인척, 심지어 사돈의 이웃 친구까지 합격자 명단에 부정한 방법으로 밀어 넣은 것이다. 이 사건으로 민심이 떠나지만 그나마 정치적 기반이 가장 약했던 허균만이 유배를 가고 이이첨을 비롯한 다른 권력자들은 어떠한 처벌도 받지 않았다. 힘 있는 사람의 뒷배가 있으면 손쉽게 과거에 합격하는데, 자신은 죽어라 공부해도 합격하지 못하는 그 불합리한 현실을 보며 김육은 어떤 감정을 느꼈을까.

가뜩이나 실의에 빠진 그에게 여러 사건들은 정치에 대한 환멸을 더 크게 느끼도록 만들었다. 광해군을 둘러싸고 집권한 대북은 왕의 형인 임해군과 이복동생 영창대군을 죽게 만든 것도 모자라, 의붓어머니인 인목대비를 폐비시키려는 패륜적 행위까지 서슴지 않았다. 마침 그가 소속된 붕당도 서인이었기에 대북이 장악한 정치판에서 김육이 할 수 있는 일은 아무것도 없어 보였다. 그의 눈에 비친 세상은 모든 게 부조리하고 불의하며 불공평했다. 도저히 뚫을 수 없는 벽 앞에서 크게 좌절했을 그의 모습이 떠오른다. 김육은 마침내 자신의 꿈을 접고 짐을 싸서 성균관을 나와 가평의 한 농촌 마을로 내려간다.

꿈을 포기했을 때 비로소 모든 것을 잃는다

농촌으로 내려온 김육은 무일푼으로 시작해 농사를 지으며 생계를 이어갔다. 처음에는 비를 피할 초가집조차 없어 굴을 파서 생활해야 했으며, 몇 년간 죽어라 일해서 겨우 작은 세간 살림을 마련할 수 있었다. 남의 밭을 매주며 품삯을 받았고 직접 나무를 해다가 숯을 만들어 한양까지 가져다 팔며 입에 풀칠을 했다. 지금처럼 트럭도 없는 시대에 가평에서 한양까지 그 무거운 지게 짐을 지고서 왕복하며 숯을 팔았을 모습을 상상하면 그의 고단한 삶이 그대로 느껴지는 듯하다.

성균관시에서 수석을 하며 모두가 꿈꾸는 과거 시험에 누구보다 가까이 다가갔던 그가 이처럼 빈곤한 삶을 살게 되리라고 상상이나 했을까. 보통 사람이었다면 절망에 빠질 수밖에 없는 상황이다. 하지만 그는 자신에게 주어진 삶을 가볍게 여기지 않았다. 자신이 처한 현실에서 최선을 다하려는 노력을 멈추지 않은 것이다.

그는 매일같이 숯을 구워 팔아 가족의 생계를 책임지는 힘겨운 상황 속에서도 책을 놓지 않았다. 손님이 오면 밭을 갈 시간이 아까워 밭을 매며 얘기를 나눴고, 밤에는 소나무 송진을 태워 가며 불을 밝히고 글을 읽었다. 출세 길이 막혀 더 이상 과거 공부조차 의미 없어 보이던 그때에도 김육은 책 읽기를 포기하지 않았다. 그런다고 삶이 크게 나아지는 것도 아닐 텐데, 차라리 고단한 몸을 달래며 잠이나 더 자는 게 합리적인 선택은 아니었을까? 그렇게 치열하게 살면서도 책을 읽은 이유는 무엇일까. 양반으로서의 마지막 자존심이었을까, 아직도 버리지 못한 과거 합격에 대한 미련 때문이었을까?

김육은 어린 시절 《소학小學》이라는 책을 읽다가 "보잘것없는 관직에 있는 선비라도 진실로 사람을 사랑하는 데 뜻을 둔다면 반드시 다른 이들을 구제하는 바가 있을 것이다"라는 구절에 큰 감동을 받았다고 한다. 지금은 비록 관직에 나가지 못하는 상황이 되었지만 이런 마음을 잃지만 않는다면 관직에 상관없이 다른 사람에게 도움이 되는 삶을 살 수 있을 것이라 믿었다. 백성을 위해 사는 삶이 그의 꿈이었고, 그것이 끝까지 책을 손에서 놓지 않은 이유였다.

고위 관리는커녕 농사꾼으로 살아가는 그를 향해 어떤 사람들은 실패한 인생이라고 수군거렸을지도 모른다. 그냥 이렇게 된 거 농사나 더 열심히 짓지, 무슨 책 읽기냐고 궁상 떨지 말라고 힐난했을지도 모른다. 하지만 백성에게 도움이 되는 삶을 살겠다는 꿈을 먼저 내려놓지 않는 한 그의 인생은 결코 끝난 것이 아니라 여전히 힘차게 진행되고 있는 중이었다. 그가 겪었던 그 모든 실패와 좌절의 순간들도 꿈을 향해 달려가는 과정이었을 뿐이다.

그렇게 10년의 세월이 흐르고 반전이 일어난다. 인조반정이 일어나 광해군과 대북 정권이 몰락한 것이다. 청금록 삭제 사건으로 전 정권에 낙인 찍혔던 주홍글씨는 이제 영광스런 상처로 바뀌었다. 많은 인재들을 필요로 했던 인조와 서인 정권은 천거제를 통해 김육을 조정으로 불러들여 의금부도사라는 관직을 맡긴다. 그 다음 해에 정식으로 과거에 응시한 그는 당당히 장원급제하며 자신의 실력을 증명해 보인다. 백성을 위한 삶을 살겠다던 그 꿈이 마침내 현실화되기 시작한 것이다. 실제로 김육은 백성을 괴롭히던 공납(지방 특산물을 현물로 내던 세금) 제도를 개혁하는 대동법을 확대 시행해 많은 백성들의 부담을 줄여주는 업적을 남긴다. 모든 것을 잃었더라도 단 하나, 꿈을 잃지 않았기 때문이다.

불평등하고 불공정하며 불의한 세상에서도

문재인 대통령은 취임 선서 때 기회는 평등하고, 과정은 공정하며, 결과는 정의로운 세상을 약속했다. 그것은 역설적으로 우리가 살아가는 세상이 불평등한 기회와 불공정한 과정, 불의한 결과로 점철되었기 때문이리라. 하지만 세상은 지금도 여전히 크게 달라지지 않은 것처럼 보인다. 여전히 세상이 불공평하다고 느끼는 수많은 사람들의 불만이 여기저기서 쏟아져 나온다.

길게 보면 역사는 조금씩 긍정적인 방향으로 전진해 왔음을 부정할 수는 없다. 오늘날 자본주의 사회에서 돈에 예속되어 살아가는 사람들은 여전히 많지만 최소한 신분제로 인한 노예는 없다. 누구라도 선거에 참여하고, 대통령을 내 손으로 뽑을 권리 정도는 가지게 되었다. 하지만 인간 사회의 근본적인 불평등 문제는 아마도 영원히 사라지지 않을 것이다. 공산주의 혁명의 실패 과정을 보자. 자본에 의한 차별이 완전히 사라진 평등한 세상을 꿈꾸었지만 그 결과는 최악의 독재정권 탄생이었다. 그렇다고 국민들이 더 나은 평등을 누리게 된 것도 아니다. 이유는 간단하다. 욕망의 끝을 모르는 인간의 본능적 이기심을 인위적으로 통제하는 것은 불가능하기 때문이다. 이 세상의 불공평함은 결국 인간 개개인들이 가진 욕망으로부터 나온다. 지구상의 수많은 인간들이 가진 제각각의 욕망과 이해 충돌을 법이나 도덕심에 대한 호소로 막기에는 한계가 있을 수밖에 없다. 결국 우리는 나 혼자만의 힘으로 어쩌지 못하는 세상의 불공평함을 끌어안은 채 살아가야 하는 운명이다.

수많은 취업 준비생 선비들이 들어가고 싶어 하던 성균관에 입학하고, 수많은 유생들을 제치며 당당히 성균관시 수석을 차지했을 때만 해도 김육은 얼마나 자신감이 넘쳤을까. 그 과정은 결코 거저 주어지지 않았다. 열심히 공부하고 노력한 결과였다. 하지만 딱 거기까지였다. 아무리 공부하고 노력해도 더 이상의 기회는 주어지지 않았다. 부정 시험 스캔들이 터지는 것을 지켜보며 불공정한 과정을 목격했다. 그렇게 자의 반, 타의 반으로 모든 것을 포기하고 낙향하고만 허탈한 결과도 몹시 받아들이기 힘들었을 것이다. 불의한 세상에 대해 얼마나 많은 원망과 분노가 치밀었을까?

김육이 살았던 시대가 그 전이나 지금보다 특별히 더 타락한 시대였다고 보지는 않는다. 드러난 현상은 다를지 몰라도 불공평한 세상을 살고 있다는 본질은 그때나 지금이나 달라진 게 없다. 하지만 김육이 달랐던 한 가지는 자신의 꿈만은 잃지 않겠다는 태도였다. 꿈은 스스로 먼저 포기하지 않는 한 결코 사라지지 않는다. 그것이 낮에는 농사꾼으로 생계를 이어가는 동시에 밤에는 열심히 책을 읽으며 살도록 만든 원동력이었다.

　다이어트를 할 때는 식습관을 바꾸는 것이 무척 중요하다. 몇 주, 몇 달을 열심히 닭가슴살과 샐러드를 먹으며 꾸준히 체중을 감량하다가 어느 순간 극심한 스트레스로 인해 무너져 며칠간 폭식해버린 경험이 있다. 그러면 당장 내 몸은 예전으로 돌아가며 다시 살이 찔 것 같지만 사실은 그렇지 않다. 이미 몸은 닭가슴살과 샐러드를 정상적인 음식으로 인식하고 있기 때문에 잠깐의 시간 동안 대량으로 받아들인 다른 음식들은 이물질로 여기고 배출해 버린다. 몸은 기억하고 있는 것이다. 지난 몇 달간 내가 열심히 노력해 왔다는 사실을. 그리고 말해준다. 그 잠깐의 실패 때문에 지금까지 해왔던 노력 전부를 실패로 규정하지 말라고. 스트레스를 참지 못하고 식습관 조절에 실패했다고 해서 좌절하고 완전히 다이어트를 포기해 버리면 그때부터 비로소 요요현상이 찾아온다. 내가 스스로 먼저 포기하지만 않는다면 그 잠깐의 실패 때문에 내 몸이 먼저 포기하는 일은 없는 것이다.

　우리 인생도 마찬가지다. 치열하게 열심히 살아왔다면 지나온 내 시간들이 나를 치열한 사람으로 기억해준다. 잠깐의 실패 때문에 나를 실패자로 규정하지 않는다는 말이다. 실패하고 좌절하더라도 잠깐 쉬었다가 툭툭 털고 다시 일어나 달리는 게 중요하다. 내가 가진 꿈을 내가 먼저 포기하지 않는다면, 이 불공평한 세상의 높은 장벽도 뛰어넘을 날이 반드시 온다.

남이 아닌 나로 살기

윤치호

슈퍼맨이 되고 싶은 남자, 인어공주가 되고 싶은 여자

슈퍼맨처럼 되고 싶어 무려 23번이나 성형수술을 감행한 남자
의 뉴스를 본 적이 있다. 5살 때 TV에서 처음 슈퍼맨을 보고 흠
뻑 빠져 버렸다는 그는 18년 동안 피부, 턱, 코 등의 부위에 칼
을 댄 것도 모자라 슈퍼맨처럼 강철 복근을 갖고 싶어 필러 주
입 수술까지 시도했다. 의사가 그건 수술이 아니라 운동을 통
해 만들어야 한다며 거부하자 무척 실망했다고 한다. 많은 운
동으로도 슈퍼맨과 똑같은 강철 복근을 만들 수는 없겠지만 말
이다.

　디즈니 만화에 나오는 인어공주처럼 되고 싶다는 열망으로

8억 원을 들여 성형수술을 한 여자에 대한 뉴스도 있다. 그 만화 주인공과 똑같은 몸매를 만들기 위해 갈비뼈 제거까지 마다하지 않았고, 위험해서 유럽에서는 시행하지 않는 눈동자 이식수술을 받기 위해 인도로 가는 도전을 감행했다고 한다. 그것 또한 자신이 좋아서 하는 행동이고 타인의 권리를 침해하지 않는 이상 비난할 수는 없겠지만 아무래도 좀 과한 것은 아닌가 생각이 드는 것도 사실이다.

사람들에게는 각자 닮고 싶은 선망의 대상이 있다. 위에서 든 사례처럼 현실 세계에 존재하지 않는 인물도 있지만 연예인이나 스포츠 스타 같은 유명인사, 혹은 존경하는 부모님도 닮고 싶은 대상이 될 수 있다. 몇 년 전에는 한 TV 프로그램에 출연한 아이유를 따라 하는 사람들이 급격히 늘어난 적이 있다. 남을 따라 하는 행동도 건전한 방향으로만 진행된다면 아무 문제가 없을 것이다. 스스로 만족을 얻고, 삶의 즐거움을 찾으면 그만이다. 다만 그것이 너무 지나치다면 다시 생각해 볼 문제이다. 자신이 동경하는 대상과 똑같이 되고 싶다는 열망을 넘어, 그것이 현실과 괴리되어 깊은 좌절감으로까지 이어질 정도라면 그 열망이 과연 정상적인 것인지 되짚어볼 필요는 있다.

백 년 전 자신의 조국 조선의 현실을 안타까워하며 걱정하던 윤치호라는 인물이 있었다. 그가 꿈꾸는 조선의 미래는 미국 혹은 일본의 길을 그대로 따라가며 똑같이 선진문명을 갖춘 나라가 되는 것이었다. 결국은 좌절하고 말았던 그 꿈과 그의 삶을 단편적으로나마 따라가 보자.

가장 완벽한 영어를 구사했던 조선인

윤치호는 개화당에 속했으면서 신식 군대인 별기군의 창설 주역이었던 윤웅렬의 아들로 태어났다. 그의 아버지는 일찍이 개화사상에 눈을 뜬 인물이었고, 그 영향이 윤치호에게도 고스란히 전해진 것 같다. 17세에 조선에서 파견한 신사유람단의 일원으로 일본에 방문했고 그곳에 머물며 신문물을 접했다. 요코하마에 있는 네덜란드 영사관의 서기관에게 고작 4개월 동안 영어를 배웠는데 그해 주한미국공사의 통역관으로 발탁된다. 아무리 영어를 배워도 한마디 입 트는 것도 어려운 사람이 많은데 4개월 사이에 임금 앞에서 통역할 정도의 실력을 갖추었다니, 그는 분명히 천재적인 언어 능력을 가진 사람이었다.

미국으로 유학을 떠나면서 그의 영어 실력은 더욱 빛을 발한다. 미국에 간 지 1년 뒤부터 완벽한 영어로 일기를 쓰기 시작하는데, 한국어가 아닌 영어로 일기를 쓴 것은 자신의 생각을 표현할 한국어 단어가 부족했기 때문이었다. 한국어로 번역도 어려운 고급 단어를 자유자재로 구사할 줄 아는 실력을 갖추고 있었던 것이다. 단순히 언어로서 영어를 배운 것이 아니라, 수많은 영어 원서와 논문들을 탐독하며 문맥을 통해 스스로 그 의미를 깨우칠 만큼 두뇌가 비상했다.

그가 이토록 영어 공부에 매진하며 완벽해지고 싶어 했던 모습에서 강력한 열망이 느껴진다. 윤치호 눈에 비친 미국은 엄청난 발전을 이뤄낸 선진국이었을 뿐만 아니라, 선거로 대통령을 직접 뽑는 위대한 정치 시스템을 갖춘 나라였다. 그는 서구의 문명을 깊이 신봉했고 특히 그들의 종교인 기독교를 받아들여 문명화해야 한다는 생각을 갖게 되었다. 미국이란 완벽한 나라를 그대로 모방하고 배운다면 힘없이 망해가고 있는 조선의 답답한 현실을 반전시킬 수 있으리라 여긴 것이 아닐까.

미국인보다 더 완벽한 영어를 쓰며 그들의 문화를 내면화하고 스스로도 미국인처럼 되고 싶었던 윤치호. 하지만 아무리 완벽에 가까운 영어를 구사하더라도 미국인들이 그를 자신들과 똑같이 대해 줄 리 없었다. 그들에게 가까이 다가가면 갈수록 인종차별의 높은 벽을 체험하며 자신은 결국 주변인일 수밖에 없음을 실감할 뿐이었다. 그는 일기에서 이렇게 고백했다.

개인적인 생각을 말하자면 아시아인과 유럽인의 '차이'는 나의 존재만큼이나 현실적이다. 나는 백인에 대한 무한한 감탄과 애정까지 갖고 있고, 다소 미국화된 생각과 이상, 반일적인 본능과 편견을 가지고 있다. 하지만 유럽인이나 미국인 친구, 곧 백인 친구와 함께 있는 자리에서는 일본인들과 공유했던 동지애를 전혀 느끼지 못한다. 말하자면 정체를 알 수 없는 무언가가 나로 하여금 백인 친구에게 흉금을 터놓지 못하게 만든다.

심지어 자신에게 가장 우호적이었던 미국인 선교사 집단으로부터도 따돌림을 당해야 했다. 모든 인류가 평등하다는 성경 교리를 전파하는 선교사들조차 출신으로부터 오는 인종주의적 편견에서 자유롭지 못했던 것이다. 진정한 미국인이 되기 위해서는 일단 백인이 되어야 한다는 한계를 깨달은 윤치호는 깊은 상처를 받았다. 그토록 완벽해 보이고 똑같이 되고 싶은 미국이었지만, 자신만의 일방적인 짝사랑이었음을 깨닫게 된 것이다.

친미파에서 친일파로

조선에 귀국한 윤치호는 독립협회를 이끌었고 대한자강회, 신민회, 대한기독교청년회연맹YMCA 등의 설립에 참여하며 국민계몽운동에 앞장섰다. 한때 민권사상을 부르짖으며 조선을 개혁해 보겠다는 열망도 보였지만 그의 눈에는 조선(대한제국) 정부의 수준도, 조선 민중의 의식도 턱없이 낮아 보였다. 현실의 벽에 부딪치며 조선 어느 부분에서도 개혁의 희망을 찾을 수 없었던 그는 깊은 절망감에 빠지고 말았다. 조선의 자주적인 개혁은 불가능해 보였는지, 이내 차선책을 찾기 시작한다. 다른 문명국의 지배를 받아서라도 개혁해야 한다는 대안을 찾게 된 것이다. 백인에 대한 인종적 감정이 깊었던 그는 한국을 개혁시킬 문명국으로 미국이나 러시아를 대신해 일본을 선호했다. 마침내 조선이 멸망한 후에도 적극적으로 독립운동에 나서지 않은 것은 그의 이런 사고에 바탕을 두고 있었다.

일본 총독 암살 미수 사건으로 불리는 105인 사건으로 잡혔다가 풀려 나온 것을 계기로 윤치호의 친일 행적이 시작된다. 하지만 그가 아직 본격적으로 친일 활동을 펼친 것은 아니었다. 독립운동에 참여하지 않았지만 친일 활동에도 역시 적극 나서지는 않았던 것이다. 그러다 일제의 진주만 기습을 시작으로 태평양전쟁이 발발하자 적극적인 친일 행위에 나서게 된다.

한때 진심으로 사랑했던 미국으로부터 배신당했다는 증오의 감정이 미국과 일본의 전쟁을 계기로 일제 편에 서도록 만든 것이다. 그는 태평양전쟁을 "백인종에 대한 황인종의 진정한 인종 전쟁"으로 규정지었다. 전시결전단체인 임전대책협의회에 참가해 "우리는 황국신민으로 일사보국의 성을 맹서하여 협력할 것을 결의한다"는 결의문을 낭독했고, 전쟁이 치열해지며 조선인 학병 동원이 시작되자 "조선학도들에게 내지(일본) 동포들과 어깨를 겨루어 싸움터로 나갈 수 있는 영광스런 길이 열렸다"며 참전을 촉구했다.

미국에 대한 짝사랑이 실패로 끝난 후, 그의 다음 짝사랑 상대가 일본이 된 것은 어쩌면 당연한 수순이었다. 사실 일본의 잔혹한 조선인 통치에 대해 그는 내내 비판적인 입장을 견지하고 있었지만 일본이 미국과 전쟁을 벌이자 적극 일본을 지지했다. 그에게 있어 일본인은 최소한 백인이 아니라 조선인과 같은 황인종이었기 때문이다. 그의 내면에 쌓여 있던 인종차별주의에 대한 분노가 적극적인 친일 행위로 드러났다. 일본이 미국과의 전투에서 승리했다는 소식이 들려올 때마다 백인의 인종차별주의에 대해 황인종이 승리하고 있다며 열광했다. 조선인으로서의 정체성은 지워버리고 한때는 미국인으로서, 이제는 일제의 황국신민으로서 자신의 정체성을 대신하고자 했다. 하지만 원래부터 조선인으로 태어났던 그였기에 영원히 주변인으로 머물 수밖에 없었다. 마침내 일제가 패망하고 해방의 날이 왔을 때 그는 단지 영어를 무척 잘하는 친일파로 남겨졌을 뿐이다.

그가 3·1운동을 비판했던 이유

윤치호는 조선인들 스스로 개혁하고 독립국가를 세우는 가능성을 완전히 단념해 버리고 말았다. 자신의 나라와 스스로에 대한 믿음을 잃어버림과 동시에 정체성마저 잃어버리고 말았던 것이다. 스스로 미래를 개척하는 방법도, 의지도 잃어버리고서 완전한 미국의 길, 또는 일본의 길을 따라가며 그것을 얻고자 했다. 완벽한 영어를 구사하며 미국인의 정체성을 내면화하고자 했으나 실패하였고, 그렇다고 완벽한 황국신민이 되는 것도 불가능했다. 자신이 원래부터 갖고 있던 조선인이라는 정체성의 가능성을 모두 부정해버리고 철저히 외면했던 결과였다.

1919년, 전 국민적으로 3·1 운동이 일어났을 때 윤치호는 이를 매우 비판적인 시선으로 바라보았다. 일본 총독부의 잔혹한 탄압에 대해 비판하면서도, 그것이 곧 3·1 운동에 대한 지지 표명은 아니었다. 그는 독립선언을 지지하는 민족대표로 나서 달라는 요청도 거부하였다. 그가 보기에 현실적으로 조선이 당장 독립하는 것은 불가능했다. 그런데도 일본에 공공연히 저항하는 것은 안타까운 피만 흘리는 부질없는 행동이라 보았던 것이다. 일본이 이룩했던 발전의 길을 철저히 답습하고, 민족적 역량을 강화한 후에야 독립이 가능하다고 생각했다. 즉 일본과 똑같이 되기 위해 열심히 노력하는 것만이 조선의 살 길이라고 여긴 것이다.

　　그가 미련하다고만 생각했던 3·1 운동이 후세에 어떤 영향을 미쳤는지 우리는 잘 알고 있다. 조선인들이 가진 독립 의지와 역량을 대내외적으로 널리 알렸으며, 우리 스스로가 독립국가 건설을 지향하는 주체라는 점을 분명히 했다. 상해 대한민국 임시정부는 3·1 운동이 산파 역할을 했기에 탄생할 수 있었다. 세계사적으로도 비폭력투쟁을 통해 약소민족들의 식민지 해방운동에 직간접적인 영향을 미친 사건이었다. 일본의 속국이 되지 않고도 얼마든지 주체적 역량을 통해 독립을 이룰 수 있다는 웅대한 선포가 바로 3·1 운동이었다. 윤치호는 끝까지 그 가능성을 부정했고, 결국 본격적인 친일의 길로 들어서고 말았다.

내 모습이 아닌 남의 모습으로 살면 행복할까

사람은 누구나 어느 정도는 타인을 모방하려는 원초적인 심리를 갖고 있다. 옆 사람이 하품을 하면 나도 모르게 따라서 하품해본 경험이 한 번쯤 있을 것이다. 더 나아가 자신이 선망하는 타인의 모습과 모든 행동까지도 적극적으로 모방하려는 모습을 보이기도 한다. 단순히 그 사람이 좋아서일 수도 있지만 근본적으로는 나와 타인을 비교하는 심리에서 출발한다. 내가 갖지 못한 좋은 것을 남이 갖고 있다고 생각할 때, 욕망이나 열등감이 모방심리로 표출되는 것이다.

우리는 다른 사람과 자신을 비교하며 살아가는 데 익숙하기에 남에게 인정받고 싶어 하는 욕구 또한 무척 강하다. 인정받지 못한다고 생각되면 남들에게 인기 있는 사람의 일부 모습을 자신에게 투영해서라도 인정받고 싶어 한다. 모두가 멋지다고 인정하는 연예인과 똑같은 옷을 사는 데 아낌없이 지갑을 열고, 그의 헤어스타일을 따라 하는 것이다. 유명인을 활용한 제품 마케팅이 활발하게 이루어지는 배경도 여기에 있다.

자본주의 사회는 더 많은 상품을 팔기 위해 남과의 비교를 조장한다. 그런 맹목적인 모방을 통해 잠깐의 심리적 안정감을 얻을 수 있을지언정, 정말로 내가 그 사람처럼 될 수 있는 것은 아니다. 그렇다고 자신이 원래 가지고 있던 정체성이나 개성을 찾게 되는 것도 아니다. 마치 슈퍼맨이나 인어공주가 되고 싶었던 뉴스의 주인공처럼 이도 저도 아닌 채 나의 진짜 모습은 증발되고 만다.

곤충학자 파브르가 송충이의 습성에 대해 연구한 적이 있다. 송충이 몇 마리를 화분 가장자리에 놓고 둥글게 원을 그리면서 돌게 한 다음, 화분에서 살짝 떨어진 곳에 먹이를 두었다. 결과는 어땠을까? 화분 위의 송충이들은 맹목적으로 그저 앞에서 먼저 기어가는 송충이를 따라 화분 가장자리를 계속 돌고 돌 뿐이었다. 앞의 송충이를 따라가다 보면 언젠가는 먹이가 나오겠지 생각하듯이. 계속 그렇게 앞을 따라 돌기만 하던 송충이 무리는 결국 모두 굶어 죽고 말았다. 화분 바로 옆에 먹이가 잔뜩 쌓여 있었는데도 말이다.

송충이처럼 자신만의 꿈이나 개성을 찾아 길을 찾지 못하고, 앞서가는 다른 사람들을 맹목적으로 추종하며 따라가면 잠깐은 안도할 수 있을지 모르겠지만, 그곳에 진정한 구원은 없다. 멋져 보이고 화려해 보여서 따라가고 싶은 이들도 결국 자기 앞가림을 위해 열심히 살아가는 사람들일 뿐이다. 그들이 나의 삶까지 보장해 줄 수 있는 존재가 아니라는 말이다.

누군가를 롤 모델로 삼고 그들이 앞서간 길을 참고하는 것은 내 성장 과정에 도움이 될 수 있다. 하지만 그들의 삶은 그들의 삶이고, 나의 삶은 나의 삶이다. 조선의 자체적 역량을 끝내 부정했던 윤치호는 민족 구원의 길을 미국이나 일본을 똑같이 따라가는 데에서 찾았지만 결국 독립의 힘은 조선인들 스스로 일어난 3·1 운동, 그리고 끈질긴 독립운동의 역사로부터 왔다.

내가 닮고 싶은 훌륭한 멘토나 롤 모델도, 심지어 나의 부모님도 내 인생을 대신해 주지 않는다. 내가 걸어갈 내 인생의 길은 결국 나 스스로 만들어 내는 것이다. 남과 같은 삶을 살 필요도 없고, 남의 삶을 대신 살 필요도 없다. 나만의 삶을 살아가기에도 너무나 짧은 인생이다.

조금 느리게 가도 괜찮다 ——————— 구성군 이준

20대에 영의정이 되다

아이를 둔 부모라면 누구나 한 번쯤 느끼는 감정이 있다. 또래 아이들은 벌써 글자도 읽고 심지어 영어로도 몇 문장씩 말한다는데 왜 우리 아이는 아직 한글도 제대로 못 읽고 있는 걸까? 남들은 벌써 이런저런 학원도 보낸다는데 이 정도만 가르쳐도 과연 충분할까? 이런 고민들 말이다. 내 아이의 학습 속도가 다른 아이들보다 좀 느리다는 생각이 들기 시작하면 괜한 조바심을 느끼기 시작한다. 최대한 아이에게 간섭하지 않고 원하는 대로 키우고자 결심했던 부모들도 "다른 애들은 그렇다는데…." 따위의 말을 듣게 되면 신경이 쓰이기 시작한다. 자신들도 남들과의 비교를 의식할 수밖에 없는, 경쟁사회 속에 살아가는 어쩔 수 없는 부모라는 사실을 깨달으면서 말이다.

우리는 지금보다 좀 더 나은 삶을 위해 끊임없이 노력하고 경쟁한다. 더 큰 출세를 위해, 혹은 생존 그 자체를 위한 경쟁이 인생을 살아가는 내내 펼쳐진다. 그 치열한 경쟁을 이겨내고 마침내 큰 부와 명예를 거머쥔 일부 사람들을 보며 선망의 눈길을 보내기도 한다. 젊은 나이에 큰 성공을 이뤄낸 사람들을 볼수록 더욱 그런 감정이 들 것이다. 성공하고 싶은 욕망은 누구나 갖고 있고, 이왕이면 더 빠른 성공을 이루고 싶은 것이 인지상정이다.

많은 청년들이 도전하고 있는 공무원 또한 마찬가지다. 그런데 20대에 행정고시에 합격하는 것만 해도 큰 성취일 텐데 만약 국무총리의 자리까지 오르게 된다면 그 성공의 크기는 어느 정도일까? 오늘날에는 거의 불가능해 보이는 일이지만 조선시대에 그런 사례가 실제로 있었다.

오늘날 국무총리의 역할을 했던 관리를 조선시대에는 영의정이라고 불렀다. 임금을 제외하고는 가장 높은 위치에 있으면서 모든 신하를 통솔하는 영예로운 자리였다. 그런 만큼 당연히 정치를 해본 경험도 많고, 나이도 꽤 많은 연륜 있는 신하들이 임명되는 것이 일반적이었다. 18년 동안이나 영의정을 지낸 것으로 유명한 황희 정승도 69세라는 적지 않은 나이에 영의정 자리에 올랐다. 조선시대에 벼슬을 했던 신하라면 모두가 선망했던 자리 영의정. 그런데 이런 고위직에 구성군 이준은 겨우 28세의 나이로 임명된다. 당시 또래들보다 최고로 빨리 앞서간 것으로도 모자라 조선시대를 통틀어 가장 젊은 영의정으로 기록되었다. 역사적으로도 유례가 없는 엄청난 출세를 했던 그는 과연 어떤 삶을 살았을까? 빠른 성공만큼이나 행복한 삶을 살았을까?

빠른 출세만큼 빨랐던 몰락

이준의 이름 앞에 구성군이라는 호칭이 붙는 것은 그가 왕족이기 때문이다. 그는 세종대왕의 넷째 아들이었던 임영대군의 아들이었는데 어려서부터 성품이 대범하고 무예에 뛰어났다고 전해진다. 17세에 응시한 무과에서 장원급제를 했다고 하니, 확실히 실력이 뛰어난 인물이었던 것으로 보인다.

구성군의 큰아버지인 세조가 조카 단종을 쫓아내는 쿠데타를 일으키고 왕이 되면서 많은 신하들이 공신이 되었다. 공신들이 많아지자 그들의 세력을 적당히 견제할 필요가 있었던 세조는 왕족들을 기용하여 왕권을 강화하고자 했다. 그 왕족들 중에서 세조의 눈에 특히 들었던 구성군도 등용되는데 그 계기는 함경도에서 일어난 이시애의 반란이었다. 지금으로 치면 이제 막 대학교를 졸업하고 취업을 시작할 나이인 27세에 불과한 구성군을 단번에 반란 진압을 위한 정부군의 총사령관으로 임명한 것이다. 구성군은 어린 나이에 무거운 중책을 맡았음에도 불구하고 뛰어난 통솔력과 전술 능력을 발휘하여 반란을 평정한다. 세조는 크게 기뻐했고 구성군을 이전보다 더욱 신임하게 된다. 자신에게 칼날을 겨누며 왕권을 위협했던 반란군을 왕족이 직접 나서서 진압했으니, 왕권 강화라는 상징적인 의미도 있었을 것이다.

이후 구성군의 출세 속도는 상상을 초월했다. 그는 곧바로 병조판서와 오위도총관에 임명되는데, 지금으로 치면 국방부 장관과 합참의장을 겸직하는 자리였다. 나라의 군사를 통솔하는 실권을 모조리 그에게 맡긴 것이다. 그리고 다음 해 28세에 불과한 나이로 최고위 관직인 영의정에 전격 임명된다. 세조의 절대적인 신임 속에 전무후무한 속도로 출세를 한 것이다. 그렇게 이른 나이에 큰 성공을 이루었으니 앞으로 그의 남은 인생 앞에도 평탄 대로만 놓여 있는 것처럼 보였다.

그런데 영의정이 된 지 불과 두 달 만에 세조가 세상을 떠나고 말았다. 따라서 구성군의 입지도 크게 흔들리기 시작했다. 세조의 아들로 왕위를 이었던 예종 또한 1년 만에 요절하고 13세의 어린 성종이 즉위한다. 어린 임금 성종이 즉위하는 과정에서 그의 장인이었던 한명회의 영향력이 자연스럽게 커졌다. 애초에 세조가 견제하고자 했던 공신들은 현직에서 물러났음에도 원상이라는 명목으로 실권을 장악하고 있었다.

자신을 둘러싼 정치적 상황이 우호적이지 않음을 알고 있었던 구성군은 부친상을 계기로 스스로 영의정 자리에서 물러났다. 하지만 애당초 공신을 견제하기 위해 발탁되었던 구성군을 공신들이 가만히 둘 리 없었다. 마침내 한 신하가 그를 '왕이 될 재목'이라 말했다는 이유로 역모죄에 연루되는 일이 발생했고 구성군은 억울한 귀양을 떠나게 된다. 그 이후 구성군은 유배지에서 다시는 돌아오지 못한 채 10년 동안 외로운 귀양 생활을 하다가 결국 38세의 나이로 세상을 떠난다.

구성군이 결국 쫓겨나고 말았던 것은 그가 왕족을 대표하는 정치적 거물이었기에 공신들의 극심한 견제를 받았기 때문이기도 하지만, 오히려 왕권을 위협하는 인물로 낙인찍혔기 때문이다. 불과 얼마 전에 세조가 어린 조카 단종을 쫓아내고 왕이 된 전례가 있었기 때문에 구성군이 똑같이 어린 조카 성종을 쫓아내고 왕이 될까 우려했던 것이다. 어쨌든 왕권 강화의 목적으로 세조에 의해 전격 발탁되었던 구성군은 역설적으로 세조가 드리운 그림자로 인해 쫓겨난 셈이었다.

내 노력을 넘어서는 대가는 내 것이 아니다

조선 왕조 500년을 통틀어 가장 젊은 나이에 영의정이 된 구성군 이준. 그가 초고속으로 출세를 거듭하는 모습을 보며 많은 사람들은 그를 부러움 혹은 시샘 섞인 눈으로 바라보았을 것이다. 외모까지도 출중했던 그는 당대 최고의 스타였던 셈이다.

하지만 과연 그가 영의정에 오를 만큼 충분한 성과를 보여준 인물이었는지, 그 자리에 걸맞은 인물이었는지는 다소 의문이 든다. 구성군이 관직에 나간 후 보여주었던 구체적인 업적은 이시애의 난을 평정한 것이 거의 전부였기 때문이다. 어쨌든 그것이 군사적으로 대단한 업적이었으니 국방부 장관인 병조 판서가 되는 것까지는 이해할 수 있겠다. 하지만 모든 국정 전반에 대해 세세하게 잘 알고 챙겨야 하는 영의정에 바로 임명된 것은 오히려 그에게 독이 되지 않았을까? 영의정으로서 실력을 쌓기에 경험도 매우 부족했을 뿐 아니라 영의정에 임명된 순간부터 다른 공신들의 집중 견제를 받게 되었기 때문이다. 구성군은 세조의 지나친 총애와 기대 덕분에 빠른 출세를 할 수 있었지만 아직 익지도 않은 벼를 추수해 버리듯 전도유망했던 그의 미래를 오히려 망치는 결과를 낳고 말았다.

조금이라도 더 젊은 나이에 성공을 이루는 것은 좋은 일이다. 하지만 자신이 그동안 들여온 노력과 땀, 시간과 경험에 비해 너무 과분한 대가가 주어진 것이라면, 그것이 정말 자신의 것이 맞는지 한 번 더 고민해 볼 필요가 있다. '세상에 공짜 점심은 없다'는 말처럼 이 세상에 아무런 노력 없이 거저 주어지는 것은 없다. 설령 주어진다 하더라도 노력 이상으로 주어진 대가는 언제든지 허망하게 사라질 수 있다는 점을 항상 염두에 두어야 한다. 충분히 성숙되는 과정을 거치지 못한 채 빠른 속도로 높이 올라가기만 하다가 결국 더 빠르게 추락하고 말았던 사례를 역사는 너무나 많이 보여준다. 반대로 오랜 시간 동안 내공을 단단하게 다진 사람은 당장 빛을 보지 못하더라도 언젠가 반드시 그 진가를 드러내기 마련이다.

지금은 유튜브 구독자 수가 200만 명을 훌쩍 넘을 만큼 유명해진 캐릭터 펭수도 처음부터 유명했던 것은 아니다. 열심히 초등학교를 찾아다니며 자신을 알려야 했던 무명 시절에는 구독자 수가 37명에 불과했다. 구독자 수 1명이 감소한 것에 울상을 지으며 일희일비하던 시절도 있었다. 하지만 그는 끊임없는 노력과 실력으로 좋은 콘텐츠를 계속 만들어 냈고 결국 가장 인기 있는 국민 캐릭터 중 하나가 되었다.

성공의 기준은 자신에게 있다

억대 연봉을 받는 직장인이나 유명한 연예인처럼 되고 싶다는 욕망은 누구나 가질 수 있다. 나 또한 그런 성공을 꿈꿀 권리와 자격이 있다. 하지만 이 세상을 살아가는 모두가 실제로 그렇게 될 수 있는 것은 아니다. 그렇다면 그것을 이루지 못한 사람들은 실패한 삶일까? 그렇지 않다. 성공의 기준은 본인이 스스로 정하는 것이지, 남들이 정해 주는 것이 아니기 때문이다. 100명 중 99명이 똑같은 성공의 기준을 가지고 있다고 해서 나의 성공 기준을 그에 맞출 필요는 없다. 성공이란 꼭 많은 돈을 벌거나 유명해지는 것처럼 사람들의 일반적인 혹은 물질적인 희망만을 의미하는 것은 아니다. 자신이 꿈꾸고 원하던 삶을 마침내 이루어 낸다면 그것이 바로 성공이다.

조선시대 후기에 박문규라는 인물이 있었다. 젊은 시절 많은 재산을 모았다가 방탕한 생활로 가산을 탕진하기도 했다. 40세에 비로소 제대로 공부를 시작하지만 무려 83세의 나이가 되어서야 과거에 급제한다. 당시로서도 무척 이례적인 일이었기 때문에 그의 나이를 고려해 곧바로 정3품의 병조참지와 종2품의 가선대부라는 고위직에 임명될 정도였다. 평생을 과거 공부에만 매달리다 83세가 되어서야 겨우 급제한 것을 과연 성공이라 할 수 있을까? 적어도 남들의 생각과 상관없이 박문규 자신의 성공 기준이 과거 합격에 있었다면, 성공한 삶이었다고 본다.

조선시대 중기에는 윤경이라는 인물이 있었다. 그는 30세에 처음 관직에 진출했지만 마침내 장관직인 공조판서에 임명된 것은 90세가 되어서였다. 자신과 같은 시기에 과거에 합격했던 동기 또는 비슷한 연배의 선후배들이 자신보다 일찍 고위 관리에 임명되고 빨리 승진하는 것을 60년 동안 무수히 경험했을 것이다. 심지어 자신보다 훨씬 어린 후배가 영의정에 임명되는 것을 지켜보다 90세가 되어서야 겨우 고위직에 오른 것을 과연 성공이라 할 수 있을까? 그러나 윤경 자신의 성공 기준이 판서가 되는 것, 혹은 관직의 높이와는 다른 지점에 있었다면, 성공한 삶이지 않을까?

인생에 있어 일정한 목표를 정하는 것은 중요하다. 하지만 그것이 반드시 타인의 기준에 비추어 높은 수준이거나 대단해 보일 필요는 없다. 남들의 눈에는 별것 아니더라도 본인이 만족하고 즐거운 삶을 살았다면 그것 자체가 성공한 삶이다. 박문규와 윤경이 설령 과거급제에 실패하거나 고위직에 오르지 못했다 하더라도, 그 과정을 충분히 즐기며 인생을 살았다면 누구도 감히 실패한 인생이라 말할 수 없을 것이다.

인생은 속도가 아니라 방향이다

우리는 늘 남과 자신을 비교하며 사는 것에 익숙하다. 자신이 남들보다, 혹은 최소한 남들만큼은 잘되기를 바라며 노력하지만 정작 자신이 진정으로 원하고 바라는 것이 무엇인지 고민해 보는 여유는 부족한 경우가 많다. 심지어 부모가 되고 난 후에도 나의 아이가 잘되기 바라는 마음을 다른 아이들과의 비교를 통해 갖는다. 함께 달려가고 있는 옆 사람들을 힐끗힐끗 쳐다보는 데에만 집중하느라, 정작 내가 지금 어디로 달려가고 있는지 잠깐 멈춰서 돌아보는 시간을 갖지 못한다. 낙타는 사막을 걷는 편이 즐겁고 익숙한데, 더 빨리 뛰는 토끼를 의식한 나머지 토끼를 따라 산속으로 달려간다면, 과연 행복한 선택일까?

성공을 꿈꾸는 것은 당연하지만 그것이 꼭 빠른 성공일 필요는 없다. 비록 천천히 가더라도 남들과 자신을 함부로 비교하지 말고 스스로 옳다고 믿는 길을 열심히 걸어가자. 다양한 경험을 차곡차곡 쌓고 내공을 단단히 다지면서 앞으로 나아가자. 그리고 자신이 가고 있는 이 길이 올바른 길인지 끊임없이 성찰하자. 조금 느리게 간다 해도 괜찮다. 남보다 앞서가지 못한다 해서 조바심 낼 필요도 없다. 빨리 간다고 해서 그 결과 또한 반드시 좋으리라는 법은 없는 것이 인생이기 때문이다. 모든 신하들이 선망했던 영의정의 자리에 올랐지만 그것이 오히려 자신의 인생을 망치는 길이 되고 말았던 구성군의 이야기처럼, 당장은 정말 대단해 보이는 것이라 해도 꼭 나의 행복을 보장해 주지는 않는다. 내 인생의 성공 기준은 그런 타이틀이 아니라, 나 스스로가 정하는 것이다.

혹시 직장 동료나 친구, 대학 동기 등 주변 사람들을 볼 때마다 내가 느리게 가는 것은 아닌지 조바심이 드는가? 그렇다면 이렇게 생각하자. 우리는 지금 천천히 가고 있을 뿐이지, 결코 뒤처지는 것은 아니라고. 미국 역사상 가장 위대한 대통령이었던 에이브러햄 링컨도 빠르게 올라간 것은 아니었다. 하지만 대통령을 꿈꾸던 그는 마침내 그 자리에 올랐고, 이렇게 말했다.

"나는 천천히 가는 사람입니다. 그러나 뒤로 가지는 않습니다."

5장 ─ 무례한 시대에 「품위」를 유지하는 법

성공은 목적이 아니라 과정이다 ——— 유자광

어떻게 성공해야 할까

사우디아라비아에는 그 나라에만 있는 독특한 명칭의 정부 기관이 있다. 'Committee for the Promotion of Virtue and the Prevention of Vice'라는 긴 이름의 이 기관을 한마디로 표현하면 '악덕저지와 미덕장려 위원회'이다. 여기에 소속된 이른바 '종교 경찰'들은 국민들이 이슬람 율법을 잘 지키는지 감시하는 역할을 수행한다. 마치 한국의 옛 독재정권 시절 미니스커트와 장발을 단속하던 경찰과 비슷하다. 기도 시간을 지키지 않는 국민에게 기도하라고 종용하고, 기도 시간에 영업한 가게 주인을 구속하기도 한다. 그 나라에서는 기도를 잘하는 것이 선행이고 지키지 않는 것은 악행이기에 그 기준대로 '권선징악'을 행한다. 만약 현대 한국에서 신에게 기도를 하지 않는다는 이유로 구속된다면 큰일이 날 것이다. 이처럼 선과 악을 보는 기준은 각 공동체 집단이 처한 상황과 환경에 따라 상대적일 수 있다.

무언가를 바라볼 때 선과 악의 기준으로 단정 짓는 것은 위험한 일이다. 내가 절대 선이라 믿는 것을, 상대방은 절대 악으로 믿을 수도 있기 때문이다. 사우디아라비아에서 영업을 중단하고 기도하는 것은 선한 행위지만, 한국에서는 자칫 고객을 기만하는 행위가 될 수 있듯이 말이다. 따라서 사회 구성원 모두가 합의할 수 있는 옳고 그름의 기준을 선악에 두어서는 안 된다. 대신 성경에 나오는 구절처럼 "네 이웃을 네 몸과 같이 사랑"하는 행위인지에 두어야 한다. 먼저 나를 사랑할 줄 알고 내 이웃을 사랑할 줄 알아야 하는 것처럼 나뿐만 아니라 내 이웃, 즉 공동체에도 이로운 것인지가 기준이 되어야 한다.

성공을 바라보는 관점도 마찬가지다. 나의 성공을 꿈꾸되 그것이 공동체의 이익에 반해서는 안 된다. 최소한 공동체에 해악은 끼치지 않아야 한다. 그런데 성공하겠다는 집착에 사로잡힌 나머지, 타인에게 피해를 주는 것도 불사하는 사람들이 있다. 삶의 과정은 전혀 돌아보지 않고 오로지 목표만을 향해 달려간 사람들 말이다. 하지만 역사는 우리에게 분명히 말해준다. 그들이 어떤 삶을 살았는지 똑똑히 기억한다고. 서자로서 차별의 벽을 깨고자 수단과 방법을 가리지 않았지만, 결국 비극적으로 인생을 마감했던 유자광의 삶을 역사가 기록했듯이 말이다.

서자에서 일등 공신으로

유자광은 조선시대 경주부윤이라는 벼슬을 지냈던 유규의 서자로 태어났다. 아버지는 양반이었으나 어머니는 양민이었던 탓이다. 어머니가 천민인 얼자보다는 그나마 나은 처지였다 해도 서자라는 신분은 여러모로 그에게 장벽이 되었다. 과거 시험 또한 제한되었기에 신분 상승을 위한 방법은 오로지 무예로 큰 공을 세우는 것뿐이었다. 그는 무인이 되었고 왕의 호위와 수도의 경비를 담당하는 갑사에 선발되었다. 하지만 정규 무관은 아니었기에 불안한 지위에 있었다.

그러던 어느 날 유자광에게 드디어 기회가 찾아온다. 함경도 지역에서 이시애의 난이 일어난 것이다. 그는 곧바로 당시 왕이었던 세조에게 상소를 올린다.

"소인은 비록 미관말직에 있지만, 선두에 서서 역적 이시애의 머리를 바치겠나이다!"

유자광의 호기롭고 절절한 충성심에 세조도 크게 감동을 받았던 모양이다. 그를 반란군 진압을 위한 정규군에 편입시키고, 왕에게 직접 보고하는 연락관의 임무를 맡긴다. 유자광은 자신에게 온 기회를 놓치지 않았다. 반란을 적극적으로 진압하는 한편, 정확한 상황 보고를 하며 세조의 큰 신임을 얻은 것이다. 마침내 이시애의 난이 진압되자 세조는 그를 정5품이나 되는 벼슬인 병조정랑에 임명한다. 서자 출신에 대한 파격적인 승진은 많은 신하들의 반대에 부딪쳤지만 세조는 오히려 유자광을 위한 과거 시험을 따로 실시하여 장원급제를 시킨다. 그리고 정3품 벼슬인 병조참지로 또 한 번 파격 승진을 시킨다. 불과 8개월 전만 해도 비정규직인 갑사직을 전전했던 그가 일약 당상관의 높은 벼슬로 출세를 한 것이다. 물론 왕이라는 든든한 뒷배가 있었기에 얻어낸 과분한 보상일 수도 있지만 어쨌든 이시애의 난에서 유자광이 큰 공을 세웠기에 가능한 일이었다.

　세조가 승하하고 아들 예종이 즉위하자 그의 입지도 불안해지기 시작했다. 오로지 세조의 강력한 신임에 기대어 파격적인 승진을 거듭했던 것이니 당연한 결과였다. 하지만 서자라는 신분을 극복하고 어렵게 얻어낸 고위직 벼슬을 쉽사리 포기할 수는 없었다. 유자광은 자신에게 닥친 위기를 기회로 만드는 묘수를 찾는다. 그 방법은 자신이 모셨던 상사의 뒤통수를 때리는 것이었다. 이시애의 난을 평정할 때 상관으로 모셨던 남이 장군이 역모를 꾀하고 있다고 모함한다.

　"묵은 것을 없애고 새로운 것이 나타나는 징조로구나."

　어느 날 밤 떨어지는 혜성을 보고 남이가 이렇게 혼잣말을 했는데, 자신이 왕이 되겠다는 속내를 보였다고 고발한 것이다. 결국 남이를 허무한 죽음으로 내몬 대가로 유자광은 일등 공신이 되었다.

유자광을 공신으로 임명한 예종 또한 재위 1년을 겨우 넘기고 세상을 떠나자 13세의 어린 임금 성종이 즉위한다. 그의 두 번째 끈이 또 떨어진 것이다. 성종이 즉위한 후에는 더 이상 운도 따르지 않는 듯했다. 유자광은 성종의 명령에 반대했다가 유배를 떠나게 되었다. 유배에서 돌아온 후에도 성종의 재위 동안 그다지 두각을 나타내지는 못했다. 이대로 잊혀져 버리는 것은 아닐까 그의 마음은 다시 초조해졌을 것이다.

파란만장한 성공 도전기

성종이 승하하고, 연산군이 왕이 되자 유자광은 본격적으로 기회를 찾기 시작한다. 수많은 선비들을 죽음으로 내몰았던 무오사화는 다시 한 번 출세를 노리던 유자광의 작품이었다. 사사건건 반대만 하는 신하들을 눈엣가시처럼 여겼던 연산군의 의중을 눈치채고 공작에 나선 것이다.

왕이 살아 있는 동안의 행적과 기록은 왕이 세상을 떠난 뒤 실록이란 형태의 역사책으로 편찬된다. 후대 왕이 내용을 알고 부당하게 간섭하는 일이 있어서는 안 되기에 절대 그 내용을 볼 수 없다는 원칙이 있었다. 그럼에도 연산군은 갑자기 편찬 중인 실록을 당장 가져오라는 명령을 내린다. 실록에는 세조를 비판하는 내용이 있었는데 유자광이 그 사실을 알고 연산군에게 몰래 일러바쳤던 것이다. 연산군의 증조부인 세조에 대한 비판은 왕권의 정통성을 부정하는 것이나 다름없다고 간주되었다. 비판 내용을 직접 눈으로 확인한 연산군의 분노는 극에 달했고 이를 빌미로 수많은 신하들이 죽거나 유배를 떠나게 된다.

유자광의 어긋난 활약은 이것으로 그치지 않는다. 5년이 지난 후 갑자사화라는 또 한 번의 대규모 피바람이 몰아친다. 연산군이 어렸을 때 어머니인 폐비 윤씨는 계속해서 비행을 일삼다가 결국 사약을 받은 바 있었다. 이 사실을 뒤늦게 알게 된 연산군이 그 사건과 관련된 신하들을 모조리 죽게 만든 것이다. 이때에도 유자광은 많은 선비들을 죽음으로 내모는 데 중요한 역할을 한다. 그는 자신의 손에 피를 묻혀서라도 권력의 중심부에 계속 머무르고 싶다는 욕망을 숨기지 않았다. 연산군의 대표적인 만행으로 역사에 기록된 두 차례의 사화, 그 중심에 유자광이 있었다는 사실은 역설적으로 권력에 대한 그의 집착이 얼마나 컸는지 보여준다.

연산군의 폭정과 공포정치가 계속되면서 극도의 불안감에 휩싸인 신하들은 결국 쿠데타를 일으킨다. 연산군을 강제로 폐위시키고 새로운 임금인 중종을 옹립한 것이다. 그런데 연산군의 폭정을 거들던 유자광은 전세가 바뀌자 재빨리 연산군을 버리고 중종 편에 붙는다. 이번에는 반정 때 궁궐 문 앞에 군사를 거느리고 진을 친 공로로 일등 공신에 책봉된 것이다. 평생 권력의 양지만 좇으며 살았던 유자광의 선택은 이번에도 성공하는 것처럼 보였다.

중종은 임금이 신하에 의해 강제로 쫓겨나고서 왕위에 오른 조선 최초의 군주였다. 그랬던 만큼 왕권은 매우 약해졌고 신하들, 특히 공신들의 힘이 매우 강해졌다. 지나치게 많은 특혜를 누리고 자기들끼리 나눠 먹기 하는 일도 많아지자 공신들을 비난하는 여론이 조성되기 시작한다. 그러자 공신들은 자신에게 향하는 불만을 대신 떠넘길 희생양이 필요했다. 그때 마침 평판이 좋지 못했던 유자광이 탄핵 대상으로 지목되었다.

공신들을 향하던 모든 비난이 유자광에게 쏟아지자, 다른 공신들은 방관하며 그 뒤에 숨어버렸다. 중종반정의 일등 공신으로서 떵떵거리던 유자광은 한순간에 간신으로 매도당해 버린 것이다. 유자광은 배신감으로 치를 떨었지만 이미 버려진 자신의 신세를 어찌할 수는 없었다. 그는 유배를 떠나게 되고 공신 목록에서도 삭제되고 만다.

그동안 물불을 가리지 않고 힘겹게 쌓아온 공든 탑이 일거에 무너져 버려 화병이 생겼던 것일까. 아니면 정말로 권선징악의 벌을 받게 된 것일까. 유배지에서 눈이 멀기 시작했고 유자광은 유배 5년 만에 쓸쓸한 죽음을 맞았다.

간신으로 역사에 이름을 남기다

사람들은 누구나 성공을 꿈꾸며 산다. 성공이란 무엇일까? 사전에서 '목적한 바를 이루는 것'이라고 설명하는 것을 보면, 꼭 많은 돈을 벌거나 유명해지는 것만이 성공은 아닌 것 같다. 누구나 자신만이 원하는 삶의 목표가 있을 테고, 마침내 그것을 이루어 낸다면 성공했다고 얘기할 수 있을 것이다. 그 목표를 위해 열심히 살아가는 것은 분명히 존중받을 일이다. 특히 차별과 한계, 많은 어려움을 극복하고 성공을 이룬 사람들의 이야기는 큰 감동을 준다. 하지만 모든 성공 이야기에 감동이 있는 것은 아니다. 지나치게 성공에 집착한 나머지 다른 사람들에게 상처를 주고 아픔을 주는 것마저 개의치 않는 이들도 무수히 많았다. 그런 사람들의 성공 스토리는 감동은커녕 분노의 감정만 이끌어낼 뿐이다.

유자광은 왜 그렇게 무리해서라도 성공하겠다는 집착에 빠지고 말았던 것일까. 역시 서자 출신이라는 콤플렉스가 강했기 때문이었던 것 같다. 자신이 선택하지도 않은 출신 때문에 받아야 했던 많은 차별을 경험하면서 성공을 향한 갈망도 더 커져만 갔을 것이다. 그렇기에 강력한 출세욕을 전혀 이해할 수 없는 것은 아니다. 하지만 어떤 수단과 방법이라도 가리지 않고 오로지 성공하겠다는 집착은 수많은 사람들을 죽음으로 내몰았다. 성공을 향한 욕망 자체는 비난할 수 없겠지만 그 목표를 이루고자 많은 사람들에게 큰 상처를 주었기 때문에 역사는 단호히 그를 간신이라 기록한다.

군사병법의 고전인 《삼십육계》에는 '진화타겁趁火打劫'이라는 구절이 나온다. 남의 집에 불난 틈을 타서 훔친다는 말로, 남의 불행을 이용해 자신의 잇속을 챙긴다는 뜻이다. 남이를 모함해서 죽이고, 두 차례의 사화를 이용해 수많은 사람들을 죽이면서까지 자신의 출세를 도모했던 유자광에게 딱 어울리는 말이다. 진화타겁을 거듭하며 중종반정에까지 참여하지만 결국 다른 공신들에게 버림받고 쓸쓸히 인생을 마쳤던 유자광. 그는 한때 성공한 사람이었지만 이제 누구도 그를 성공했다고 말하지도, 그렇게 기억하지도 않는다. 다만 간신으로 남았을 뿐이다.

결과보다 중요한 것은 과정이다

코로나 19 사태로 사회가 큰 혼란과 어려움에 빠져 있다. 그런데 이 국가적인 불행을 자신의 성공 기회로 삼는 사람들의 이야기가 우리 눈살을 찌푸리게 한다. 마스크 가격이 불안정한 틈을 타 사재기하는 사람들이 속출하더니, 마스크 공장을 운영하던 사장은 아예 마스크 물량을 아들의 회사에 몰아주고 15배 폭리를 취하게 했다는 뉴스도 있었다. 남의 불행을 이용해 진화타겁의 유혹을 버리지 못한 사례다. 그들은 법적인 책임도 마땅히 져야 하겠지만 그렇게 얻은 성공이 과연 진짜 성공일까 의문을 갖게 한다. 그 마스크 공장 사장은 아들에게 부를 줬을지 모르지만 오히려 어떻게든 돈만 벌면 그만이라는 잘못된 인생관을 아들에게 심어주게 된 것은 아닐까? 그 어그러진 가치관이 미래의 언젠가 아들을 망치게 되지는 않을까? 오로지 돈만이 성공이라는 생각도 안타깝지만 그런 방식으로 이룬 성공은 영원할 수 없다는 것을 우리는 역사에서 배워야 한다. 유자광의 삶을 교훈으로 삼아야 한다.

성공한 삶을 위해 자신이 하고 싶은 일과 목표를 잘 찾아서 한걸음씩 나아가는 것은 매우 중요하다. 그리고 이왕이면 먹고 살 만큼의 충분한 돈도 벌 수 있다면 좋겠다. 하지만 그 결과가 자신에게 좋다고 해서 그 과정까지 항상 합리화되는 것은 아니다. 성공을 꿈꾸되 바르고 정당한 길로 가야 한다. 남의 눈에 피눈물 나게 하면서까지, 다른 사람을 아프게 하면서까지 성공에 집착하지는 말아야 한다. 정당하지 못한 방법으로 성공을 이룬 모습을 목격하고 기억하는 사람들이 있는 한, 언제 어디서 내 발목을 잡게 될지 모른다는 것을 유념해야 한다. 잠시 성공으로 보인다 해도 사실 더 많은 것을 잃게 되는 실패일 뿐이다.

우리가 열심히 다이어트를 하는 이유는 날씬하고 건강한 몸매를 꿈꾸기 때문이다. 하지만 줄어든 몸무게 숫자라는 결과에 집착한 나머지 무리하게 살을 빼면 오히려 몸이 망가지게 된다. 제대로 다이어트를 하고자 한다면 기름지고 살찌는 음식을 좋아하던 입맛을 샐러드가 익숙한 식습관으로 개선해야 한다. 적당한 운동이 병행되어야 함은 물론이다. 한층 날씬해진 몸이 결과라면 달라진 식습관과 운동은 과정이다. 그리고 나를 건강하게 만들어주는 것도 바로 그 식습관과 운동이다. 많은 사람들이 결과만 바라보며 과정을 견디지만 사실 그 과정이야 말로 나를 건강하게 만들어 주는 진정한 보상인 것이다. 결과만을 바라보며 어쩔 수 없는 과정을 거치는 것이 아니라 과정 자체가 결과가 될 때 진정한 성공과 보상을 얻게 된다.

다이어트뿐만 아니라 모든 성공이 마찬가지다. 성공으로 얻게 될 결과만 중요한 것이 아니라 성공을 향해가는 과정 자체가 내 삶의 큰 보상이 된다는 것을 잊어서는 안 된다. 목표만을 향해 정신없이 달리다가, 정작 본인이 지금 왜 달려가고 있는지조차 잊어버리는 어리석음은 범하지 말자. 성공에 따른 결과도 중요하지만, 더 중요한 것은 과정이다.

시련이 닥쳤을 때 잃지 말아야 할 것 ─ 이광수

견디기 힘든 시련이 닥칠 때

사람은 누구나 크고 작은 고난과 시련의 과정을 겪으며 고통을 경험한다. 누군가는 크게 어려워진 사업으로 인해 시련을 겪기도 하고 누군가는 너무 벅찬 회사 일 때문에, 또는 인간관계 때문에 심각한 스트레스를 호소한다. 불교에서는 인간이 살면서 겪어야 하는 팔고八苦, 즉 8가지 고통을 이야기하며 아예 인생 자체가 고통의 연속이라 정의한다. 그중에서도 사랑하는 사람과의 이별, 애별리고愛別離苦는 가장 큰 고통으로 여겨진다. 사랑하는 사람, 부모나 형제, 또는 자식과 영영 이별하게 되었을 때 그 고통은 이루 말로 표현하기 힘들다. 불교만 그런 것은 아니다. 유교에서도 부모가 세상을 떠나면 3년간 상복을 입고 슬퍼하는 시간을 가지라고 한다.

사랑하는 사람과의 이별도 매우 힘든 일이겠지만, 나의 나라, 조국과의 이별도 마찬가지다. 고려가 멸망하자 두문동에 은거해버린 72명의 충신들도 자신들이 섬기던 고려와의 이별이란 현실을 인정할 수 없었기 때문이리라. 그로부터 500년이 지난 후에는 조선이 일본에 의해 강제 병합되면서 조선의 백성들은 자신이 속해 있던 나라와 강제로 이별하는 수난을 겪어야 했다. 이것은 사랑하는 연인과의 이별 수준을 훨씬 뛰어넘는 중대한 문제다. 정서적 문제뿐만 아니라 나의 정치적, 사회적 권리와도 직접적인 연관이 있기 때문이다. 그리하여 일제강점기를 살았던 조선 사람들은 각자가 가진 개인적인 시련 외에도 커다란 시련 하나를 더 짊어지고 살아가야 했다. 나라 잃은 민족으로서의 시련은 나라를 팔아먹는 데 앞장섰던 일부 친일파들을 제외하고는 누구에게나 좀처럼 감당하기 어려운 시련이었을 것이다.

이러한 현실 앞에서 당시 사람들은 어떻게 반응했을까. 어떤 사람들은 다시 나라를 되찾기 위해 적극적으로 싸웠고, 어떤 사람들은 일제라는 거대한 현실 앞에 자포자기하고 말았다. 각자 다른 방법으로 시련에 대응했던 모습, 그리고 그들이 보여준 결과를 살펴보면서 오늘날 우리는 시련 앞에서 어떤 자세를 갖는 것이 좋을지 삶의 작은 힌트를 얻을 수 있을 것 같다.

자발적 친일파의 탄생

사람마다 생각이 다르겠지만 우리 역사에서 특히 아팠던 순간을 일제강점기였다고 말하고 싶다. 주권국가로서의 권리를 완전히 잃어버리고 일본에 의해 강제로 점유된 참으로 아픈 역사. 해방된 지 70년이 지났지만 일제에 의해 억지로 끌려갔던, 또는 속아서 갔던 수많은 위안부나 강제징용공 할머니들, 할아버지들처럼 그때의 상처와 아픔은 지금도 지워지지 않고 있다. 참으로 안타깝고 슬픈 일이 아닐 수 없다.

같은 나라 사람이면서도 지역이 다르다는 이유로 차별의식을 드러내는 사람들이 오늘날까지도 있는데, 하물며 완전히 다른 문화와 역사를 가진 일본 사람들이 우리를 차별 없이 대했을까? 그 당시 일본인들은 자신들을 내지인, 조선 사람들을 조선인이라 하며 다르게 대우했다. 모두 일본 천황의 신민이라면서도 일본 사람은 1등 신민이고, 조선인은 2등 신민이었던 것이다. 신분이 만들어진 다음 자행되는 차별과 핍박 속에 노예같은 시간을 살아야 했던 당시 조선인들. 그렇게 마주해야 했던 현실은 많은 지식인들에게도 참으로 힘겨운 시간이었다. 이러한 고민을 안고 살았던 지식인들은 저마다 생각했다.

"일제가 무력으로 우리를 점령했으니, 우리도 독립군을 양성해서 무력으로 일본을 내쫓아야 해!"

"우리가 지금 무슨 힘이 있다고! 미국처럼 강대국과의 활발한 외교 활동을 통해 우리 사정을 잘 설명하고 호소하면 도움을 받을 수 있을 거야."

"지금 독립을 해야 하는데 또 강대국에 의존하겠다고? 지금은 우리가 힘이 없으니, 스스로 강하게 힘을 길렀다가 적당한 틈에 일본을 쫓아내는 것이 현명한 거야."

생각하는 방법은 저마다 달랐지만, 어쨌든 목표는 하나였다. 조선의 독립. 그런데 이렇게 생각한 사람도 있었다.

"일본이 이렇게 강한데, 과연 독립을 하는 게 가능이나 할까? 그냥 강한 일본과 완전히 하나가 되어서, 일본인과 똑같은 대우를 받도록 애쓰는 게 차라리 현실적으로 더 나은 방법이 아닐까?"

도저히 극복할 수 없어 보이는 현실 앞에 친일을 선택한 지식인들이 생겨나기 시작한 것이다. 그중에서도 대표적인 사람이 춘원 이광수였다. 이번에는 민족이 사랑했던 대문호에서 대표적인 친일파로 전락해 버린 그의 안타까운 일대기를 이야기해 볼까 한다.

그는 어쩌다 친일파로 변신했을까

이광수는 어릴 때부터 무척 총명한 인물이었다. 5세에 이미 한글과 천자문을 깨우치고 8세에 동양고전을 두루 섭렵했다고 하니 정말 신동이었던 것 같다. 하지만 10세에 콜레라로 부모님을 모두 잃고 마는 아픔을 겪는다. 다행인지 불행인지 그의 문학적 재능을 알아본 친일파 송병준의 추천으로 친일 단체 일진회의 후원을 받아 일본에 유학을 가게 된다. 그곳에서 처음 마주친 일본의 엄청난 발전상은 어린 그에게 충격으로 다가왔다.

이광수는 1909년에 일본어로 《사랑인가》라는 제목의 단편 소설을 발표하는데, 조선인 소년이 일본인 소년을 매우 동경하는 내용이었다. 일본에서 유학하며 그가 받았던 인상이 어땠을지 대략 짐작이 가는 대목이다. 1917년에 발표한 소설 《무정》은 우리나라 최초의 근대 장편 소설이다. 그는 이 소설로 일약 스타덤에 올랐을 뿐만 아니라, 이광수를 대문호로 만든 중요한 계기가 된다. 지금도 고등학생이라면 누구나 이 작품을 배울 정도니 말이다.

그도 여느 조선의 지식인들과 마찬가지로 민족의 앞날을 고민하는 사람이었다. 일본 수도인 도쿄에서 유학생들 주도로 독립선언이 있었을 때 그 독립선언문을 쓴 사람이 바로 이광수였다. 상해에 임시정부가 세워졌을 때 그곳에 참여하여 〈독립신문〉 발행을 맡기도 했다. 하지만 외지에서 일제의 감시를 피해 독립운동을 하는 것이 너무 힘겨워서였을까, 혹은 항간에 떠돈 소문처럼 일제에 포섭되었기 때문일까. 그는 조선으로 홀연 귀국하고 만다. 곧장 일제에 의해 체포되지만 별다른 조사도 없이 바로 풀려나는데, 이때 이미 일제에 타협하기 시작했음을 보여주는 행적이다.

이광수는 '민족 개조론'이라는 논리를 주장하기 시작한다. 한마디로 조선 민족이 열등해서 일본의 지배를 받게 되었다는 주장이다. 그가 이런 생각을 하게 된 것은 당시 크게 유행했던 '사회진화론'의 영향을 받은 것으로 보인다. 사회진화론은 원래 찰스 다윈이라는 학자가 주장한 진화론에서 파생된 것인데 생물이 진화해서 발전해 왔듯이 사회도 마찬가지라는 주장이다. 그런데 진화를 설명하는 과정에서 적자생존, 약육강식, 자연도태 같은 용어들이 동원된다. 결국 더 우수한 자만 살아남고 열등한 자는 사라지는 것이 당연하기에 약육강식도 당연하다는 논리로 이어졌다. 이 논리가 일제강점기였던 당시에 적용되니 조선 민족은 열등하므로 민족 개조가 필요하다, 즉 민족 개조론의 근거가 된다. 약한 조선이 강한 일본에 점령된 것은 당연하다는 결론으로 갈 수밖에 없었다.

이렇게 이광수는 친일의 길을 조금씩 걷기 시작하더니 급기야 일제가 일으킨 전쟁을 전적으로 지지하고 나선다. 젊은이들에게 황국신민으로서 입대하라며 적극 권장했다. 본인부터 이름을 창씨개명 하여 일본식 이름인 '가야마 미쓰로香山光郎'로 바꾸고, 완전히 일본 사람이 되어야 한다고 주장한다.

> "나는 지금에 와서 이런 신념을 가진다. 즉 조선인은 전연 조선인인 것을 잊어야 한다고. 아주 피와 살과 뼈가 일본인이 되어버려야 한다고. 이 속에 진정으로 조선인의 영생의 길이 있다고."

"조선 놈의 이마빡을 바늘로 찔러서 일본인 피가 나올 만큼 조선인은 일본인 정신을 가져야 한다."

일본의 강압적인 통치와 차별에 저항하여 목숨을 아끼지 않은 독립운동가들도 매우 많았다. 하지만 정반대로 독립을 불가능한 것으로 여기고 차라리 완전한 일본 사람이 되어 차별을 받지 말자고 주장한 이광수. 변절이었든 현실적 대안이었든, 어쨌든 그것이 조선인이 구원받을 수 있는 유일한 길이라고 그는 진심으로 믿었던 것이다.

그러나 그가 절대 오지 않으리라 믿고 있었던 해방의 날이 마침내 왔다. 그는 해방 이후 조용히 중학교 교사로 지내다가 4년 뒤 반민족행위특별조사위원회에 의해 연행되고 재판을 받는데, 그 자리에서 자신의 친일 행위가 민족을 위한 것이었다고 끝까지 변명을 한다. 하지만 역사 속에 그의 이름은 친일파라는 낙인과 함께 남겨졌고, 한국전쟁이 발발하자 북한에 납치되었다가 폐렴으로 쓸쓸한 죽음을 맞게 된다.

그들에게 달랐던 한 가지 차이

이광수 또한 한때 민족의 앞날을 놓고 진지하게 고민한 사람이었다는 점은 분명해 보인다. 그가 가졌던 그 고민 자체는 진짜였다고 생각한다. 하지만 만주에서, 상해에서, 연해주에서, 해

외 각지에서, 혹은 조선 땅에서 독립운동을 하다 일제에 의해 감옥에 갇히면서도 끝까지 독립을 꿈꾸며 싸웠던 사람들과 무엇이 달랐기에 그는 완전히 다른 길을 걷게 된 것일까?

독립운동가들은 독립이 불가능한 꿈이라 생각하지 않았다. 지금은 비록 일본이 매우 강하고, 조선은 너무나 미약해서 주권을 상실하고 말았지만 조선인들이 함께 힘을 합하면 언젠가 반드시 해방의 날을 볼 것이라는 꿈을 결코 버리지 않았던 것이다. 힘이 강한 자가 약한 자를 잡아먹는 것이 당연하다는 논리에도, 독립운동가들은 '당연하지 않다'며 용기를 가지고 당당히 맞서 싸웠다. 해방이 오게 된 직접적 계기는 제2차 세계대전에서 일본이 패망했기 때문이지만, 해방을 꿈꾸며 용기 있게 맞섰던 독립운동가들이 없었다면 결코 현실로 이루어지기 어려웠을 것이다.

이광수는 거대하고 무력한 현실 앞에 굴복했고 해방은 불가능하다며 포기해 버렸다. 차라리 일본인과 똑같이 되는 것이 차별을 극복하고 잘살게 되는 길이라고 굳게 믿어버린 것이다. 그래서 일본인처럼 진정한 황국신민이 되기 위해 군대에 입대하여 전쟁에 나가고, 이름마저 일본식으로 바꾸자고 주장했다. 그는 더 이상 꿈꾸기를 포기하고 말았다. 일제에 맞설 용기를 내려놓고 말았다. 현실적으로는 그것이 어쩔 수 없는 최선의 방도라며 스스로 타협해 버리고 말았다. 이것이 바로 수많은 독립운동가들과 이광수의 운명을 갈라놓은 결정적인 차이점이었다.

세상을 살다 보면 거대한 현실 앞에 압도되어 버릴 때가 있다. 도저히 자신의 힘으로는 불가능해 보이는 일들이 자꾸만 생겨난다. 물론 때로는 '포기하면 편해'라는 자조처럼, 포기하는 것도 하나의 방법일 수 있다. 다만 그때는 나에게 정말 소중한 것이 무엇인지 잘 생각해 보아야 한다. 결코 놓지 말아야 할 목표인지, 아니면 포기하더라도 상관없는 것인지 잘 판단해야 하는 것이다. 그 선택의 결과가 훗날 나 자신이 어떤 사람이었는지 결정하게 된다.

　　절대 버리지 말아야 할 목표라고 판단을 내렸거든, 현실적으로 가능해 보이지 않더라도 결코 포기하지 말자. 불가능은 스스로 불가능하다고 여길 때 정말 불가능한 것이 된다. 소중한 꿈을 포기하면 그 순간부터 어쩌면 스스로에게 계속 변명을 하며 합리화하게 될지도 모른다. 이런 이유 때문에, 저런 이유 때문에 어쩔 수 없었다고 말이다. 이광수도 그랬다. 그는 조선 독립의 꿈을 포기한 후, 스스로를 계속 합리화하기 바빴다. 조선은 약하니까, 약한 조선이 강한 일본에 잡아먹히는 것은 당연하니까, 그렇다면 차라리 일본인과 똑같은 대우를 받는 게 나으니까, 그렇게 끊임없이 자기 합리화를 하더니 그것만이 조선인이 잘살게 되는 유일한 길이라고 완전히 믿어 버리게 되었다. 이처럼 끊임없이 변명해야 했던 이유는, 역설적으로 그것이 결코 포기하지 말았어야 하는 꿈이었음을 보여주는 증거다.

　　누구에게나 결코 놓지 말아야 할 자신만의 소중한 가치가 있다. 만약 그것을 꿈이라고 여기게 된다면, 쉽게 놓아 버리지 말자. 최소한 스스로에게 부끄러운 삶은 살지 않도록, 스스로 변명하는 삶은 살지 않도록 노력하자. 그 정도로만 살아도 어느 정도는 성공한 인생이 아닐까?

호의가 권리인 줄 아는 사람을 대하는 자세 ——— 홍순언

호의를 찾기 어려운 세상

"호의가 계속되면 권리인 줄 안다."

어떤 영화에서 강렬한 인상을 남긴 이 한마디 대사는 지금도 사람들 사이에서 종종 회자된다. 그만큼 많은 사람이 이 말에 깊이 공감하기 때문일 것이다. 회사에서 선의로 일을 좀 도와줬더니 그 이후 계속 일을 떠넘기는 동료, 몇 번 밥을 사줬더니 얻어먹는 걸 당연하게 여기는 친구, 퇴근하면서 치킨 사다주는 걸 무슨 자기 권리인 줄 아는 동생 등등 일상 속에서 그런 일을 겪으면 화가 치민다. 좋은 마음으로 도와주거나 나누기 시작한 일인데 호구가 된 것 같아 무척 속상해진다. '물에 빠진 사람 구해줬더니, 보따리 내놓으라 한다.'는 속담은 그런 감정을 느낀 사람들이 예전부터 많았다는 걸 보여주는 듯하다.

점점 더 서로가 서로를 믿지 못하는 세상이 되면서 사람들은 호의 그 자체를 꺼리기 시작한 것 같다. 이유 없이 호의를 베풀어 주는 사람을 불신에 찬 눈빛으로 바라본다. 아무런 의도나 목적 없이 이런 호의를 괜히 베풀지는 않을 것이라는 '합리적 의심' 때문이다. 순수한 마음으로 호의를 베푸는 것도, 또 그런 호의를 받아들이는 것도 참 어려운 세상이 되었다. 하지만 그런 태도도 이해는 간다. 나에게 필요하다면 남을 그저 이용하는 데에 주저함이 없는 이 각박한 세상에서 진짜 호의를 찾기란 어렵다는 생각이 점차 보편적인 믿음이 되고 있다. '호의가 계속되면 권리인 줄 안다.'는 말은 결국 호의를 가지고 남을 이용해 먹으려는 사람들을 지적하는 항변이라 할 수 있다.

당연한 말이지만 세상 모든 사람들이 전부 그런 것은 아니다. 심지어 바보 같다고 여겨질 만큼 너무 큰 호의를 선뜻 베푸는 사람도 있다. 약 500년 전의 인물 홍순언도 그런 사람이었다. 처음 보는 사람에게 말도 안 되는 호의를 베풀었다가 스스로 곤란에 빠진 그를 많은 사람들이 비웃었다. 나중에 그 호의 때문에 인생 역전을 경험하게 되리라는 것은 그 누구도, 심지어 홍순언 자신도 몰랐겠지만 말이다.

오랜 기간 평화로운 시기를 보냈던 조선은 일본의 대규모 침략을 받아 7년간 전쟁을 겪는다. 임진왜란이라고 알려진 이

전쟁이 이순신이나 유성룡처럼 많은 영웅들의 활약 덕분에 결국 승리했다는 것은 잘 알려진 사실이다. 그런데 사람들이 잘 모르는 또 한 명의 숨은 공신이 있으니, 바로 홍순언이다.

전쟁 초기 조선군은 일본군의 파죽지세 앞에 속수무책이었다. 임금과 신하들은 서둘러 궁궐을 버린 채 피란을 떠나야 했고, 전쟁이 시작된 지 불과 20일 만에 수도인 한양이 점령될 정도로 절박한 상황이었다. 조선의 이웃 나라이며 황제국이던 명나라의 도움이 절실했지만 섣불리 원군을 보내려 하지 않았다. 명나라는 조선이 일본과 연합해 자신들을 침략하려는 것은 아닌지 어처구니없는 의심을 하고 있었기 때문이다. 이때 원군 파견을 홀로 주장하던 명나라의 병부상서(국방부 장관) 석성은 조선의 고위 관리도 아닌 일개 역관인 홍순언을 급하게 부른다. 그리고 조선 정부가 구원병을 요청하는 사신을 직접 보내온다면 파병에 도움이 될 것이라고 조언한다.

홍순언은 이 사실을 조선 정부에 긴급히 알렸고 그가 중재한 덕분에 결국 명나라 원군이 출진하게 된다. 이처럼 조선과 명나라의 외교 채널이 재빨리 작동하여 전쟁의 판도까지 바꾸며 큰 공을 세운 배경에는, 홍순언에 대한 석성의 깊은 신뢰가 있었다. 두 사람 사이에 어떤 사연이 있었기에 그런 관계가 되었을까?

호의가 호의로 되돌아오다

아주 오래전 홍순언이 사신으로 명나라에 간 적이 있었다. 그때 우연히 기녀였던 한 여인을 만나게 된다. 나중에 류씨 부인으로 알려지는 그녀의 사연을 들어보니 매우 기구한 처지에 있었다. 벼슬을 하던 아버지를 따라 먼 명나라 수도까지 왔는데, 부모님을 모두 전염병으로 잃고 졸지에 홀로 남겨진 것이다. 고향에 돌아가 부모님 장례를 치를 돈조차 없어 어쩔 수 없이 기녀로 지내고 있었다. 안타까운 사정을 전해 들은 홍순언은 무슨 감정에 휩싸였는지 선뜻 내리기 힘든 결정을 한다. 그 자리에서 자신이 갖고 있던 돈을 모두 그 여인에게 줘버린 것이다. 300금, 지금으로 치면 천만 원이나 되는 거금이었다. 당시 통역 전문가였던 역관은 외교관뿐만 아니라 무역 거래의 역할도 함께 했기 때문에 그런 큰돈을 소지하고 있었던 것이다.

처음 보는 다른 나라 여인에게 거금을 줘버린 그의 행동을 이해할 수 있는 동료는 없었다. 문제는 그 돈이 나라에서 빌려준, 무역을 위한 종잣돈이었다는 점이다. 홍순언은 당장 공금 횡령죄로 잡혀 버리고 말았다. 거기에다 '종계변무宗系辨誣'라는 거의 해결 불가능한 외교 임무의 책임까지 떠안는다.

종계변무는 조선이 200년 동안이나 풀지 못하고 있던 외교적 난제였다. 당시 명나라의 공식 기록에는 엉뚱하게도 조선을 세운 태조 이성계의 아버지가 이인임이라고 적혀 있었다. 이인

임은 사실 이성계와 같은 시대를 살았던 간신이고 실제로는 사이도 무척 좋지 않았던 정적이었는데도 말이다. 명분과 혈통을 중시하는 조선 왕실의 입장에서는 정말 용납할 수 없는 일이었기에 이를 시정해 달라고 끊임없이 요청하는데, 이것이 종계변무였다. 하지만 조선과 명나라는 대등한 관계에 있지 않았기 때문에 조선의 공식적인 항의에도 이 기록은 쉽사리 고쳐지지 않았다. 그렇게 무려 200년의 시간이 흘렀다. 오랜 시간 동안 해결하지 못하던 그 난제를 다시 홍순언에게 맡기면서 만약 이번에도 해결하지 못하면 당장 목을 베겠다는 왕의 엄포도 함께 떨어진다.

명나라로 떠나는 홍순언의 발걸음이 얼마나 무거웠을까. 그는 전에도 이 임무를 위해 사신으로 다녀온 적이 있었기 때문에 해결이 거의 불가능하다는 것을 잘 알고 있었다. 이번에도 실패하고 돌아오면 자신은 죽은 목숨이라는 생각에 막막했을 것이다. 그런데 명나라에 도착하자 놀라운 일이 벌어진다. 명나라의 외교부 최고위급 관리였던 예부시랑(외교부 차관) 석성이 직접 그를 마중 나온 것이다. 예상도 하지 못한 파격적인 대접이었다. 그리고 그의 옆에는 부인이 함께 서 있었는데 다름 아닌 오래전 호의를 베풀었던 그 류씨 부인이었다. 홍순언 덕분에 부모님 장례를 무사히 치를 수 있었던 그녀는 나중에 석성을 만나 결혼한다. 그 은혜를 잊지 않고 있다가 홍순언이 명나라에 온다는 소식에 남편에게 자초지종을 얘기했던 것이다.

석성은 자신의 부인에게 베풀어 주었던 지난날의 은혜에 진심으로 고마움을 표하며, 적극적으로 도와주겠다고 약속한다. 명나라 관리들의 비협조로 여태껏 해결되지 못하고 있었던 종계변무 임무는 그렇게 극적으로 실마리를 찾은 것이다. 예나 지금이나 어려운 일을 해결하기 위해서는 인적 네트워크가 중요하다는 것을 새삼 느낀다. 어쨌든 목이 달아날 뻔했던 홍순언은 오히려 이 난제를 극적으로 해결하며 공신이 된다. 높은 관직과 땅도 하사받으며 큰 보상을 받게 된 것은 물론이다. 앞서 이야기했듯이 홍순언이 명나라 원군 파견에 기여를 하며 큰 공을 세울 수 있었던 것도 류씨 부인을 통해 얻게 된 그 인연 덕분이었다. 정말 이보다 짜릿한 인생 역전이 또 있을까.

감당할 수 있을 만큼 호의를 베풀어라

홍순언은 도대체 무슨 생각으로 그런 행동을 했을까? 생전 처음 보는 여성이 기구한 사연을 털어놓았다고 자기가 가진 모든 돈을, 그것도 공금을 그렇게 덜컥 내놓는 모습은 참 무모해 보이기까지 하다. 결과가 해피엔딩으로 끝나서 다행이긴 하지만, 누구도 홍순언 같은 용기를 내기란 쉽지 않을 것이다. 또 홍순언의 판단이 꼭 바람직하다고 단정하기도 어렵다. 보통 사람들은 친한 친구라도 선뜻 빚 보증을 서 줄 용기가 없을뿐더러 사실은 그게 오히려 정상적인 모습이다. 누구에게도 그처럼 감당하기 어려운 희생이나 손해를 강요하면서까지 호의를 베풀라고 할 수는 없다.

우리가 홍순언에게 배워야 할 점은 그가 스스로 결단하여 호의를 베풀었다는 점에 있다. 누구도 그에게 호의를 강요하지 않았다. 어떻게 그런 결심을 하게 되었는지 동기는 잘 모르겠다. 류씨 부인의 사연을 들으며 예전 자신의 어려웠던 시절을 떠올렸을 수도 있고, 정말 순수하게 안타까운 마음이 너무 커서 그랬을 수도 있겠다. 중요한 것은 스스로 호의를 베풀겠다는 결심을 했고, 그에 대한 책임도 스스로 졌다는 사실이다.

흔히 호의를 베풀고도 실망감만 잔뜩 생기는 이유는 호의를 베푼 만큼 돌려받아야겠다는 생각이 은연중에 깔려 있기 때문이다. 최소한 상대방이 나에게 큰 고마움을 표현하고 감사해야 한다는 생각을 가진다. 하지만 대가를 바라고 베푼 호의는 그 기대에 미치지 못할 때 실망감, 심지어 배신감으로 돌아오기 마련이다. 호의는 말 그대로 철저히 나의 선의에서 비롯되어야 하고 도움을 주는 그 순간에 끝나야 한다. 이것으로 인해 뭔가를 돌려받아야겠다는 생각을 해서는 안 된다. 만약 본전 생각이 들 것 같으면 처음부터 호의를 베풀지 않는 편이 낫다.

호의는 자신이 감당할 수 있는 선에서 베풀어야 한다. 이때 감당할 선은 절대적인 것이 아니고 사람마다 상대적일 수밖에 없다. 어떤 사람에게는 1만 원짜리 한 장도 무척 큰돈이고, 어떤 사람은 1억 원도 흔쾌히 쾌척할 수 있다. 이것은 사람의 인성이나 선악의 문제가 아니다. 단지 각자가 가진 능력과 의지에 따라 감당할 수 있는 크기가 다를 뿐이다. 상대적인 부분이기 때문에 똑같은 기준으로 평가할 수는 없다. 다만 중요한 것은 1만 원이든, 1억 원이든 스스로 감당할 수 있는 선을 정하는데에 있다. 1만 원밖에 없는 사람이 그 1만 원을 내놓는 것이, 1,000억 원을 가진 사람이 1억 원을 내놓는 것보다 오히려 더 대단할 수 있다.

홍순언은 자신이 가지고 있던 300금 모두 내놓는 것을 스스로 감당할 수 있는 선이라고 여겼다. 그 정도의 큰 호의를 베풀 수 있다고 결정한 것은 다름 아닌 본인이었고, 그 책임을 지겠다고 결단한 것도 본인이었다. 자신이 300금을 냈다고 해서 그 불쌍한 여인을 위해 1냥도 보태지 않은 다른 동료를 비난할 수 없다. 감당할 수 있다고 여기는 수준이나 그릇의 크기는 사람마다 다르기 때문이다. 이런 홍순언의 행동은 대단한 용기를 가진 대장부의 모습으로 보일 수도 있고, 미련한 호구로 보였을 수도 있다. 어떻게 보이든 그것은 홍순언 자신이 감당해야 할 몫이다. 류씨 부인이 그 호의를 당연하게 여기든, 당연하게 여기지 않든, 혹은 그 은혜를 갚든, 갚지 않든 간에 말이다. 다만 류씨 부인은 그 호의를 당연하게 여기지 않았고 잊지 않는 사람이었다는 점이 홍순언에게 큰 행운으로 돌아왔을 뿐이다.

베풂은 마라톤 경기에서 진가를 발휘한다

호의가 계속되면 권리인 줄 안다는 말에는 상대방이 베푼 호의에 대해 무조건 감사해야 한다는 생각이 전제되어 있다. 본인이 호의를 베풀어 주는 '갑'의 위치에 있다는 우월적 생각과 더불어 내가 호의를 베풀어준 만큼 적당한 반응이나 대가도 받아야겠다는 생각이 함께 깔려 있는 것이다. 이러한 생각에서 베푸는 호의는 반드시 실망감으로 돌아올 수밖에 없다. 호의를 베풀고도 오히려 스스로 상처받을 준비를 하는 것이라면, 나를 위해서 차라리 베풀지 않는 편이 더 낫다.

상대방이 권리로 여기든 말든 그저 내 자유의지에 따라 호의를 베풀며 살아야 한다. 그것은 인생을 살아가는 데 있어 필요하고 또 중요한 일이다. 내가 몸담고 있는 학교, 직장, 수많은 관계로 맺어진 그 모든 공동체는 다른 사람들과 함께 부대끼며 살아가는 곳이기 때문이다. 혼자 사는 세상이 아니기에 좋은 평판을 얻기 위해 노력하는 것은 매우 중요한 일이다. 호의를 베푸는 것은 다른 사람들에게 자신이 꽤 괜찮은 사람이라는 것을 보여주면서 호감을 얻기 위한 좋은 수단이 된다. 그것은 나에게 경쟁력이 되고 좋은 삶의 무기가 된다. 그렇기에 스스로 감당해낼 수 있는 선에서 호의를 베풀며 살겠다는 마음가짐은 다름 아닌 나를 위해서 반드시 필요하다.

《기브 앤 테이크》라는 책으로 유명한 심리학자 애덤 그랜

트의 메시지는 우리에게 위로를 준다.

베풂은 100m 달리기에서는 필요가 없지만, 마라톤 경주에서는 진가를 발휘한다.

우리의 인생이 100m 달리기라면 그저 약육강식의 원리에만 충실하며 살아가도 문제없을 것이다. 옆 사람보다 조금이라도 더 빨리 뛰는 것만이 중요한 경기라면 협력이 뭐고, 호의가 무슨 필요 있겠는가. 하지만 우리 인생은 마라톤이다. 수많은 사람들이 함께 달리는 커다란 집단을 이루고 그 속에서 함께 호흡하며 달려야 한다. 앞서거니 뒤서거니 하다가도, 때로는 서로가 페이스메이커 역할을 해 주어야 한다. 중요한 것은 내가 당장 빨리 앞서 나가는 것이 아니라, 이 길고 지루한 달리기의 골인 지점까지 마침내 달려가는 그 자체에 있다. 그렇기 때문에 마라톤 경기에서만큼은 가장 마지막으로 들어온 주자에게도 아낌없는 박수와 격려를 보낸다.

홍순언이 류씨 부인에게 무언가 돌려받을 것을 기대하며 큰 호의를 베푼 것은 아니었다. 그럼에도 자신이 베풀었던 그 은혜는 나중에 큰 보답으로 돌아왔다. 이렇게 저렇게 살아가다 보니 내가 도움을 줄 때도 있고, 또 내가 도움을 받을 수도 있는 게 인생이다. 내가 호의를 베풀었더니 상대가 그것을 권리로 여기면 좀 어떤가. 내가 좋아서, 그 사람들과 함께 마라톤 경기를 달려가는 힘을 얻고자 스스로의 의지로 베푼 호의라면 그것으로 충분하다. 그렇게 도움을 주고 덕을 쌓으며 인생을 살아가다 보면, 언젠가 내가 도움을 받을 날도 반드시 온다. 인생은 마라톤이고, 꽤 오랜 시간을 함께 달려가야 하는 경기임을 다시 한번 기억하자.

위기가 기회로, 기회가 다시 위기로 — 소현세자

인생, 참 알 수 없다

세상에는 성공한 사람들이 참 많다. 특히 어려운 환경을 딛고 일어서거나, 수많은 실패를 거듭한 끝에 마침내 성공한 사람들의 이야기는 큰 감동을 준다. 그들의 치열한 인생 역정은 '나도 열심히 살아가다 보면 언젠가 그들처럼 될 수 있을까?' 하는 희망과 용기를 갖게 한다. 그러나 모든 인생에는 굴곡이 있다. 올라가는 때가 있으면 반드시 내려오는 때도 있는 게 인생이다. 높이 올라간 사람도 내려와야 할 시점이 온다. 하지만 대부분의 사람들은 성공하고 높이 올라가는 데에만 관심을 갖는다. 그들이 어떻게 내려왔는지에 대해서는 상대적으로 큰 관심을 갖지 않는다. 성공한 유명인사가 스캔들에 휘말리거나 범죄를 저질러 극적인 추락을 하게 되면, 그 행위에 대해 비난만 쏟아낼 뿐 어쩌다 그 지경에 이르렀는지는 별로 관심이 없는 듯하다.

인생을 살아가는 가운데 내려온다는 것이 곧 실패를 의미하지는 않는다. 언젠가는 겪어야 하는 인생의 순리이고 과정일 뿐이다. 잘 내려온 사람은 또 다시 잘 올라갈 기회를 얻는다. 그렇기에 잘 내려오는 법을 배워야 한다. 역사를 공부하고 많은 인물들의 삶을 들여다보는 이유는 그들의 뛰어난 업적과 화려했던 순간을 배우기 위해서만은 아니다. 오르락내리락하는 삶의 역정을 통해, 그리고 내려가는 시간을 얼마나 잘 견뎠는지 그 배움을 통해 우리도 인생을 잘 살아가기 위함에 있다.

인조의 아들이었던 소현세자는 처음부터 왕이 될 운명은 아니었다. 아버지가 광해군을 몰아내는 반정에 성공하면서 어느 날 갑자기 조선의 세자가 되었을 뿐이다. 그런데 병자호란이라는 큰 전쟁이 터지면서 하루아침에 처지가 뒤바뀐다. 세자였기 때문에 도리어 청나라의 인질로 잡혀가는 신세가 되고 만 것이다. 하지만 이 영특했던 세자는 오히려 위기를 기회로 만들었고 차기 군주로서의 입지를 단단히 다져 나간다. 그렇게 순탄하게 왕위에 오르고 그의 삶도 해피엔딩으로 끝났다면 좋았을 것이다. 안타깝게도 그의 마지막은 그러지 못했다. 역사에 수많은 인물들이 있었지만 소현세자만큼 롤러코스터 타듯 극적이고 굴곡진 인생을 살았던 인물이 얼마나 있을까. 우리는

종종 "인생, 참 알 수 없다."라며 푸념하듯 내뱉지만 소현세자
야말로 한 치 앞도 내다보기 힘든 삶을 살았던 인물이다.

인질로 끌려간 조선 최초의 세자

차라리 인조반정이 성공하지 않았다면 소현세자는 사랑하는 여
인과 결혼하여 행복하게 살다가 세상을 떠났을지도 모르겠다.
그를 미래 권력인 세자로 만들어준 인조반정은 축복이었을까,
저주였을까. 로또 당첨만큼이나 큰 행운으로 보였지만 로또 당
첨 때문에 오히려 불행한 삶을 살게 되었다는 이야기처럼, 그 권
력은 불행의 씨앗이 되었다고 보는 편이 맞을 수도 있다.

　소현세자는 자신의 부인이 될 세자빈부터 자기 뜻대로 간
택할 수 없었다. 인조가 서인 세력의 도움으로 반정에 성공했
기 때문에 서인의 입김에서 자유롭지 못했던 탓이다. 세자가
한눈에 반했던 윤여립의 딸은 남인 가문이었기 때문에 서인의
격렬한 반대에 부딪쳤다. 결국 실의에 빠진 그녀가 자살하면서
논란은 마무리되었고 소현세자는 큰 충격을 받을 수밖에 없었
다. 2년 뒤에야 서인 가문 출신인 강씨를 세자빈으로 맞아들이
게 된다.

　인조와 서인 정권은 당시 급변하던 국제 정세에 제대로 대
처하지 못했는데, 그 결과는 참혹했다. 조선은 사대주의 명분
에 사로잡혀 이미 망한 것이나 다름없는 명나라에 우호 정책으

로 일관했다. 이에 반발해 조선을 침략한 청나라가 일으킨 병자호란으로 인조는 청나라 황제 앞에서 땅바닥에 머리를 부딪치며 굴욕적인 항복을 한다. 치욕은 그것으로 끝이 아니었다. 소현세자와 세자빈, 세자의 동생인 봉림대군까지 인질이 되어 청나라에 끌려가는 신세가 된다. 조선이 개국한 이래 처음 세자가 인질로 끌려가는 참극이 발생한 것이다.

소현세자는 이런 상황이 전개되리라 상상이나 했을까. 보통은 굴욕적인 마음과 죽음에 대한 두려움 때문에 못 가겠다고 완강히 거부했을 것이다. 장관 격인 육조판서의 아들을 인질로 데려가겠다고 하니 신하들이 서로 판서를 그만두는 상황인데, 세자가 그렇게 버틴다 한들 누구도 할 말은 없었을 것이다. 하지만 소현세자가 끝까지 못 가겠다고 버티면 왕의 입장이 매우 곤란해질 것은 뻔했다. 그 상황을 모면할 수 있었던 것은 세자가 먼저 죽음을 각오하고 인질로 잡혀가겠다고 나서준 덕분이었다. 그는 자신에게 닥쳐온 위기 앞에 마주 서기로 결단했다. 실제로 그가 인질로서 보낸 시간은 위기를 기회로 극복해 나가는 과정이었다.

위기를 기회로 만들다

소현세자와 세자빈 강씨는 하루아침에 나락으로 떨어진 신세를 한탄만 하고 있지 않았다. 숙소로 배정받은 심양관에 머무는 동안 조선을 위해 자신들이 할 수 있는 어떤 일이라도 하고자 노력했다. 우선 당장 해결해야 할 과제는 함께 온 궁녀들과 신하들이 먹고사는 문제였다. 청나라로부터 경제적 지원을 거의 받지 못하는 상황이었지만 자신들을 따라 먼 타국까지 끌려온 이들을 굶게 둘 수 없는 노릇이었다. 그 해결 방안은 청나라 귀족을 대상으로 한 무역에서 찾았다. 당시 청나라는 군사적으로 매우 강했지만 생활 수준은 낮았고 물품 부족에 시달리고 있었다. 조선의 질 좋은 물건을 들여와 귀족들에게 팔면 큰돈이 된다는 것을 깨달은 것이다. 사농공상士農工商의 엄연한 위계질서가 있는 조선에서, 그것도 최고 서열의 왕세자가 상업에 종사한다는 것은 말도 안 되는 일이었다. 하지만 먹고사는 문제 앞에 이것저것 따질 때가 아니었다. 이 방도는 시급한 생계 문제 해결에 큰 도움을 주었다.

무역을 통한 경제활동에 눈을 뜨기 시작한 소현세자 부부의 다음 도전은 농업이었다. 청나라에서 농사짓기를 권유해 온 것이 계기가 되었는데, 신하들은 반대하고 나섰다. 농사는 곧 청나라에서의 정착을 의미했기 때문이다. 하지만 청나라의 요청을 무작정 거절하기 어려웠을 뿐만 아니라 소현세자는 새로운 기회라는 관점에서 접근했다. 유목민족인 청나라 만주족이 농사에 익숙하지 못했던 것과 달리 조선은 농사에 대한 기초를 잘 갖추고 있었기 때문이다. 이 새로운 도전은 큰 성공을 거두었고 한 해에 거두어들인 곡식이 3,319석에 이르렀다.

소현세자 부부가 경제활동에 발 벗고 나선 이유가 단순히 자신들의 먹고사는 문제 해결에만 있지는 않았다. 포로로 잡혀 와 노예가 된 조선 백성들을 구제하기 위해 막대한 자금이 필요했기 때문이다. 그들은 벌어들인 돈으로 조선 백성들을 해방시키고 다시 농사 일꾼으로 고용했다. 노예 신세에서 벗어난 은혜에 감격한 이들은 더 열심히 농사를 지었고 덕분에 소현세자 부부의 사업은 나날이 번창했다. 조선에서 붙잡혀온 노예들의 통곡으로 가득했던 심양관 앞은 점차 무역 인파로 떠들썩한 거리가 되었다. 조선의 왕세자였다는 과거에 얽매이지 않은 소현세자 부부의 당찬 도전이 대단히 성공했음을 보여주는 장면이었다.

　소현세자와 부인 강씨는 청나라에 머무는 동안 뛰어난 경영가이자 중재자로서의 역량을 증명해 보였다. 또한 그들은 앞으로 조선이 나아가야 할 방향을 정확히 보았다. 그것은 더 이상 성리학적 명분에만 사로잡힌 과거가 아니라 미래지향적인 실용주의 정책에 있었다. 사업 경영을 성공해 보임으로써 소현세자는 장차 왕으로서도 조선을 잘 다스릴 수 있다는 가능성을 충분히 보여주었다. 하지만 이때까지만 해도 그는 제대로 알지 못했던 것 같다. 위기를 기회로 만들고 마침내 큰 성공을 거두었던 이 순간에 다시 위기가 시작되고 있었다는 사실을 말이다.

기회가 다시 위기로 바뀌다

인조는 안타깝게도 도량이 넓은 인물이 되지 못했다. 그는 청나라에 대한 원한도 컸지만 잃어버린 왕의 체통 때문에 평생을 스스로 부끄럽게 여기며 살아야 했다. 자신의 부덕함으로 인해 인질로 끌려간 소현세자 부부가 청나라에서 큰 성공을 거두고 있다는 소식은 오히려 자신의 부끄러운 치부를 더 드러내는 것만 같았다. 특히 조선 정부도 제대로 대처하지 못하던 조선인 포로 문제를 멋지게 해결하고 있다는 소식은 그를 더 초라해 보이게 만들었다.

무엇보다 소현세자의 높아지는 명성과 청나라의 신뢰가 인조의 입지를 더 불안하게 했다. 인조 스스로 광해군을 내쫓고 왕이 된 전력 때문에 자신 또한 소현세자에 의해 쫓겨나는 운명이 되지는 않을까 두려웠던 것이다. 더구나 청나라가 세자를 왕으로 세우지 않은 것에 대해 후회하고 있다는 소문까지 돌자 인조의 불안은 극에 달했다. 소현세자는 인조에게 더 이상 아픈 손가락이 아니라, 자신의 권력을 심각하게 위협하는 견제 대상일 뿐이었다. 소현세자의 성공이 오히려 인조의 경계심을 끄집어내며 새로운 위기의 싹을 키우고 있었던 셈이다.

인조의 적개심은 세자빈 강씨 아버지의 장례식을 계기로 더 노골화되었다. 부음을 들은 소현세자 부부가 어렵게 심양에서 달려왔지만 그들을 마주한 것은 인조의 차가운 냉대였다.

인조는 세자빈이 아버지 빈소에 가지도 못하게 했을 뿐만 아니라 병든 어머니의 문병조차 허락하지 않았다. 인조가 이처럼 속 좁은 모습을 보인 것은 분명한 잘못이지만 이때 소현세자 부부는 그들 사이에 이상기류가 감돌고 있음을 확실히 알아챘어야 했다. 하지만 인조의 불안을 잠재우기는커녕 오히려 돋우는 실수를 저지르고 만다. 평양에서 백성들의 뜨거운 환대를 받은 소현세자가 감격한 나머지 독단적으로 과거 시험을 시행한 것이다. 임금의 고유 권한을 함부로 건드리자, 곧 자신을 무시한다는 생각에 인조의 분노는 더 커지게 된다.

마침내 명나라가 멸망하자 더 이상 소현세자를 인질로 잡고 있을 명분이 없어진 청나라는 그의 귀국을 허락한다. 이때 북경에 있던 세자는 천주교 선교사이자 천문학자인 아담 샬을 만나 천주교에 깊은 인상을 받는다. 이것은 조선이 서구의 문물을 받아들여 새로운 발전 계기로 삼을 가능성을 의미하는 것이기도 하지만, 성리학 이념이 투철해야 할 조선의 왕이 이단 사상에 물들었다는 위험 신호로 보이기에도 충분했다. 조선 사회가 어느 정도 외부의 충격을 받아들일 준비가 되어 있고 소현세자의 입지 또한 매우 탄탄했다면 그것이 조선의 발전에 긍정적인 영향을 주었을 수도 있다. 하지만 현실은 전혀 그렇지 못했다. 이 만남은 소현세자에 대한 의구심을 더 크게 만들어 나중에 죽음을 재촉한 촉매제 역할을 했을 뿐이었다.

소현세자가 귀국하는 날, 청나라는 명나라 황실에서 빼앗은 온갖 진귀한 물건들을 잔뜩 선물한다. 게다가 천주교에 관심을 보이는 세자를 위해 천주교 신자인 옛 명나라 황실의 환관과 궁녀도 데려가도록 했다. 이것은 소현세자가 청나라에서 보낸 9년이란 시간이 얼마나 성공적이었는지 보여주는 상징이었다. 하지만 인조의 눈에는 소현세자가 원수인 청나라 편으로 완전히 변절했고, 왜 그를 없애야 하는지 증명하는 증거물로 보일 뿐이었을 것이다.

꿈에 그리던 고국에 드디어 돌아왔지만 불과 두 달 뒤 병석에 누운 소현세자는 인조가 친히 보낸 어의가 놓은 침을 맞은 후 3일 만에 허망한 죽음을 맞는다. 여전히 논란은 분분하지만 많은 정황 증거가 그의 독살 가능성이 높음을 말해 주고 있다. 1년 뒤 인조는 이번에는 세자빈 강씨가 자신을 독살하려 했다며 사약을 내린다. 그것도 모자라 소현세자의 아들들까지 제주도로 유배 보내 죽음에 이르도록 만들었다. 조선을 부강한 나라로 만들고 싶어 했던 소현세자의 꿈은 비정한 아버지 인조에 의해 잔인하고 슬프게 막을 내린 것이다.

잘 올라가는 것만큼 잘 내려가는 것도 중요하다

뜻하지 않게 세자가 되었지만 그 때문에 청나라의 인질로 끌려갔던 소현세자. 그는 열악하고 힘든 환경 속에서도 과감한 도전을 통해 큰 성공을 거두었다. 하지만 높이 올라간 정점의 끝에는 또다시 극적인 하락 구간이 있었다. 소현세자의 실수는 청나라에서의 성공에 고무되어 있는 동안 정작 언젠가 자신이 돌아가야 할 조선의 상황이 어떻게 돌아가는지는 알지 못했다는 점이다.

권력은 부자간에도 나눌 수 없는 냉혹한 것이다. 그 속성을 분명히 깨닫고 인조의 경계심을 풀도록 많은 노력을 기울여야 했다. 하지만 피는 물보다 진하다는 말을 지나치게 믿었던 탓인지 그런 노력의 흔적은 별로 보이지 않는다. 평양에서 독단적으로 과거 시험을 실시해 인조의 분노를 더 자극하고, 성리학 입장에서 이단 사상인 천주교 사제를 만나는 모습을 공공연히 노출했다. 성공과 함께 이뤄낸 성취만큼이나 부쩍 커져 버린 위기의 가능성을 좀 더 일찍 알아채고 충분히 대비하지 못한 것이 아쉽게 느껴진다. 그가 바닥에서 다시 힘차게 올라가던 순간만큼 다시 내려가야 할 순간을 미리 준비했더라면, 어쩌면 자신의 운명뿐 아니라 조선의 역사까지 바꾸지 않았을까.

근력운동을 위해 무거운 아령을 들어 올릴 때 가장 많은 힘이 드는 때는 가장 높은 정점에 이르는 순간이다. 무거운 아령일수록 더욱 힘들지만 그걸 해내고 나면 나의 근력은 한층 강해진다. 하지만 들어 올리는 것만큼 중요한 것은 다시 아령을 내리는 동작이다. 들어 올릴 때만큼이나 힘을 주며 잘 버티면서 내려야 한다. 마침내 아령을 들어 올렸다는 성취감에, 혹은 너무 힘들다고 그냥 덜컥 내려 버리면 운동 효과를 반감시킬 뿐 아니라 부상의 위험까지 있다. 잘 들어 올리는 것만큼이나 잘 내려놓는 것도 무척 중요하다.

우리 사회에 큰 성취를 이루고 높이 올라간 사람들은 참 많다. 그런데 그 자리에서 잘 내려오기 위해 고민하는 사람은 상대적으로 적어 보인다. 악착같이 그 자리에서 내려오지 않으려고 남을 밟고서라도 버티려 하는 사람도 있고, 이미 그 자리에서 내려온 지 오래인데 자기만 그 사실을 모른 채 여전히 화려한 과거 속에 사는 사람도 있다. 인생이란 원래 굴곡져 있다는 것을 아는 사람은 반드시 올라가는 데에만 집착하지 않는다. 올라왔다고 너무 들뜨지도, 내려왔다고 너무 가라앉지도 않는다. 당장의 성공이나 고난 앞에 쉽게 일희일비하지 않는 것이다.

아령을 올렸다 내렸다 반복해야 내 근육이 더 강해지듯 인생의 굴곡을 경험해야 삶의 근육도 강해진다. 위기로 보였던 순간이 기회가 되기도 하고, 그 기회가 순식간에 다시 위기로 뒤바뀌어 나를 덮치기도 한다. 그게 인생이다. 아령을 드는 순간뿐만 아니라 내리는 순간에도 집중해서 최선을 다해 살아야 하는 이유다. 그러다 언젠가는 아령을 완전히 내려놓아야 할 날도 올 것이다. 그때 내가 얼마나 괜찮은 삶을 살아왔는지 여부는, 올라가기 위해 애쓰던 순간뿐만 아니라 내려가야 하는 순간에도 얼마나 최선을 다했는지에 따라 결정될 것임에 틀림없다.

어떻게 살아야 행복할까 ——————— 김시습

프로크루스테스의 침대에 누운 사람들

그리스신화에 등장하는 프로크루스테스라는 인물의 이름 뜻은 '잡아 늘이는 자'이다. 그는 여관을 차려 놓고 키 큰 손님에게는 작은 침대를, 키 작은 손님에게는 큰 침대를 내주었다고 한다. 침대 바깥으로 머리나 팔, 다리가 나오면 자르고, 침대보다 작으면 침대 크기만큼 늘려서 죽이는 악행을 저질렀다. 이 잔인무도한 악당은 결국 테세우스라는 영웅에 의해 똑같은 방식으로 죽음을 맞는다.

프로크루스테스의 침대 이야기는 자기 주관에만 끼워 맞춰서 억지 주장하는 사람들을 비판하는 소재로 종종 활용된다.

하지만 다른 관점으로 보면 자신의 인생을 무언가에 끼워 맞춰 살아가야만 하는 사람들의 이야기일 수도 있다. 어떤 사람은 부모나 주변 사람들에 의해 강제로 그 침대에 눕혀지기도 하고 어떤 사람은 자신을 스스로 침대에 눕힌다. 마치 드라마 〈스카이캐슬〉의 인물들처럼 반드시 명문 대학교에 가고 의사가 되어야만 인생이 성공한다고 생각하는 사람들 말이다. 타인이, 또는 자신이 정해 놓은 침대의 크기만이 정답이라 생각하며 거기에 맞춰 살아가려고 애쓴다. 사실은 남들 기준의 인생을 살면서 내가 열심히 사는 것인 줄 착각한다. 내 마음의 팔다리가 억지로 늘어나거나 잘리고 있는지도 모른 채로 말이다.

그렇게 사는 것도 인생의 한 선택이고, 스스로 선택했다면 존중받아야 할 것이다. 하지만 그런 삶이 과연 행복할까? 나에게 즐겁고 기쁜 것이 아니라, 남들이 보기에 즐겁고 기쁜 삶을 살아가는 것이 행복한 일일까? 밥벌이를 하면서도 어느 정도 남들에게 인정받는 삶이라면 그것도 나쁘지 않겠지만, 가장 중요한 것은 '내가 행복한가'라는 근본적 질문이다.

조선시대 전무후무한 천재라 불렸던 김시습의 일생을 보면 어딘가 불안하고 위태위태한 삶이다. 그는 한곳에 정착하지 못하고 평생을 방랑하며 살다 세상을 떠났다. 때로 미친 사람처럼 행동하며 손가락질을 받았고, 고위 관리들 앞에서 욕설을 내뱉는 짓도 서슴지 않았다. 그는 다른 위인들처럼 그 흔한 관직 한번 맡은 적이 없었고, 백성들을 위한 정책을 펼 만한 위치

에는 더더욱 가본 적이 없었다. 그런데도 후세 사람들은 그의
이름을 잊지 않았으며 오히려 뛰어난 인물로 기억한다.

단순히 그가 머리 좋은 천재였기 때문이 아니다. 그가 세상
에 도움이 될 만한 업적을 남겼고, 그의 삶으로부터 분명한 배
울 점이 있었기 때문이다. 그의 행적을 되짚어 따라가 보노라
면, 반드시 세상이 말하는 것처럼 출세하고 부와 명예를 얻는
것만이 성공한 삶은 아닐 거라는 위로를 얻게 된다.

스스로 인생의 선택지를 만들다

김시습은 가난한 무인의 아들로 태어났다. 그런데 어릴 때부
터 엄청난 천재였던 모양이다. 배우고 익힌다는 뜻의 '시습^{時習}'
이란 이름처럼 태어난 지 8개월 만에 글자를 알았고, 3살 때는
어려운 한문책을 줄줄이 읽으며 한시를 지었다고 한다. 5살 때
한 학자의 문하생으로 들어가 본격적인 공부를 시작하면서 신
동이라는 소문이 널리 퍼졌는데 급기야 궁궐에까지 그 말이 전
해졌다. 당시 임금이었던 세종은 그의 재주를 전해 듣고 가상
히 여겨 비단 50필을 선물했다. 그러고는 김시습이 어떻게 하
는지 보려고 본인 힘으로 그 비단을 다 가져가라고 지시했는
데, 5세 어린이 김시습은 비단의 끝을 서로 묶은 다음 한쪽 끝
을 자기 허리에 묶어서 끌고 나갔다고 한다. 그 발상 자체도 대
단하지만 비단이 더러워지는 것쯤은 괘념치 않는 어린아이의

순수함도 엿보이는 것 같다. 이 광경을 본 사람들은 그의 영리함에 크게 감탄했고 그의 명성이 더 널리 알려지는 계기가 되었다. 그뿐만 아니라 책을 한 번 읽으면 모두 완벽히 기억해서 다시는 같은 책을 읽을 필요가 없었다고 하니, 장래에 대한 주변의 기대도 엄청나게 컸을 것 같다.

이 정도로 뛰어난 실력과 재주, 그리고 주변의 기대치라면 당연히 열심히 공부하여 과거에 합격하고 고위 관리의 삶을 살아야 했다. 당시 사대부들에게 입신양명立身揚名은 너무나 당연한 인생의 코스였다. 출세하여 세상에 자신의 이름을 알리는 것은 양반이라면 누구에게나 기대되는 인생 목표였던 것이다. 하지만 그가 15세가 되던 해 어머니가 세상을 떠나고, 아버지도 중병에 걸리면서 불행이 시작되었다. 결정적으로 그의 삶을 완전히 바꿔 버리는 대사건이 발생하는데, 바로 수양대군이 어린 조카 단종을 몰아내고 왕위를 찬탈한 계유정난이다.

계유정난 소식을 듣고 분노를 금하지 못했던 김시습은 사흘 동안 방에만 틀어박혀 있다가 급기야 공부하던 책을 모두 불태워 버린다. 그러고 나서 머리카락을 자르고 승려를 자처하며 홀연히 방랑 생활을 시작한다. 한창 미래의 꿈을 꿀 나이인 21세 때의 일이다. 수양대군에 반대하며 벼슬을 버리고 평생 절개를 지키며 살았던 6명의 신하들, 즉 생육신 중 한 사람으로서의 인생을 시작한 것이다.

그는 전국을 떠돌며 수많은 시와 저서를 남겼다. 관서지방과 관동지방을 유랑하며 《탕유관서록》, 《탕유관동록》을 썼고 삼남 지방의 유랑을 끝낸 후에는 《탕유호남록》을 남긴다. 누구나 꿈꾸던 출세의 길을 포기하고 방랑하는 삶을 선택한 그는 이런 회한의 글을 남겼다.

내가 만일 관리 노릇을 하고 있었다면 이렇게 아름다운 경치를 구경하며 돌아다닐 수도 없을 것이요, 사심 없이 자연에 흠뻑 젖을 수도 없었을 것이다. 자연 속에서 태어난 인간이 명리에 얽매이면 그저 일에 쫓기어 모이를 찾아다니는 새나 나무에 붙어 살아가는 풀과 무엇이 다르겠는가.

새나 풀과 같은 삶이 아니라, 자신만의 삶을 살겠다고 결정한 것은 다름 아닌 김시습 자신의 선택이었다. 신숙주처럼 계유정난 이후 불의한 권력이 다스리는 세상에 적당히 타협하는 사람들도 있었고, 성삼문처럼 적극적으로 그것을 되돌리려는 선택을 한 사람도 있었다. 입신양명을 지향하는 양반 사대부들에게 주어진 선택지는 어쩌면 단지 그 두 가지뿐이었을지도 모르겠다. 하지만 김시습은 그 선택지를 모두 거절했다. 자신만의 세 번째 선택지를 만들고, 그 삶을 살았다.

인생이란 시험지의 응시자도, 채점자도 나 자신이다

세상을 유랑하며 남들이 보기에는 부끄러울지 모르는 걸식승의 삶이었지만, 그는 스스로에게 당당한 인생을 살았다. 불의한 권력에 협조하며 출세한 재상의 요란한 가마 행렬을 보고는 호통을 치며 망신을 주기도 했다. 한번은 여행 도중 세조의 최고 공신인 한명회가 '젊어서는 사직을 짊어지고, 늙어서는 강호에 눕는다'라고 쓴 시가 걸려있는 것을 보았다. 그가 '부扶'를 '망亡'으로, '와臥'를 '오汚'로 고치니, '젊어서는 사직을 망치고, 늙어서는 강호(세상)를 더럽힌다'고 내용이 절묘하게 바뀌어 버렸다. 지나가던 사람들은 그것을 보고 크게 비웃었고, 나중에 알게 된 한명회가 그 시를 찢어버렸다고 한다. 세상의 권력에 딱히 도움받은 게 없었던 그는 남의 눈치를 보며 살 필요도 없었던 셈이다.

김시습이 현실을 냉소하고 조롱하는 일로만 시간을 보냈던 것은 아니다. 그는 세상을 유랑하면서 백성들의 삶과 고통을 고스란히 지켜보았고, 그 아픔을 함께 나누던 마음을 수많은 시로 남겼다. 특히 문학사적으로 큰 업적을 남겼는데 최초의 한문소설인《금오신화》가 바로 그의 작품이다.《금오신화》에 실린 다섯 편 소설의 주인공들은 하나같이 굴곡으로 가득한 현실에서 벗어나 홀연히 떠나는 전개를 보여준다. 세상과 타협하지 않고 방랑하며 살았던 그의 삶이 자신의 의지에서 비롯된 선택이었음을 소설을 통해 말하고 있다.

김시습의 이러한 자유분방한 삶의 자세, 그리고 성리학을 공부한 사람임에도 승려를 자처하는 모습이 다른 사람들의 비판을 많이 받았던 모양이다. 그의 옛 학우들이 "유학의 길을 버리고 이단의 길을 가는 것은 옳지 않다. 참된 논리는 《논어》나 《맹자》에서 찾아야 한다."고 주장하자, 그는 이렇게 대꾸했다고 한다.

"《논어》나 《맹자》 또한 결국 옛날 사람들로부터 전해져 오는 것일 뿐이다. 진리는 실제 자신의 생활 속에서 실천을 통해서 찾는 것이다. 세상에 도움이 되는 것은 그 어떠한 것도 진리이고, 그렇지 않은 것은 성현의 가르침이라도 헛된 것이다. 세상 인간들은 그저 눈을 부릅뜨고 출세 길만 찾지만, 세상에 도움이 될 만한 일은 하나도 못 하면서 늙어갈 뿐 아닌가?"

다른 사람들은 인생의 정답을 공자나 맹자의 말씀으로부터 찾아야 한다고 했다. 유교 이념 위에 세워진 국가 조선에서는 그것이 너무나 당연한 상식이었다. 하지만 김시습의 생각은 달랐다. 오직 자신의 삶 속에서 스스로 실천하며 찾아가는 과정이 곧 인생의 정답이라고 말한다. 다른 사람들이 정답이라고 말하는 삶, 심지어 그것이 뛰어난 성현들의 가르침이라 해도, 내게서 나온 것이 아니면 소용이 없다는 것이다.

다른 사람들의 가르침이나 조언은 내 인생을 위해 참고할 수 있는 좋은 모범 답안은 될 수 있다. 하지만 단지 모범 답안일 뿐, 적어도 내 인생이라는 시험지의 답안을 써 내려가는 사람은 나 자신이 되어야 하고, 그 답에 대한 채점 또한 결국 나의 몫이다. 다른 사람들이 내 인생의 문제를 대신 풀어주지 않는 다. 다른 사람들에게 내 인생의 문제를 풀도록 맡기는 것도 모 자라, 채점까지 하도록 내버려 둔다면 그처럼 슬픈 인생이 어 디에 있을까.

김시습은 평생 과거 시험에 응시하지도, 보잘것없는 관직 도 하나 지내보지 못한 채 세상을 떠났다. 오로지 입신양명만 을 인생의 정답으로 여기던 사람들의 눈으로 보면 실패한 인생 이다. 하지만 그는 다른 양반들은 감히 오르지 못했던 뛰어난 철학자, 그리고 문학가의 반열에 올라 이름을 남겼다. 다른 사 람들과 똑같은 답안은 아니었지만 오늘날 누가 감히 그의 인생 이 실패했다고 말할 수 있을까. 김시습은 적어도 자신이 원하 는 삶을 마음껏 누리다 세상을 떠난, 행복한 사람이었다.

내가 행복한 길이 정답이다

다시 프로크루스테스의 침대 이야기로 돌아가 보자. 사람들은 제각각 다른 침대 위에서 태어난다. 어떤 이는 자신에게 딱 맞 는 침대에서 태어나는 행운을 누리지만 어떤 이의 침대는 무척 크기도 하고, 반대로 작기도 하다. 많은 사람들은 그 침대의 크 기에 자신을 맞춰 사는 것을 당연하게 여긴다. 억지로 팔과 다 리를 늘려 보기도 하고, 침대 크기에 맞춰 잔뜩 몸을 구부리기도 한다. 하지만 그렇게 침대에 맞춰 자신의 몸을 눕히는 것만이 정답일까? 다른 침대를 구하는 것이 어렵다면 침대를 완전히 해체하고 다시 조립해서 나에게 맞추는 것도 방법이다. 또는 꼭 침대 위에서 잠을 자야 한다는 고정관념을 버리고 내가 편안한 방식을 찾아볼 수도 있다. 방바닥에 이불을 깔고 누울 수도 있고, 새 침대를 찾기까지 잠시 소파에 누울 수도 있는 것이다. 침대에 나를 맞추는 것이 아니라, 내가 잠을 잘 자는 것이 중요하다. 내 인생을 잘 살기 위한 도구나 환경들보다 중요한 것은 바로 나 자신임을 잊어서는 안 된다.

수양대군과 손잡고 권력에 타협하며 출세했던 신숙주나 정의의 이름으로 그 권력을 다시 찾아오려고 했던 성삼문, 역사 속에는 그들의 선택만이 있던 것은 아니다. 출세 그 자체에 집착하지 않고 오로지 자신의 인생에만 초점을 맞추며 살았던 김시습의 삶도 가치 있는 선택이었다. 돈을 많이 벌고, 뛰어난 명성을 얻는 삶도 좋다. 하지만 내가 진정으로 그러한 삶을 원하는지, 혹은 모두들 그게 정답이라고 하니까 나도 그렇게 여기는지 생각해 봐야 한다. 만약 후자라면 안타깝게도 내가 아닌, 다른 사람의 삶을 대신 살고 있는 것이나 다름없다. 한 번뿐인 내 인생을 다른 사람의 삶을 사느라고 시간을 허비한다면 그처럼 안타까운 일이 어디에 있을까. 대통령이 되는 것도 좋고, 재벌 총수가 되는 것도 좋다. 혹은 연예인도 좋고 공무원도 좋다. 남에게 피해를 주는 범죄자가 아닌 이상 이 세상에 가치 없는 일은 없고 모두 필요한 일들이다. 다만 이렇게 사는 것이, 또 그 목표가 진심으로 나에게 행복한 길인가, 그 질문만은 결코 내려놓지 말아야 한다.

인생을 산다는 건 참 어려운 일이다. 특히 주위 사람들이 내게 보내는 기대에 부응하며 산다는 것은 더더욱 그렇다. 부모로서, 남편이나 아내로서, 혹은 자식으로서 가족들이 나에게 갖는 기대감과 그에 따른 책임감은 자연스러운 일이다. 그렇다고 해서 그들의 기대와 인정에 매달리며 지나치게 나를 맞춰 살 필요도, 아예 기대를 저버리도록 만들 필요도 없다. 남들의 기대에 어느 정도 부응하면서도 내가 원하는 인생을 살아갈 수 있는 방법은 얼마든지 있다. 그저 지금 현실을 감당해내는 것도 만만치 않은 우리 인생을 사느라, 미처 그 방법을 찾지 못했을 뿐이다. 신숙주 같은 선택도, 성삼문 같은 선택도, 그리고 김시습 같은 선택도 좋다. 다만 내가 원하는 선택인가, 내가 즐겁고 행복하게 갈 수 있는 길인가, 그것이 중요할 따름이다.

참고 문헌

김갑동, 《라이벌 한국사》, 애플북스, 2007년.

김병기 외, 《한국사의 천재들》, 생각의나무, 2006년.

김형광, 《인물로 보는 조선사》, 시아출판사, 2011년.

박기현, 《조선참모실록》, 역사의아침, 2010년.

사람으로 읽는 한국사 기획위원회, 《보수주의자의 삶과 죽음》, 동녘, 2010년.

신병주, 《왕으로 산다는 것》, 매일경제신문사, 2017년.

신병주, 《참모로 산다는 것》, 매일경제신문사, 2019년.

신영란, 《제왕들의 책사: 삼국시대 편》, 생각하는백성, 2007년.

신연우 외, 《제왕들의 책사: 조선시대 편》, 생각하는백성, 2007년.

심용환, 《역사 무식자도 쉽게 맥을 잡는 단박에 한국사 근대편》, 위즈덤하우스, 2016년.

유시민, 《나의 한국현대사》, 돌베개, 2014년.

이준구 외, 《조선의 정승》, 스타북스, 2013년.

이은직, 《인물로 보는 한국사 1, 2》, 일빛, 2003년.

이영채 외, 《한일 우익 근대사 완전정복》, 창비, 2020년.

이덕일, 《왕과 나》, 역사의아침, 2013년.

이덕일, 《이덕일의 여인열전》, 김영사, 2003년.

정성희, 《인물로 읽는 고려사》, 청아출판사, 2000년.

정운현, 《나는 황국신민이로소이다》, 개마고원, 1999년.

조민기, 《조선 임금 잔혹사》, 책비, 2014년.

조영래, 《전태일평전》, 돌베개, 1983년.

한홍구, 《지금 이 순간의 역사》, 한겨레출판, 2010년.

함규진, 《역사를 바꾼 운명적 만남: 한국편》, 미래인, 2010년.

황원갑,《부활하는 이순신》, 이코비즈니스, 2005년.

허동현 외,《우리 역사 최전선》, 푸른역사, 2003년.

KBS 한국사傳 제작팀,《한국사傳》, 한겨레출판, 2008년.

김나영, "18·19세기 제주사회와 김만덕 생애 재고찰",《역사민속학》, 한국역사민속학회, 2019년.

김호일, "일제하 농촌계몽운동과 최용신",《인문학연구》, 중앙대학교 인문과학연구소, 2001년.

노상균, "방관과 친일 사이: 윤치호의 3·1운동 인식과 대응",《한국학 제41권 제4호》, 한국학중앙연구원, 2018년.

오경후, "이이의 불교인식에 대한 연구성과와 과제",《율곡학연구》, 율곡학회, 2009년.

이석호, "세종 시대의 인물 2-아악의 혼, 박연",《역사&문화》, 역사문화연구회, 2006년.

임원빈, "명량해전 승리요인의 재조명",《이순신연구논총》, 순천향대학교, 2008년.

제장명, "정유재란기 명량해전의 주요쟁점과 승리요인 재검토",《동방학지》, 연세대학교 국학연구원, 2008년.

주보돈, "백제 성왕의 죽음과 신라의 국법",《백제문화 제47집》, 공주대학교 백제문화연구소, 2012년.

한인섭, "헌법수호자로서의 김병로 -보안법 파동 및 경향신문 폐간에 대한 비평을 중심으로-",《서울대학교 法學》, 서울대학교 법학연구소, 2015년.

그래서 역사가 필요해

2021년 3월 10일 초판 1쇄
2021년 3월 24일 초판 2쇄

지은이   신동욱
펴낸이   박영미
펴낸곳   포르체

편 집   원지연
마케팅   문서희

출판신고 2020년 7월 20일 제2020-000103호
전화 02-6083-0128 | 팩스 02-6008-0126
이메일 porchebook@gmail.com

ⓒ 신동욱(저작권자와 맺은 특약에 따라 검인을 생략합니다.)
ISBN 979-11-91393-03-3 (03190)